FROM * YOU

너로부터

너로부터

1판 1쇄 찍음 2015년 5월 20일
1판 1쇄 펴냄 2015년 5월 27일

지은이 | 이해음
펴낸이 | 고운숙
펴낸곳 | 봄 미디어

기획·편집 | 손수화 정수경 박혜진

출판등록 | 2014년 08월 25일 (제387-2014-000040호)
주소 | 경기도 부천시 원미구 소향로17, 304(두성프라자) (우)420-864
영업부 | 070-5015-0818 편집부 | 070-5015-0817 팩스 | 032-712-2815
E-mail | bommedia@naver.com
소식창 | http://blog.naver.com/bommedia

값 9,000원

ISBN 979-11-5810-064-3 03810

※파본은 구입하신 서점에서 교환하여 드립니다.

이해음
장편 소설

F R O M ★ Y O U

너로부터

contente

프롤로그

4월의 어느 화창한 아침. 길거리는 사랑하는 이들과 함께인 사람들로 가득했다. 각자 친구, 가족, 형제, 애인 등 소중한 사람들과 길을 거닐며 행복한 시간을 보내고 있었다.

"주은재, 새 광고 찍었나 봐."

"그런가 보네. 진짜 잘생기긴 했어. 이번에 주인공으로 나오는 드라마도 재밌던데."

"그치? 나 요즘 그 드라마 보는 맛에 산다니까."

맞은편 건물에 달린 전광판으로 광고를 보던 사람들의 대화 소리가 들려왔다. 요즘 들어 부쩍 자주 들리는 '주은재'라는 이름에 신호등 앞에 서 있던 연수는 자신도 모르게 전광판을 바라보았다.

그때 마침, 신호등 불이 바뀌었다. 횡단보도 앞에 서 있던 사람들은 반대편 인도로 건너가기 위해 걸음을 빨리했다. 하지만 연수는 여전히 그 자리에 머물러 있었다. 바삐 움직이는 사람들 틈에서 그녀만 홀로 시간이 멈춰 버린 듯했다.

신호등이 깜빡거렸다. 급히 횡단보도를 건너려던 여자가 우두커니 서 있는 연수를 툭 치고 말았다.

"아, 죄송합니다."

그제야 연수는 정신을 차리고 전광판에서 눈을 뗐지만 신호등은 이미 빨간색으로 바뀐 후였다. 그녀는 아쉬운 듯 신호등을 바라보다 이내 한숨을 푹 내쉬었다. 그리고 다시 시작된 두통에 관자놀이를 손으로 꾹꾹 눌렀다.

"어? 주은재다."

이번엔 교복을 입은 여학생 두 명이 신호등 앞에 서서 전광판을 가리키며 말했다. 그 이름은 떠날 듯하면서도 그녀의 곁에 항상 머물러 있었다. 벌써 5년이란 시간이 흘렀는데도 여전히 가슴을 저릿하게 만드는 이름.

주은재.

연수는 마음속으로 그 이름을 읊조리다 이내 씁쓸한 미소를 지었다.

그를 자신의 모든 것이라 생각했었다. 그러나 그 감정이 모두 허상과 착각일 뿐이라는 걸 깨달았을 때, 뒤도 돌아보지 않고 도망쳤다.

그녀는 눈 주위가 시큰한 듯 미간을 찌푸렸다.

달려온 시간이 무색하게 그의 이름은 또 그녀의 곁에 찾아왔다. 아물어 가는 상처를 그 이름이 자꾸만 건드렸다. 잊고 지냈던 기억 속 그의 모습이 그녀의 눈앞에 또다시 아른거리기 시작했다.

★
chapter 1

___

모든 불행은
너로부터
시작되었다

　벚꽃이 만개한 4월의 어느 날. 디자인3팀 사무실 안은 도희의 높은 언성으로 가득했다. 화창한 날씨에 웃음꽃이 만발할 법도 한데 직원들의 표정은 장마철 하늘처럼 어두침침했다.

　"정신을 어디다 팔고 일을 하면 이런 실수를 해요? 내가 진짜 어이가 없어서."

　"죄송합니다."

　"죄송이고 뭐고, 어떡할 거예요? 서연수 씨 때문에 주요 거래처랑 틀어지게 생겼는데!"

　"……정말 죄송합니다."

　달리 할 말이 생각나지 않았기에 연수는 연신 죄송하다는 말만 반복했다. 고개를 푹 숙인 채 죄인처럼 도희 앞에 서 있는 연수의 모습에 우진과 해리는 자신들이 혼나는 것처럼 잔뜩 긴장해 있었다.

"서른이나 돼서 들어왔으면 일이라도 잘할 것이지. 누가 낙하산 아니랄까 봐……."

도희는 일부러 들으라는 듯 혼잣말처럼 중얼거렸다. 그 말에 주먹을 꾹 쥔 연수가 입술을 잘근 깨물었다. 그리고 숙였던 고개를 들며 차분한 목소리로 조심스럽게 말을 이어 가기 시작했다.

"외람되지만, 제가 낙하산으로 들어왔다는 건 근거 없는 말인데요. 대리님."

"뭐, 뭐라고요?"

"서른이란 나이에 막내로 들어와 제대로 일하지 못한 건 맞는데, 낙하산은 정말 아니에요."

연신 사과만 해 대던 그녀가 처음으로 도희의 말을 받아쳤다. 지켜보던 우진과 해리는 두 눈을 휘둥그렇게 뜨며 놀란 표정을 감추지 못했다.

결국, 참다 참다 터지는 건가?

도희와 연수는 동갑이었지만 직급은 확연히 달랐다. 도희는 입사 5년 차 대리였고, 연수는 갓 두 달 된 신입 디자이너였다. 히스테리가 남다른 도희였지만 동갑이라는 이유로 유난히 연수를 탐탁지 않게 여기고 있는 건 직원 모두가 알고 있었다.

"난 이번에 연수 씨가 제대로 터트린다에 만 원 건다."

"그럼 저는 다른 변수가 생긴다에 3만 원 걸겠습니다."

우진이 확신에 찬 목소리로 대답하자 해리는 고개를 갸웃거렸다. 대체 무슨 변수가 생긴다는 건지 도통 이해할 수가 없었다. 그녀가 콧방귀를 뀌려던 찰나, 연수와 도희 사이에 낮은 목소리 하나가 끼어들었다.

"서연수 씨."

재화가 사무실 문 앞에 서서 매서운 표정으로 연수를 바라보고 있었다. 아마도 그녀의 실수로 인해 위에서 한바탕 깨지고 온 모양이었다.

"잠깐 나 좀 봐요."

그는 그 말만 남기고 먼저 쌩하니 팀장실로 들어갔다. 평소 같으면 별일 아니라고 위로해 줬을 그가 심각한 표정을 짓자 지켜보던 직원들 모두 큰일이라도 났나 싶어 그녀를 안타깝게 바라보았다.

연수는 입술을 꾹 깨물며 무거운 발걸음을 옮겨 팀장실로 들어갔다. 달칵, 문이 닫히는 소리와 함께 그녀는 고개를 푹 숙이고 그 자리에 가만히 섰다.

재화가 재킷을 벗고 한숨을 내쉬었다. 그것이 너무나 무겁게 느껴져 연수는 이제 입에 붙어 버린 죄송하다는 말을 내뱉으려 했다. 그러나 그가 먼저 낮게 가라앉은 목소리로 물었다.

"뜨거운 거, 차가운 거."

"……네?"

"커피 어떤 종류로 마실 거냐고."

"아, 전 괜찮아요."

"그래. 그럼 앉아."

연수는 쭈뼛거리며 소파에 앉았다.

대체 회의에서 무슨 말이 나왔기에 이렇게 목소리가 무거운 것일까. 설마 오늘 한 실수 때문에 해고당하는 것은 아닐까?

연수의 머릿속에 별별 생각이 떠오르기 시작했다. 서른 살에 신입 디자이너로 들어갈 수 있는 회사는 드물었다. 그래서 이곳이 목숨보다 소중했다. 만약 해고를 당한다면 또 몇 년을 취업 준비생으로 살아야 할지 몰랐다.

"저, 제가 다시 거래처와 얘기해 보겠습니다. 꼭 설득하겠습니다. 그러니까……."

이대로 해고당할 순 없었기에 그녀는 눈을 질끈 감고 매달리는 심정으로 말을 내뱉었다. 그런데 심각한 상황과 어울리지 않는 웃음소리가 귓가에 들려왔다.

연수는 조심스럽게 고개를 들어 장난기 가득한 표정을 짓고 있는 재화를 보았다. 그제야 그가 장난을 치기 위해 괜히 무게를 잡았다는 것을 눈치챈 연수는 인상을 찌푸리며 소리를 질렀다.

"선배!"

"미안, 미안. 박 대리랑 네가 한바탕할 것 같아서 일부러 무게 좀 잡아 봤는데 이렇게 완벽히 속을 줄은 몰랐네."

"뭐예요, 진짜. 혼나는 줄 알고 잔뜩 겁먹었는데."

"나까지 회낼 필요 있어? 박 대리가 모진 말 다 해 줬을 텐데."

속았다는 생각에 툴툴거렸지만 자신의 실수에 대한 걱정은 여전히 남아 있었다. 팀에게 피해가 있었기에 팀장인 재화도 상사에게 쓴소리를 들었을 것 같았다.

"거래처는 어떻게 됐어요?"

"좋게 해결됐어. 해고당할 일 없을 테니까 안심하고."

정말 잘 끝났는지 아닌지 그의 말만 듣고서는 전혀 예측할 수 없었다. 워낙 긍정적인 마인드를 가지고 있는 사람이었기에. 상부에 보고할 때 연수에 대한 이야기는 쏙 빼놓고 모두 다 자신의 책임이라고 말했을 것이 불 보듯 뻔했다.

재화는 5년 전 처음 만났을 때부터 지금까지 쭉 그래 왔다. 대학에 늦게 입학해 스무 살 어린 동기들과 어울리지 못할 때, 유일하게 연수에게 다가와 준 사람이었다.

첫 출근 날, 그녀는 그를 보고 화들짝 놀랐다. 이 회사에 다닌다는 건 알고 있었지만 사수로 만날 거라고는 생각지도 못했기 때문이었다.

"그런데요, 선배."

"뭐?"

"저 정말 낙하산 아닌 거죠?"

도희에게는 딱 잘라 낙하산이 아니라고 말했지만 연수는 항상 의문을 갖고 있었다.

디자인 업계는 위계질서가 엄한 편이라 신입은 무조건 기존의 디자이너보다 어린 쪽을 선호했다.

그런데 수없이 탈락을 맛보던 그녀를 유일하게 받아 준 이곳에는 재화가 팀장으로 재직 중이었다. 혹여나 그가 자신을 위해 조금이라도 힘을 썼다면 낙하산이라는 소리를 들어도 할 말이 없었다.

연수가 불안한 시선으로 바라보자 재화는 허탈한 미소를 지었다.

"누군가를 낙하산으로 들어오게 할 만큼 대단한 직급이 아니라고 몇 번을 말해."

재화는 혀를 끌끌 차며 연수의 이마를 툭 밀쳤다. 그녀는 알싸한 아픔에 입술을 삐죽거렸다.

"앞으로 누가 수군대면 당당하게 말해. 너는 절대 낙하산이 아니니까."

재화의 확신에 찬 대답에 연수는 알겠다는 듯이 고개를 끄덕였다.

"아, 맞다. 너 오후에 특별한 일 없지?"

"네, 크게 바쁜 일은 없어요."

"잘됐네. 광고기획팀이랑 같이하는 광고 촬영 회의, 천 주임이랑 참여해."

"네? 그거 선배가 하는 거 아니었어요?"

"갑자기 중요한 미팅이 잡혔어. 부탁 좀 할게. 내용은 알지?"

"아침 회의 때 들었으니 알긴 알죠. 그런데……."

연수는 굳은 얼굴로 어색하게 미소를 지었다. 그러자 재화가 웃으며 그녀의 어깨에 손을 턱 얹었다.

"그럼, 천 주임이랑 같이 한번 들어가 봐."

"네? 잠깐만요. 아무리 그래도 천 주임님이랑 저랑 둘이서 어떻게……."

"걱정 마. 내가 볼 땐 둘이서 충분히 할 수 있어."

"설마…… 이거 이번 실수에 대한 벌이에요?"

"어라, 벌써 시간이 이렇게 됐네. 점심 먹으러 가자. 배고프다."

재화는 어깨에 올린 손을 두어 번 톡톡 두드리더니 도망치듯 팀장실을 빠져나갔다. 연수는 왠지 낚인 것 같은 기분에 한숨을 푹 쉬며 그의 뒤를 조용히 따라나섰다.

회사 근처 한식당에 둘러앉은 디자인3팀 사람들은 점심을

먹기 시작했다. 점심 식사는 무조건 함께 먹어야 한다고 생각하는 재화 때문에 도희와 연수는 으르렁거리고 나서도 마주 앉아 밥을 먹을 수밖에 없었다.

연수가 일하는 곳은 대한민국 유명 의류 브랜드 레임(Raim)이었다. 레임은 심플하고 유니크한 디자인으로 20대뿐만 아니라 3·40대에게까지 사랑받고 있었다.

입사 지원서를 넣으면서도 기대 같은 것은 전혀 하지 않았었는데, 기적처럼 합격 통보를 받았다. 사실 두 달이 흐른 지금까지도 얼떨떨했다.

서른 살에 신입 딱지를 달고 디자이너가 된 연수에게는 그녀보다 어린 해리와 우진이 '주임님', 동갑인 도희가 '대리님'이었다. 늦게 공부를 시작한 자신의 탓이었기에 어린 상사를 뒀다고 자존심이 상하거나 하지는 않았다.

도희를 제외한 디자인3팀 사람들은 대부분 친절했다. 하지만 그들 모두 속으로 자신을 낙하산이라 생각한다는 것을 연수는 알고 있었다.

"티, 팀장님. 저보고 지금 그 회의에 참여하란 말씀이신 건가요?"

"막내를 혼자 보낼 순 없잖아요."

재화가 생글생글 웃는 얼굴로 대답하자 우진의 얼굴이 딱딱하게 굳어 갔다. 팀장이 하라면 하는 게 당연지사 순리였지만 아무래도 내키지 않는 모양이었다.

"다, 다른 분들은 안 되시는 거예요? 해리 씨는……."

"난 외근 나가야 돼요."

해리가 새침한 목소리로 말하며 싱긋 웃었다. 우진은 바로 도희에게 시선을 돌렸으나 그녀도 고개를 절레절레 흔들며 대답했다.

"나 오늘 미팅 있는 거 알잖아."

우진은 믿을 수 없다는 표정으로 재화를 다시 한 번 바라봤지만 그는 아무 말 없이 웃기만 했다. 누가 웃는 얼굴에 침 못 뱉는다는 속담을 만든 걸까? 우진은 상사만 아니었다면 지금 당장 재화의 면상에 침을 뱉을 수도 있을 것 같았다.

"팀장님도 아시잖아요. 광고기획 팀장님, 자기보다 직급 낮으면 생트집 잡는 거요."

"둘이서 잘 해낼 수 있을 거예요."

회의실에 들어서자마자 재화가 오지 않았다고 짜증을 부리는 광고기획 팀장의 얼굴이 우진의 머릿속에 선명하게 그려졌다.

"걱정 말고 밥 먹어요, 천 주임."

재화의 말에도 여전히 우진은 우울한 표정을 감추지 못했다. 연수는 그런 그를 보며 낮게 한숨을 내쉬었다.

❖   ❖   ❖

우진은 벌써 몇 시간째 긴장한 얼굴로 서류를 검토하며 중요 사항들을 세심하게 체크하고 있었다. 해리가 그런 우진의 어깨를 토닥이며 말했다.

"힘내, 우진 씨. 난 외근 나갔다가 바로 퇴근할게."

미소를 띠며 손을 살랑살랑 흔드는 해리의 모습에 우진은 이를 바득바득 갈았다.

"연수 씨, 저 갈게요."

"네, 수고하세요."

해리가 사라지는 것을 본 우진은 책상에 얼굴을 박은 채 소리를 내질렀다. 연수가 깜짝 놀라 바라보자 그는 기합을 넣은 건지 자리에서 벌떡 일어나 그녀와 시선을 마주했다.

"가요. 연수 씨."

"네? 아, 네!"

우진이 사무실을 나서자 연수도 뒤를 따랐다.

엘리베이터를 타고 내려가니 긴 복도 끝에 광고기획팀 푯말이 보였다. 한숨을 푹 내쉬는 우진은 식은땀을 뻘뻘 흘리고 있었다.

"괜찮으세요?"

"잠시만요. 연수 씨."

우진은 뒤돌아 손으로 가슴을 툭툭 내려쳤다. 그리고 긴장되는 마음을 추스르기 위해 크게 심호흡을 했다.

"정말 괜찮으세요?"

"네. 어서 들어갑시다."

하지만 그렇게 말하면서도 우진은 차마 문을 열지 못하고 문고리만 바라보고 있었다. 그때 갑자기 문이 열리며 광고기획 팀장이 안에서 나왔다. 놀란 우진이 뒷걸음질 치자 광고기획 팀장은 그를 아래위로 훑어보며 인상을 찌푸렸다.

"우진 씨? 아, 이제 승진했으니 천 주임인가? 여긴 웬일이죠?"

"저, 저희 팀장님께서 시간이 안 되셔서 제가 대신……."

"뭐? 우진 씨가?"

업신여기는 듯한 말엔 가시가 돋아 있었다. 그녀가 우진에게서 눈을 돌려 연수를 아래위로 훑어보며 비딱하게 팔짱을 꼈다.

"처음 보는 얼굴인데?"

"이번에 새로 들어온 신입 디자이너입니다."

"참나, 사람을 무시해도 유분수지. 촬영 회의에 무슨 신입을 보내?"

짜증 섞인 그녀의 한마디에 인사를 하려고 허리를 구부리던 연수의 움직임이 멈췄다. 하지만 그녀는 애써 다시 웃으며 인사를 건넸다.

"안녕하세요, 디자인3팀 사원 서연수입니다."

광고기획 팀장에게서 돌아오는 인사는 없었다. 연수는 민망한 듯 어색하게 미소 지으며 뺨을 긁적였다. 팀장은 그들에게서 몸을 돌리고는 사무실을 나서는 누군가를 향해 하이톤 목소리를 냈다.

"어머, 벌써 가시게요?"

"이야기는 다 들은 것 같으니 이만 가도록 하죠."

"아직 계약서 뒷부분을……."

"그건 저희가 알아서 검토하겠습니다. 다음에 뵙도록 하죠."

시큰둥한 목소리에 광고기획 팀장은 우진과 연수에게 했던 것과는 백팔십도 다른 모습으로 깍듯하게 허리를 굽혀 인사했다.

그 모습을 지켜보던 우진과 연수도 덩달아 남자에게 인사를 건넸다. 누군지 알 수는 없었지만 광고기획 팀장의 행동으로 보아 꽤나 중요한 인물임은 틀림없었다.

그때, 또 다른 이가 사무실 밖으로 걸어 나왔다. 우진과 연수는 얼굴도 보지 않은 채 또다시 고개를 숙였다.

"꼭 같이 작업해 봤으면 좋겠어요. 부탁해요."

광고기획 팀장의 애교 섞인 목소리에 우진과 연수는 인상을 찌푸리며 고개를 들었다.

"헐, 주은재다."

우진은 자신도 모르게 은재의 이름을 중얼거렸다. 그 말에 은재의 시선이 움직였다. 놀란 우진은 황급히 고개를 숙였지만, 옆에 서 있던 연수는 마치 굳어 버린 것처럼 눈만 깜박였다.

무심한 표정을 짓고 있던 은재는 그녀와 눈이 마주치자 당황스러움을 감추지 못했다. 그의 눈동자가 믿기지 않는다는 듯 흔들렸다.

"어머, 이게 누구야?"

은재의 뒤에서 하이톤의 목소리가 들렸다. 선글라스를 벗으며 다가온 여자는 선영이었다.

우진은 그녀를 보고 입을 다물지 못했다. 톱스타이자 서른 살이라는 나이에 소속사 대표 자리에 앉아 있는 서선영을 실제로 보게 되다니, 이건 기적 같은 일이 아닐 수가 없었다.

"연수잖아? 서연수 맞지?"

선영이 활짝 웃으며 아는 체를 하자 그 자리에 있던 모든 사람들의 시선이 연수에게로 향했다. 하지만 그녀는 딱딱하게 굳은 얼굴로 선영을 바라볼 뿐이었다.

"이게 몇 년 만이야, 연수야."

선영이 반갑다는 듯 손을 잡아 오자 연수는 그녀의 손을 거칠게 뿌리쳤다. 순식간에 싸늘해진 분위기에 사람들의 얼굴에 당황스러움이 스쳤다. 선영도 잠시 멈칫했지만 이내 미소를 지으며 말을 이었다.

"넌 반갑지 않은 모양이네?"

어깨를 으쓱한 선영은 옆에 서 있는 은재의 팔짱을 꼈다.

"그럼 우리 은재도 반갑지 않겠다."

연수는 천천히 시선을 옮겨 은재를 바라보았다. 무슨 생각을 하는지 알 수 없는 그 얼굴에, 입꼬리가 올라갔다.

"반갑지 않을 리가."

5년 만에 만난 세 사람의 머릿속에 잊을 수 없는 그날의
기억이 하나하나 떠오르기 시작했다.

"누나, 다음 스케줄까지 시간 빠듯해요."

꽤 오랜 정적이 흘렀던 것 같다. 주변 사람들 누구도 뭐
라 말을 건네지 못하고 있던 그 정적을 깬 것은 꼿꼿하게 광
고기획 팀장을 대하던 매니저였다. 살살 기는 목소리로 그가
말하자, 선영은 그제야 연수에게 향했던 시선을 거두었다.

"그래, 가야지. 연수야, 또 보자."

의미심장한 눈웃음을 지으며 선글라스를 다시 쓴 선영이 긴
복도를 앞질러 걸어갔다. 연수는 멀어지는 그녀의 뒷모습을
보다 은재에게로 시선을 돌렸다.

자신을 바라보고 있는 똑바른 시선에는 여전히 아무런 감
정도 담겨 있지 않았다.

"형."

매니저가 팔을 잡아당기자 그는 아무 말 없이 연수를 지나
쳐 갔다. 연수는 선영과 다르게 은재의 뒷모습을 보지 않았
다. 그를 등진 채 마른침을 꿀꺽 삼켜 냈다.

"아, 저……."

선영과 은재가 사라지자 분위기는 더욱 어색해졌다. 우진이
분위기를 어떻게든 풀기 위해 입을 열 때였다. 광고기획 팀장

이 앙칼진 목소리로 연수에게 물었다.

"서연수 씨라고 했나?"

"네."

"저 사람들과 어떤 사이지?"

어떤 사이? 연수의 입가에 작은 미소가 어렸다. 글쎄, 우리가 무슨 사이였을까. 그 어떤 단어로도 규정지을 수 없었기에 쉽사리 대답할 수가 없었다. 연수는 잠시 고민하다 입을 열었다.

"그냥 조금, 아는 사이입니다."

우진은 그 대답에 고개를 갸웃거렸다. 그냥 조금 아는 사이라고 하기엔 선영의 태도가 너무도 친절했다. 물론 그것이 가식적인 행동이었다는 것은 눈치챌 수 있었지만.

"음, 그래?"

턱을 매만지며 연수를 바라보는 광고기획 팀장의 눈빛은 여전히 의아함으로 가득 차 있었다.

회의실에 들어온 우진은 긴 심호흡을 하며 정리해 온 자료들을 펼쳤다.

"일단 이 팀장이 보낸 자료는 대충 봤는데……."

광고기획 팀장이 고개를 내저으며 마음에 안 든다는 표정을 짓자 우진은 각오했다는 듯 서류를 꽉 움켜쥐었다.

"저희 쪽에서 이런 식으로 1안과 2안을 잡아 봤는데요."

"이번 신상, 마음에 들지 않는데 꼭 써야 하는 거야? 나는 이 재킷이 콘셉트에 맞는 것 같은데."

광고기획 팀장이 서류 한 장을 휙 던지며 말했다.

"아……."

우진은 서류를 받아 들고 작은 탄성을 내뱉었다. 좋아서가 아니라 너무 어이가 없어 뭐라고 말을 해야 할지 몰라 나온 소리였다.

우진이 들고 있는 서류를 힐끗 본 연수 역시 미간을 찌푸렸다. 그리고 고개를 살짝 갸웃거리며 광고기획 팀장에게 조심스레 말했다.

"저기, 팀장님."

"뭐죠?"

"재킷을 메인으로 쓰실 생각이신가요?"

연수의 질문에 광고기획 팀장은 인상을 찌푸렸다.

"가방이 광고의 주 상품인 거 모르나요? 아니, 아무리 신입이라도 그렇지. 회의 내용도 모르고 들어오면 어떡하자는 거야?"

광고기획 팀장이 언성을 높이자 우진은 어깨를 잔뜩 움츠렸다. 그러나 연수는 그런 그녀의 반응에 개의치 않고 말을 이어 나갔다.

"그건 저도 알고 있습니다. 그런데 팀장님이 제안하신 재킷을 입고 촬영하면 가방이 묻혀 버릴 것 같은데요? 가방 디자인이 화려하니 그것을 돋보이게 해 줄 수 있는 옷을 선택하는 편이 좋을 것 같습니다. 저희 팀장님께서도 그걸 고려해서 이 시안을 제안하신 거고요."

광고기획 팀장은 안경을 고쳐 쓰며 미간을 찌푸렸다.

그녀가 재킷을 추천한 이유는 그 재킷의 디자이너가 친한 후배였기 때문이었다. 쉽게 채택될 줄 알았는데 생각지도 못하게 신입 디자이너가 말대답을 하며 반대하자 당황할 수밖에 없었다.

그녀는 애써 태연한 척하며 말을 이어 갔다.

"연수 씨가 뭘 몰라서 그러는데 가방이 주 상품이면 옷은 안 팔 거예요? 가방뿐만 아니라 재킷도 눈에 띄면 얼마나 좋아?"

"하지만 팀장님께서 제시하신 시안은 재킷과 가방 모두에게 역효과일 가능성이 아주 큽니다."

"하, 연수 씨. 일한 지 얼마나 됐어요?"

"두 달 조금 넘었습니다."

"업무에 대해서 파악이 잘 안 되나 본데, 광고기획은 내가 전문이에요. 이 회사에서만 벌써 20년째라고. 알아?"

광고기획 팀장이 흥분하기 시작하자 우진은 움찔거리며 연수를 말려야겠다고 생각했다.

"저기, 연수 씨……."

그가 이쯤에서 그만하라는 간절한 눈빛을 연수에게 보냈다. 하지만 그의 마음을 읽지 못한 건지, 아니면 읽고도 모른 척하는 건지 연수는 자리에서 벌떡 일어섰다.

"팀장님, 잠시만 컴퓨터 좀 쓰겠습니다."

그녀가 테이블 한켠에 놓인 컴퓨터를 만지자 광고기획 팀장은 기가 막힌다는 듯 헛웃음을 지었다. 새파란 신입의 패기 어린 행동에 어떻게 그녀를 혼내 줄까 머릿속이 복잡하게 돌아갔다. 컴퓨터로 무언가를 출력한 연수가 팀장의 앞에 조심스레 그것들을 내려놓았다.

"팀장님께서 말씀하신 것처럼 촬영하고 망한 다른 회사 광고들입니다."

광고기획 팀장은 미간을 찌푸리며 자료들을 쓱쓱 넘겨 보았다. 여러 회사들의 망한 광고 사례와 함께 마지막 장엔 예전에 그녀가 기획했다 실패한 레임의 광고 시안도 포함되어 있었다. 입사한 지 얼마 되지 않은 신입 디자이너가 20년 이상 근무한 팀장을 제대로 물 먹이고 있었다.

광고기획 팀장이 매서운 눈초리로 연수를 바라보며 말했다.

"연수 씨, 지금 눈에 뵈는 게 없어요?"

"전 그냥 디자인 총괄에 관한 제 의견을 말씀드린 겁니다."

광고기획 팀장은 화를 주체하지 못하고 서류들을 책상에 던지듯 내려놨다. 그리고 또각또각 구두 소리를 내며 연수의 앞으로 다가가 중얼거렸다.

"아주 버릇없는 신입 사원이 들어왔구만?"

연수는 그 말에 살짝 고개를 숙였다.

"기분 나쁘셨다면 죄송합니다."

태연하게 사과를 하자 팀장은 더욱 화가 치밀어 올랐다. 당장에라도 머리칼을 잡아 흔들고 싶었지만 애써 참았다. 언젠간 이 신입의 콧대를 꺾어 놓으리라. 광고기획 팀장은 마음을 다잡으며 자리로 돌아가 차분히 말했다.

"오늘 회의는 여기까지 하죠."

"아, 네. 알겠습니다."

가시방석에 앉아 있는 것 같았던 우진은 팀장의 말에 기다렸다는 듯 벌떡 일어섰다. 그리고 자료들을 챙겨 연수를 데리고 회의실을 나섰다.

우진은 도망치듯 복도를 걸으며 연수를 향해 울먹거리듯 말했다.

"대체 어쩌려고 그랬어요. 연수 씨, 광기 마녀한테 제대로 찍힌 거 같은데……."

회의실에서 나온 후 한마디도 하지 않던 연수가 갑자기 우뚝 멈춰 섰다. 그리고 울상을 지으며 말했다.

"그러게요. 저 진짜 왜 그랬을까요."

그제야 사태 파악이 된 건지 그녀는 머리카락을 쥐어뜯으며 고개를 좌우로 흔들었다. 세상에, 팀장에게 그렇게 쏘아붙이다니. 연수는 절망에 빠진 얼굴로 자리에 풀썩 주저앉았다.

"연수 씨, 괜찮아요?"

우진은 걱정스러운 표정을 지으며 그녀를 바라봤다. 하지만 속으론 통쾌하기 짝이 없었다.

광고기획 팀장은 디자인1팀 팀장과 친분이 있어서 그동안 늘 그쪽 디자인을 밀어 줬다. 게다가 20년 이상 근무한 사람이라 회사 고위급 관계자와도 친했기에 그녀를 잘못 건드렸다가 갑자기 목이 날아간 직원도 드문드문 있었다.

우진은 이런 얘기를 해야 하나 말아야 하나 고민하던 끝에 입을 다물었다. 그리곤 연수의 팔을 잡아 일으키며 조심스레 말했다.

"일단 오늘은 퇴근하죠. 팀장님께는 내일 보고드리면 되니까요."

그 말에 연수는 시계를 바라보았다. 어느새 시각은 7시를 넘어가고 있었다. 한숨을 푹 내쉰 그녀는 이 상황의 무게를 견디지 못하고 어깨를 축 늘어뜨렸다.

"안녕히 가세요, 연수 씨."

"천 주임님도 안녕히 가세요."

회사 앞에서 반대 방향으로 갈라진 연수와 우진은 서로에게 인사를 하며 퇴근을 재촉했다. 연수의 얼굴에는 근심 걱정이 가득했다. 오늘 벌어진 많은 일들이 하나도 정리되지 않았다. 두통이 밀려와 관자놀이를 꾹꾹 누르던 그때, 얼굴 위로 그림자가 드리워졌다.

"어때? 네가 상대하기에 딱인 분이지?"

고개를 드니 재화가 웃는 얼굴로 그녀를 반기고 있었다. 연수는 입을 삐죽거렸다. 분명 일부러 자신을 회의에 참석시킨 것이 틀림없었다. 그렇지 않고서야 모든 것이 계획대로 됐다는 듯한 만족스러운 표정을 지을 리 없었다.

"너 한 성깔 하잖아. 그래서 광고기획 팀장 상대하는 건 네가 딱이겠다 생각했지."

장난스런 재화의 말에 연수는 한숨을 푹 내쉬며 원망스런 시선으로 그를 바라보았다.

연수는 몇 년 전 의상 디자인 대회 대상 자리에서 억울하게 밀려난 적이 있었다. 그때 심사 위원과 대상 당선자의 인맥과 비리를 싹 긁어모아 항의를 하며 공정한 재심사를 요구했었다. 그래서 광고기획 팀장이 말도 안 되는 재킷 디자인을 채택하며 내세웠을 때 그때와 같은 낌새를 느꼈다.

누가 봐도 디자인3팀에서 제시한 재킷이 훨씬 어울렸고, 20년 이상 레임에서 광고를 맡아 온 광고기획 팀장에게 그 정도 안목이 없을 리 없었다.

"선배 때문에 기운 쫙 빠졌어요."

"앞으로 광고기획 팀장과 하는 일은 모두 네가 맡도록 해."

"선배!"

"농담이야, 농담. 팀장과 기 싸움 한 거 말고 별다른 일은 없었지?"

재화의 물음에 아까 마주친 은재의 얼굴이 문득 떠올랐다. 잠시 표정을 굳혔던 연수는 이내 태연한 척하며 장난기 어린 얼굴로 말했다.

"선배가 그 회의에 보낸 거 빼고 무슨 일이 있었겠어요?"

"그래서 지금 팀장인 나한테 불만이 있다는 건가?"

"아, 뭐 딱히 그런 건 아니지만……."

입술을 삐죽 내밀며 중얼거리자 재화가 작게 웃음을 내뱉었다.

"가자, 저녁 사 줄게."

"안 그래도 엄청 배고팠는데."

"다음엔 네가 쏘는 거다?"

"헐, 지금 팀장님이 신입 사원에게 뜯어먹으려 하는 거예요?"

"왜, 그러면 안 되냐?"

장난스런 물음에 연수는 대답 대신 웃음을 터트렸다. 으이그, 이재화를 누가 말리겠어.

"전 저렴한 걸로 살게요."

"그럼 나도 저렴한 걸로 사야지."

"아, 정말. 돈도 많이 버는 팀장님이 쩨쩨하게."

"이 신입 사원 봐라? 팀장님한테 못 하는 말이 없네."

재화가 딱밤을 때리려 하자 연수는 재빠르게 도망갔다. 그

36

는 혀를 날름거리며 멀어지는 그녀를 보곤 기분 좋은 미소를 입가에 머금었다.

❦   ❦   ❦

밴 안은 조용했다. 매니저 도훈은 룸미러를 이용해 창문만 바라보는 은재와 선영을 힐끔거렸다. 싸운 것 같은 무거운 분위기를 좋게 바꿔 보려 도훈이 넉살스럽게 말을 꺼냈다.

"그런데 아까 그 여자분은 누구예요? 두 분 다 아시는 것 같던데."

선영은 도훈의 말에 고개를 돌려 은재를 바라보았다. 그는 그 따가운 시선에도 미동조차 하지 않고 무표정을 유지했다. 그녀가 입가에 미소를 띠었다.

"그냥 동창. 나는 중학교, 은재는 고등학교 때 동창이야. 그치, 은재야?"

그는 선영의 말이 들리지 않는 듯 아무런 대꾸도 하지 않았다.

불현듯 연수의 얼굴과 과거의 기억들이 그의 머릿속에 그려지기 시작했다. 자신을 보고 환하게 웃던 그녀의 모습, 그리고 밝은 목소리로 불러 주던 자신의 이름.

"은재야."

오늘 연수는 자신을 향해 웃지 않았다. 싸늘한 눈빛이 마치 다른 사람처럼 느껴져 쉽사리 다가갈 수 없었다.

은재가 대꾸하지 않자 선영은 그의 옆으로 살짝 몸을 기울이며 물었다.

"아까부터 왜 이렇게 뚱해 있어?"

"……피곤해."

은재는 짧게 한마디 하곤 그대로 눈을 감아 버렸다. 선영이 그의 얼굴 위로 손바닥을 이리저리 움직였지만 미동조차 하지 않았다. 도훈은 그런 은재를 보며 작은 목소리로 소곤거렸다.

"밤샘 촬영해서 피곤한가 봐요."

"나는 뭐 놀았니? 같이 밤샜고만."

선영은 툴툴거리며 몸을 똑바로 했다. 그는 피곤한 게 아니라 연수에 대해서 한마디도 하기 싫은 것이 분명했다.

"아직도 저렇게 반응하다니, 생각보다 마음이 여리다니까."

은재는 선영의 중얼거림을 또렷하게 들을 수 있었다. 그가 살짝 몸을 그녀의 반대쪽으로 틀자 선영은 의미심장한 미소를 입가에 머금었다.

"형, 집 도착했어요."

도훈의 말에 은재는 인사조차 건네지 않고 차에서 내렸다.

"형 되게 피곤하신가 봐요."

"그러게."

선영은 팔짱을 끼고 유리창 너머로 멀어지는 은재를 바라보았다.

"도훈아."

"네, 누나."

"레임 모델 건 말이야."

"아, 그거요. 안 그래도 내일 전화해서 계약 안 한다고 통보하려고요."

"그거 그냥 하자."

"네?"

"하자, 레임 모델."

갑작스레 선영이 마음을 바꾸자 도훈은 고개를 갸웃거렸다.

3년 전부터 레임은 선영과 은재를 모델로 쓰고 싶어 했다. 하지만 둘은 라이벌 브랜드라 할 수 있는 샌드(Send)의 모델로 활동하고 있었기에 계속 오퍼를 거절했었다.

곧 샌드와의 계약이 만료되는지라 문제가 생길 일은 없었지만 갑작스런 선영의 심경 변화를 도훈은 이해할 수 없었다.

"그냥, 궁금해서."

선영은 입가에 작은 미소를 머금었다. 그는 갑작스레 연수가 사라졌어도 동요하지 않고 5년을 지내 왔다. 그랬던 그가 연수를 마주하고 예상치 못한 반응을 보이자 왠지 조금 더 괴롭히고 싶어졌다.

"제대로 밟아 놔야지. 안 그럼 흔들릴지도 모르는 일이거든."

선영의 표독스러운 얼굴을 룸미러를 통해 본 도훈은 얼른 차를 출발시켰다. 가끔 그녀가 소름끼치도록 무서운 표정을 지을 때마다 그는 뒷골이 서늘해지는 것을 느꼈다.

"은재한테는 알리지 말고 계약 진행시켜."

"네, 알겠어요. 누나."

팔짱을 낀 선영은 기분이 좋은 듯 입가에 미소를 띠었다. 오랜만에 재미있는 장난감을 찾은 어린애처럼 흥분을 감추지 못하는 얼굴이었다.

❖   ❖   ❖

12시가 훌쩍 넘은 시각, 연수는 비밀번호를 누르고 집 안으로 들어왔다. 불 꺼진 거실에는 적막함이 가득했고, 아무런 소리도 들리지 않았다.

불도 켜지 않은 채 그녀는 익숙한 몸짓으로 거실 소파에 드러누웠다. 피곤에 찌든 몸이 녹아내리는 느낌이었다.

감았던 눈을 떠 까만 천장을 바라보자, 아무런 감정도 보이지 않던 은재의 얼굴이 두둥실 떠올랐다. 미간을 찌푸리며 눈을 감았지만 그의 얼굴이 머릿속에서 지워지지 않았다. 그녀는 몸을 일으켜 마른세수를 하고 손에 얼굴을 묻었다.

"혼자서 그런 거였잖아. 그러니까 당연한 거잖아."

그래, 그 앤 아니었잖아. 나 혼자서 그런 거였잖아. 아무런 감정 없이 바라보는 거 너도 봤잖아, 서연수.

연수는 가슴속으로 무섭게 파고드는 아린 감정을 느꼈다.

5년 전, 그의 마지막 모습이 떠올랐다. 배신감과 슬픔이 가득 담긴 눈빛으로 그를 바라보고 사라졌던 그때.

그녀는 자리에서 일어나 욕실로 향했다. 옷을 벗고 욕조에 들어가 점점 차오르는 물속에 무릎을 굽히고 앉아 턱을 괸 채 멍하니 바닥을 바라보았다.

"하나도 변한 게 없더라, 너는."

그가 어떻게 살고 있는지 항상 궁금했다. 텔레비전 속의 그가 아닌, 평상시의 모습이 너무 궁금했다.

남들이 지나가는 말로 그에 대해 이야기할 때 웃으며 아무것도 아닌 일처럼 넘겼지만 속마음은 그렇지 않았다. 5년이 흐른 지금도 그를 떠올렸다.

욕실 밖에서 휴대폰 벨소리가 들렸다. 고개를 들었지만 움직이진 않았다. 고등학생인 은재의 모습이 눈앞에 보였기 때문이었다.

고등학교 1학년, 연수와 은재는 나란히 벤치에 앉아 있었다.

"은재야, 나 너 좋아해. 처음 봤을 때부터 지금까지."

지독하게도 슬펐던 그녀의 짝사랑이 시작됐던 그날.

"나는 너 안 좋아해."
"알아. 괜찮아, 안 좋아해도. 내가 널 좋아하면 되니까."

연수는 은재에게 손을 내밀었다.

"언제나 옆에 있어 줄게. 네가 힘들 때 항상 위로해 줄게. 그러니까, 나한테 기대. 은재야."

은재가 조심스럽게 손을 뻗자 연수는 입가에 미소를 띠었다.

벨소리가 끊김과 동시에 은재는 더 이상 곁에 없었다. 연수는 다시 조용히 욕조 바닥을 바라보았다. 어느새 욕조의 물은 상체까지 가득 차올라 있었다.

❖   ❖   ❖

회사에 도착한 연수는 사원증을 목에 걸고 엘리베이터 앞에 섰다. 그러자 언제부터 뒤따라온 건지 재화가 슬그머니 그녀의 옆으로 다가와 속삭였다.

"서연수."

"깜짝이야. 아, 선배."

놀란 가슴을 부여잡으며 그녀가 미간을 찌푸리자 재화는 장난스럽게 미소를 지었다.

"어제 왜 전화 안 받았어. 걱정했잖아."

"아, 너무 졸려서 집에 가자마자 그대로 곯아떨어져 버렸어요."

변명하듯 대답하던 그녀는 재화 뒤로 우진과 해리가 걸어오는 것을 발견하곤 황급히 자세를 바로 했다.

"어제 그 일 때문에 매우 피곤했나 봐요, 팀장님. 하하."

그녀가 갑작스레 호칭을 바꾸자 재화는 의아해하며 몸을 뒤로 돌렸다. 그리고 우진과 해리를 확인한 그가 작게 헛웃음을 내뱉었다.

"안녕하세요, 팀장님. 오늘은 안 늦으셨네요?"

"팀장님이 이렇게 일찍 출근하시는 거 진짜 오랜만인 것 같은데요? 해가 서쪽에서 뜨려나."

"그러게요. 오늘 저도 너무 일찍 눈이 떠져서 당황했어요. 내가 이럴 리가 없는데 하면서."

우진과 해리의 농담을 그가 넉살 좋게 받아쳤다.

연수는 가끔 이런 그가 바보같이 느껴졌다. 대학 때도 고학번 선배인 그를 어려워하는 후배는 없었다. 물론 그녀도 마찬가지였지만.

"아, 맞다. 연수 씨, 주은재랑 아는 사이라면서요?"

해리가 들뜬 목소리로 묻자 우진이 팔꿈치로 그녀의 팔을 툭툭 치며 말을 저지했다.

"사인 하나만 받아 주면 안 돼요?"

옆에서 눈치를 줘도 그녀가 계속 말을 잇자 우진은 미간을 찌푸리며 손으로 해리의 입을 막았다.

"미안해요, 연수 씨. 어쩌다가 얘기를 해 버렸네요."

난감한 표정을 짓는 우진의 모습에 연수는 미미한 미소를 머금었다.

"아녜요, 천 주임님. 그리고 그 정도로 친한 사이가 아니라 사인은 좀……. 죄송합니다, 이 주임님."

연수는 그 말을 끝으로 때마침 도착한 엘리베이터에 올라탔다. 우진이 더 이상 말하지 말라는 듯 해리를 보며 입술에 검지를 가져다 댔다.

"왜?"

"나중에 말해 줄 테니까 연수 씨한테 주은재 얘기 하지 마요."

우진은 의아한 시선을 보내는 그녀를 향해 작게 속삭이고는 등을 떠밀며 엘리베이터에 탔다.

재화는 세 사람의 대화에서 자신이 모르는 일이 벌어졌음을 감지했다.

주은재라면, 연예인 그 주은재를 말하는 건가? 드라마 남자 주인공이었던 걸로 기억하는데, 그 사람이 왜?

재화는 무표정한 연수의 얼굴을 빤히 바라보았다.

"팀장님 안 타세요?"

"아, 타야죠."

연수가 차분한 목소리로 묻자 재화는 그제야 정신을 차리고 엘리베이터에 올라탔다. 문이 닫히고 네 사람 사이에 정적이 흘렀다.

해리는 계속해서 우진에게 '왜 말하면 안 되는데?' 라며 입모양으로 물었지만 그는 그저 입술에 검지를 가져다 댈 뿐이었다. 그 모습을 본 재화가 연수를 힐끗 쳐다보았지만 그녀는 여전히 담담한 모습이었다.

엘리베이터가 멈추자 재화는 내리려는 우진의 어깨를 살짝 잡았다.

"천 주임."

"네?"

"잠깐 내 방으로 좀 와 줄래요?"

재화의 말에 우진은 작게 고개를 끄덕였다.

❖   ❖   ❖

"네?"

"어제 주은재라는 사람과 무슨 일이 있었는지 궁금해서요."

재화는 웃으며 말했지만 우진은 그에게서 왠지 모를 압박감을 느꼈다. 어제 회의에 관한 이야기일 줄 알고 자료들을 챙겨 왔는데, 예상치 못한 '주은재'와 '서연수'의 관계에 대한 질문에 우진은 난감한 표정을 지었다. 회사에서 일어난 일이지만 연수의 사생활과 관련된 것이라는 생각이 들었다.

"그냥…… 연수 씨에게 들으시면 안 될까요?"

"큰일이었어요?"

"아니, 그건 아닌데. 주은재 그 사람과 별로 사이가 좋은 것 같진 않아서요. 사실 본 것도 단편적인 부분이라, 제가 뭐라 단정 지어 말하기가 좀…….'

우진이 뒷말을 흐리자 재화는 가볍게 미소를 지으며 대답했다.

"알겠어요. 괜한 걸로 귀찮게 해서 미안해요. 아침 회의하러 가죠."

재화는 자리에서 일어나 우진의 어깨를 다독이고 팀장실을 나섰다. 우진은 멀어지는 그의 뒷모습을 보며 작은 한숨을 내쉬었다. 항상 유하다고 생각했던 재화에게서 처음으로 묘한 압박감을 느꼈다.

밖으로 나온 재화는 유리벽 넘어 회의실에 모여 있는 팀원들을 바라보았다. 아니, 정확하게 말하면 연수를 바라보았다. 태연하게 해리와 이야기를 나누는 그녀를 보며 재화는 입술을 꾹 깨물었다.

"주은재 그 사람과 별로 사이가 좋은 것 같진 않아서요."

연수는 사적인 이야기를 꺼내는 것을 싫어했다. 가족과 친구에 대한 이야기는 물론이고, 고등학교를 졸업하고 대학을 입학하기 전까지 무엇을 하며 어떻게 보냈는지조차 말한 적이 없었다. 가끔 대화가 그쪽으로 흐르면 어영부영 말을 흘리며 다른 화제로 돌릴 뿐이었다.

"팀장님, 회의실 안 들어가세요?"

생각에 잠겨 있는 그때, 도희가 어깨를 콕콕 찌르며 애교스럽게 말했다.

"아, 들어가야죠."

그는 입가에 미소를 머금으며 도희와 함께 회의실로 들어섰다.

"연수 씨, 이것도 복사해 줄래?"

연수는 아침 회의가 끝나자마자 이곳저곳을 바쁘게 뛰어다

녀야 했다. 도희가 외근을 나가지 않게 되면서 그녀에게 이것 저것 잡다한 일들을 시켰기 때문이었다.

그녀는 정리하던 서류를 내려놓고 부랴부랴 도희에게 다가 갔다.

"어떤 거 복사하면 되나요?"

"이거."

도희는 턱짓으로 자신의 오른쪽에 쌓인 두툼한 서류들을 가리켰다. 연수는 웃으며 알겠다고 대답한 후 얼른 복사기 앞으로 달려갔다.

우진과 해리는 그런 도희를 보며 미간을 찌푸렸다. 아무리 신입이라도 그렇지, 반말로 일을 시키는 모습이 좋아 보이지 않았다. 하지만 차마 상사인 도희에게 뭐라고 할 수는 없었 다.

그때 재화가 기지개를 켜며 팀장실에서 나왔다.

"점심시간인데 밥 먹으러 가죠?"

재화의 등장에 얼굴을 펴고 입가에 미소를 지은 도희는 그 에게 다가가 애교스런 목소리로 말했다.

"팀장님, 우리 이번에 새로 생긴 가게로 갈까요?"

"그럴까요? 다들 괜찮아요?"

"저는 좋아요."

"저도 좋아요."

우진과 해리가 웃으며 대답하자 재화는 아무 말 없는 연수를 향해 고개를 돌렸다.

"연수 씨도 괜찮죠?"

복사에 열중하던 그녀가 재화를 바라보았다.

"네? 아, 네."

뭐라고 물었는지 듣지 못했지만 일단 알았다고 대답한 연수는 복사한 서류의 개수를 세었다.

연수의 대답이 떨어지기가 무섭게 우진과 해리는 기다렸다는 듯 자리에서 일어나 나갈 차비를 했고, 도희도 들뜬 목소리로 화장실 좀 다녀오겠다며 사무실을 나섰다.

여전히 복사기 앞에 서 있는 연수에게 슬쩍 다가간 재화가 어깨를 툭툭 치며 작은 목소리로 말했다.

"밥 먹으러 가자니까?"

"이거 개수만 세고요, 팀장님."

"나중에 해도 되잖아."

"이왕 센 거 마무리하고……. 아, 숫자 까먹었잖아요."

연수가 원망 가득한 얼굴로 바라보자 재화는 그녀의 손에서 억지로 서류를 뺏었다.

"다 먹고 살려고 하는 건데, 제발 점심시간엔 일 좀 놓지? 그런다고 월급을 더 받는 것도 아닌데."

"아이고, 진짜 말이나 못 하면."

연수가 살짝 주먹을 들자 재화가 잽싸게 그녀의 손목을 잡았다. 그제야 연수는 아직 사무실에 우진과 해리가 있다는 것을 감지했다.

황급히 고개를 돌리자 두 사람은 놀란 눈으로 재화와 연수를 바라보고 있었다. 시선을 느낀 재화가 상황을 파악하고 잡았던 손목을 재빨리 놓아주었지만 없던 일이 되진 않았다.

"크흠, 얼른 내려가야겠다."

재화가 태연한 표정을 지으며 사무실을 나서자 연수도 허허 웃으며 다급히 그의 뒤를 따라나섰다.

사무실에 싸한 정적이 흘렀다. 우진과 해리는 서로를 쳐다보며 고개를 갸웃거렸다.

"뭐지?"

"뭘까?"

직장 상사와 부하 직원 사이라고 하기에는 너무도 묘했던 분위기에 두 사람은 넋을 놓았다. 몇 년을 같이 일한 자신들에게도 말을 놓지 않는 재화였는데, 그의 색다른 모습에 연수와 각별한 사이라는 것이 느껴졌다.

우진은 불현듯 아침에 재화가 주은재에 대해 물었던 것을 떠올리며 두 사람이 예전부터 아는 사이였다는 것을 확신했다.

마침 화장실에서 화장을 고치고 온 도희가 재화가 없는 것을 발견하곤 앙칼진 목소리로 말했다.

"아, 뭐야? 팀장님 벌써 내려가신 거야?"

도희는 얼른 파우치를 내려놓고 후다닥 사무실을 나갔다.

"짠하다, 짠해. 박 대리님의 짝사랑."

그 모습에 해리가 고개를 내저으며 혀를 끌끌 찼다.

그녀는 우진과 다른 방향으로 두 사람 사이를 확신하고 있었다. 재화와 연수가 서로에게 호감을 가지는 '썸'을 타고 있다고.

"우리도 얼른 가죠?"

남의 연애사에 관여하고 싶지 않은 해리는 생각을 정리한 뒤 사무실을 나섰고, 우진은 계속해서 혼잣말로 '뭔가 있어'라고 중얼거리며 그녀의 뒤를 따랐다.

"새로 생긴 가게, 되게 맛있다고 그러더라고요."

"아, 그래요?"

"2팀 유 대리가 미식가잖아요. 맛없는 건 절대 입에 안 대요."

"뭐, 유 대리님이라면 믿을 만한 분이시긴 하죠."

식당으로 향하는 동안 도희는 재화의 옆에 꼭 붙어 서서 콧소리 섞인 목소리로 대화를 이끌었다. 그 뒤를 걷는 우진과 해리, 그리고 연수는 도희에게 시달리는 그가 왠지 불쌍하게 느껴졌다.

가게에 도착한 재화는 제일 안쪽에 먼저 자리를 잡고 앉았다. 그의 옆에 앉기 위해 도희가 몸을 굽히는 순간, 해리가 그녀의 팔을 살짝 잡아끌며 옆에 있던 연수를 엉덩이로 툭 밀었다. 연수는 갑작스런 힘에 의해 그대로 재화의 옆에 풀썩 주저앉게 되었고, 그녀가 휘청거리자 그가 얼른 팔을 잡아 주었다.

"아, 죄송합니다."

연수의 팔을 잡고 있는 재화를 본 도희의 얼굴이 딱딱하게 굳어졌다. 거기다 자신이 앉으려던 그의 옆자리를 신입에게 빼앗기니 더욱 기분이 나빴다.

도희는 입술을 슬쩍 깨물며 재화의 맞은편에 앉아 있던 우진을 밀어내고 그곳에 자리를 잡았다. 우진은 당황스러웠지만 그저 해리를 보고 왜 그랬냐는 원망이 담긴 표정을 지을 뿐이었다.

해리는 히죽히죽 웃으며 고소하다는 듯 도희를 힐끗 쳐다보았다. 혹여나 일부러 그랬다는 걸 알면 도희가 가만있지 않을 테지만 다행히 그녀는 재화와 스킨십을 한 연수만 눈에 들어오는 듯했다.

"팀장님, 뭐 드실 건가요?"

우진이 앞에 있던 메뉴판을 펼쳐 재화에게 넘겼다. 그는 쓱 훑어보더니 이내 도희에게 메뉴판을 주며 말했다.

"전 선지 해장국이요."

"어? 저도 그거 먹고 싶었는데."

도희가 메뉴판을 다시 우진에게 휙 넘겼다. 그가 입을 삐죽 내밀며 같은 걸로 주문하겠다고 하자 해리도 자신 역시 선지를 좋아한다며 맞장구를 쳤다.

연수만 메뉴를 고르지 못하고 있자 도희는 그런 그녀를 아니꼽게 바라보며 말했다.

"그럼, 그냥 모두 선지 해장국 먹는 걸로 하죠?"

"아, 네."

연수가 고개를 끄덕이며 동의하자 우진이 주문을 하기 위해 손을 들었다.

"선지 안 좋아하지 않아?"

나긋한 재화의 물음에 모두들 연수를 향해 시선을 집중했다. 그 반응에 그녀가 당황한 얼굴로 재화를 바라보며 미간을 찌푸렸다. 그제야 자신이 실수한 것을 알아차린 그는 짧은 탄성과 함께 말을 이어 갔다.

"그냥 왠지 안 좋아할 것 같아서요."

변명치고는 너무나 궁색한 말이었다. 점쟁이나 관상쟁이도 아니고 무슨 말도 안 되는 소리인가.

연수는 어색하게 웃으며 대답했다.

"그냥 저도 선지 해장국 먹을게요."

"아니요. 연수 씨는 설렁탕 드세요."

"……네?"

"아주머니, 여기 선지 해장국 넷에 설렁탕 하나요."

재화가 얼른 손을 들어 주문을 하자 연수는 어이없다는 표정으로 그를 올려다보았다.

아주 아는 사이라고 광고를 해라.

연수는 이를 악물고 억지웃음을 지었다. 그 모습에 도희가 가만두지 않겠다는 듯 그녀를 노려봤다. 하지만 그 무서운 시선에 담긴 메시지를 알아차린 사람은 오직 우진과 해리뿐인 것 같았다.

❖　　　❖　　　❖

점심을 먹고 사무실에 복귀한 연수는 더 바쁘게 움직여야 했다. 작은 일 하나에도 연수를 부르며 심부름을 시키는 도희 때문이었다. 시도 때도 없이 부르는 통에 우진과 해리의 귀에 환청이 들릴 정도였다.

바쁜 오후가 지나고 저녁 시간이 되자, 재화는 퇴근 준비를 마치고 팀장실을 나섰다.

"그럼 저 먼저 퇴근할게요."

그는 모두에게 인사를 건네고 마지막으로 연수를 바라보았다. 그녀는 그를 향해 살짝 고개를 끄덕인 후 다시 일에 집중하기 시작했다. 점심시간에 있었던 일 때문에 일부러 쌀쌀맞게 구는 것 같은 그녀의 태도에 재화가 작게 웃음 지었다.

그때 도희가 가방을 들고 재화의 곁에 다가왔다.

"호호, 저도 퇴근해요. 같이 나가요, 팀장님."

재화와 함께 도희의 모습이 사라지자 우진과 해리는 한숨을 내쉬며 어깨를 축 늘어뜨렸다.

"아, 정말 내가 다 숨이 막히네."

"유치하다, 진짜."

우진과 해리는 문 쪽을 바라보며 그동안 참고 있던 불평을 한마디씩 했다. 그때 갑자기 구두 소리가 들리기 시작했다. 퇴근한 줄 알았던 도희가 사무실 문을 벌컥 열고 들어와 연수에게 말했다.

"서연수 씨, 내 책상 왼쪽에 상자 하나 있거든요? 그거 내일 아침 회의 때 쓸 거니까 안에 있는 서류 꼭 다 정리하고 가세요."

새침한 말투로 일을 시킨 도희가 다시 나가자 해리는 어이가 없어 헛웃음을 내뱉었다. 그리고 자리에서 일어나 도희가 말한 상자를 꺼내 들었다. 그녀는 그 안에 한가득 담겨 있는 서류들을 보고 눈썹을 치켜 올렸다.

"완전 못됐다. 대체 이 많은 걸 언제 다 하라는 거야?"

우진도 산더미처럼 쌓인 서류들을 보고 입을 다물지 못했다. 자세히 살펴보니 딱히 아침 회의 때 필요한 서류도 아니었다.

화가 날 법한 상황이었지만 연수는 개의치 않는 얼굴로 웃으며 말했다.

"다들 퇴근 안 하세요?"

"정리 도와드릴까요? 셋이 하면 금방 끝날 텐데."

"셋? 나도 하라고요?"

해리가 자신을 가리키며 놀란 표정을 짓자, 우진은 잔뜩 인상을 찌푸리며 그녀를 향해 눈짓을 주었다.

"아, 아니에요. 저 혼자 할 수 있어요. 두 분은 얼른 퇴근하세요."

"연수 씨가 그렇다면 전 이만 가 볼게요. 집에 가서 주은재 나오는 드라마 마지막 회를 봐야 해서."

우진은 몸을 움찔거리며 해리를 노려보았다.

주은재 관련 이야기는 좀 하지 말라니까.

그의 시선에 해리는 얼른 가방을 들고 도망치듯 사무실을 빠져나갔다. 잽싼 뒷모습을 보며 혀를 끌끌 차던 우진은 한숨을 쉬며 상자 속에서 서류들을 꺼내기 시작했다.

"천 주임님, 그거 두시고 퇴근하세요. 저 혼자 할 수 있어요."

"이 많은 걸 언제 다 하려고 그래요. 같이하면 금방 끝날 거예요."

서류를 정리하려는 우진을 저지하며 연수는 그의 등을 떠밀었다.

"괜찮아요. 진짜 저 혼자 할 수 있어요. 걱정 말고 퇴근하세요."

연수는 손에 가방까지 들려 주고는 그를 사무실 밖으로 밀어냈다. 그리고 뭐라 말할 틈조차 주지 않고 안녕히 가라는 인사와 함께 사무실 문을 굳게 닫았다. 우진은 어떻게 해야 하나 싶어 그 자리에서 잠시 머뭇거리다 결국 집으로 무거운 발걸음을 옮겼다.

순식간에 사무실 안이 조용해지자 연수는 한숨을 푹 내쉬며 어깨를 늘어뜨렸다. 그리고 도희의 자리에 있는 상자를 회의실 테이블 위에 올려놓았다.

우진의 호의를 거절한 것을 후회할 만큼 서류는 많았다. 하지만 이런 것은 서른 살에 신입으로 회사에 들어왔을 때부터 각오했던 일이었다.

물론 도희가 재화와 자신의 사이를 오해하고 있는 것은 좀 억울했지만.

"이게 다 선배 때문이야."

재화에게 투정이라도 부릴까 싶어 휴대폰을 들다 배터리가 나가 전원이 꺼진 것을 발견했다. 연수는 신경질적으로 휴대폰을 내려놓고는 입을 삐죽거리며 서류들을 정리하기 시작했다.

드라마 마지막 회가 방영되는 날, 뒤풀이를 하기 위해 모든 스태프들과 연기자들이 한자리에 모였다. 드라마 평균 시청률이 40%를 훌쩍 넘었기에 뒤풀이 현장은 화기애애할 수밖에 없었다.

"감독님, 축하드려요. 이번에도 대박이네요."

감독의 술잔에 술을 따라 주며 선영이 사근사근하게 말했다. 그녀를 바라보는 감독의 입가엔 흐뭇함이 가득했다.

"이게 다 선영 씨, 은재 씨 덕이지. 두 사람 없었으면 이렇게 성공 못 했어."

"에이, 무슨 그런 말씀을. 작가님도 한 잔 받으세요. 정말 수고하셨어요."

"그래요, 선영 씨. 나중에 내 작품에 한 번 더 나와 주는 거다?"

"당연하죠, 불러만 주세요. 어머, 선배님 오셨어요? 여기 앉으세요."

선영은 스태프들과 배우들 사이에서 성격 좋기로 유명했다. 누구에게나 사근사근하고, 털털하고, 남을 배려할 줄 아는 사람으로 통했다.

하지만 은재에겐 그런 행동이 통하지 않았다. 선영의 본모습이 아니라는 것을 알고 있는 유일한 사람이었기 때문이다.

은재는 잔에 담긴 콜라를 홀짝거리며 선영을 가만히 주시했다.

"은재 씨는 원래 그렇게 말이 없어?"

감독은 은재의 빈 술잔을 보며 술을 따라 주기 위해 말을 걸었다. 그는 잔을 들어 술을 받고는 감독이 안 보는 사이 조심스레 물 잔에 소주를 버렸다. 술에 취한 감독은 그것을 눈치채지 못하고 다시 빈 잔에 술을 따라 주었다.

"은재 씨는 연기할 때 빼고는 말하는 걸 못 봤어. 자긴 너무 과묵해."

그는 대답 대신 그저 웃음으로 답했다. 그러자 감독은 재미없다는 듯 고개를 돌리고는 중년 연기자와 이야기하고 있는 선영을 불렀다.

"선영 씨, 잠깐 이리 와 봐!"

선영은 감독의 부름에 중년 연기자에게 양해를 구하고, 선뜻 맞은편에 자리했다. 감독이 술을 따라 주기 위해 술병을 들자 얼른 주변에 있던 빈 잔을 들었다.

"선영 씨는 은재 씨랑 되게 오래된 친구라던데."

"네, 고등학생 때부터 알았어요."

"와, 그럼 10년이 넘은 사이잖아? 은재 씨는 그때부터 과묵했어?"

"말이 워낙에 없어요. 그래도 지금은 은재의 표정만 보고 아, 얘가 지금 뭘 원하는구나 알죠."

"진짜? 원래 그렇게 오래 보면 없던 감정도 생기고 그러지 않아?"

선영이 술을 꽤 많이 받아 마셨기에 까닥하면 넘어오겠다 싶어 감독이 말을 던졌지만 그녀는 쉽게 넘어오지 않았다.

"감독님, 원래 오래 보면 그런 감정이 더 사라져요. 모르세요?"

자신이 따라 준 술을 마시는 선영을 보며 그는 살짝 아쉬운 표정을 지었다.

진짜 아무런 관계도 아닌가? 친한 친구 사이라고?

궁금해 미칠 것 같았지만 더 이상 물어봐도 넘어오지 않을 것 같았기에 감독은 연거푸 술만 마셨다.

은재는 감독이 술에 정신이 팔린 것을 확인하고 조심스럽게 일어나 가게 밖으로 나왔다. 그리고 선영 역시 그의 뒤를 따라나섰다.

케케묵은 공기가 답답했던 은재는 밖으로 나오자 속이 뻥 뚫리는 것 같은 기분이 들었다. 여름밤 공기는 선선하고 좋았다.

"뭐야, 왜 나왔어? 혼자 도망가려고?"

선영이 퉁명스런 목소리로 중얼거리며 옆에 섰다.

"답답해서."

"하긴, 술을 못하는 주은재 씨에겐 별로 내키는 자리가 아니지. 그래도 도망가지 마. 우리 집에서 너랑 나, 둘이서만 드라마 종영 파티할 거니까."

선영의 말이 끝나기가 무섭게 가게 앞에 최고참 연기자의 밴이 섰다. 그녀는 그것을 눈치채고 매니저보다 빨리 다가가 차 문을 열었다.

"선생님, 어서 오세요!"

"어라, 선영이잖아? 밖에서 뭐해?"

"잠깐 바람 좀 쐬려고요. 선생님 안 오시는 줄 알았는데 어쩐 일이세요?"

"잠깐 지나가다가 들렀어. 여기 근처에서 친구들이랑 드라마 마지막 회 보고 있었거든."

선영은 최고참 연기자를 모시고 가게 안으로 들어섰다. 그가 들어오는 것을 발견한 스태프들과 연기자들이 모두 일어서서 인사를 건넸고, 어느새 선영은 그들 사이에 앉아 시시콜콜한 이야기를 나누기 시작했다.

은재는 그 모습을 힐끗 보다가 조용히 자신의 밴 쪽으로 발걸음을 옮겼다. 밴 앞에 서 있던 도훈은 은재가 다가오자 담배를 한 모금 깊게 빨며 말했다.

"형, 왜 나오셨어요?"

은재는 대답도 하지 않고 손을 내밀었다.

"차 키 좀 줘 봐."

"네? 어디 가시려구요?"

"바람 좀 쐬려고."

"누나가 형한테 키 주지 말라고 신신당부하셨는데."

선영은 그가 뒤풀이 중간에 나갈 것을 예상하고 미리 도훈에게 가지 못하게 말리라고 말해 둔 상태였다. 하지만 은재는 포기하지 않고 한 발자국 다가서며 명령조로 말했다.

"맞고 줄래, 그냥 줄래?"

도훈은 안 된다는 말을 반복하다 어쩔 수 없이 주머니에서 키를 꺼내 그의 손 위에 올려 주었다. 은재는 키를 쥐자마자 뒤도 돌아보지 않고 차에 올라탔다.

창문을 활짝 열고 도로를 달렸다. 까만 밤하늘에 비친 거리의 네온사인은 너무도 눈부셨다. 조용한 곳을 좋아하는 그였기에 얼른 번화가를 빠져나가기 위해 차를 빠르게 몰았다.

어느새 적적하고 스산한 거리로 들어선 그는 조금 편안한 표정으로 밖을 바라보았다. 높은 건물이 빽빽이 들어찬 그곳은 퇴근 시간이 지나 사방이 어두컴컴했다.

건물을 올려다보면서 불어오는 바람을 느끼고 있을 찰나, 그의 시선에 익숙한 회사가 들어왔다. 레임이었다.

5년 만에 연수를 만난 곳이었다. 은재는 천천히 차를 건물 앞으로 몰았다. 그리고 원망과 배신감이 가득 섞인 눈빛으로 자신을 바라보던 연수의 얼굴을 가만히 떠올렸다.

그녀의 눈빛에 동요하지 않은 척했지만 사실은 매우 당황스러웠다.

'언젠가 우연찮게 만날 수 있지 않을까?' 라는 생각을 하며 그녀와의 재회를 준비해 왔지만 현실은 달랐다. 너무나 당황스러워 말도 나오지 않았고 어떤 표정을 지어야 하는지도 알 수 없었다.

그녀만 보였다. 자신을 증오한다는 시선을 보내는 그녀만.

은재는 긴 한숨을 내쉬며 핸들을 붙잡았다. 이제 와 변하

는 것은 없었다. 그녀에게 미안한 감정은 있었지만 자신의
선택을 후회하진 않았다.

뒤숭숭한 마음을 다잡고 멈췄던 차를 출발시키려는 순간,
건물에서 누군가가 걸어 나오는 모습이 보였다.

이런 늦은 시각에 퇴근하는 사람도 있네.

대수롭지 않게 여기며 속도를 높이려던 그가 문득 거칠게
브레이크를 밟으며 차를 세웠다. 그리고 고개를 돌려 건물에
서 나오는 사람을 뚫어지게 바라보았다. 서연수였다.

❖   ❖   ❖

마지막 서류를 정리한 연수는 기지개를 펴며 자리에서 일
어섰다. 많이 늦어졌지만 끝냈다는 생각에 절로 입가에 미소
가 지어졌다.

얼른 집에 가야겠다고 생각하며 그녀는 분주하게 사무실
을 나섰다.

12시가 다 되어 가는 시각이라 건물 안은 불이 모두 꺼진
상태였다. 어둑어둑한 복도를 지나 엘리베이터에 올라탄 그
녀는 1층에 도착해 경비원을 향해 살짝 눈인사를 건넸다.

건물을 빠져나오자 스산한 바람에 머리카락이 날렸다.

그녀는 마침 회사 앞에 멈춰 서는 택시를 보고는 발걸음을
재촉했다. 하지만 이내 자리에 멈춰 서고 말았다. 검은 밴 옆

63

에 서 있는 은재를 보았기 때문이다.

"서연수."

그가 낮은 목소리로 그녀의 이름을 불렀다.

5년 만에 들어 보는 음성. 낮게 울려 퍼지는 그의 음성은 그녀의 마음을 먹먹하게 만들었다. 택시가 떠난 그곳에는 은재와 연수 둘만 남아 있었다.

연수는 주먹을 꽉 쥐고 은재에게 등을 보였다. 가슴 깊이 묻혀 뒀던 감정이 솟구치며 눈가가 촉촉해지고 있었다.

그녀는 등을 돌린 채 반대 방향으로 걸음을 떼기 시작했다. 한 걸음, 두 걸음 멀어지는데도 뒤에서는 아무런 말이 없었다.

그래, 원래 그런 애잖아. 너는, 내가 부르지 않는 이상 다가오지 않으니까.

헛웃음을 내뱉으며 걸음을 재촉하는 그때, 그의 목소리가 들려왔다.

"잠깐만."

놀란 그녀가 뒤돌아섰다. 바로 뒤까지 쫓아온 그는 무덤덤한 표정으로 그녀를 바라보고 있었다.

연수에게 은재는 불행이었다. 만나지 말았어야 했던 사람. 만나지 않았다면 가슴 아픈 기억도 없었을 것이고, 긴 시간을 버리는 일도 없었을 것이다.

"잠깐이면 돼."

연수는 불행의 시작인 은재가 또 다른 불행을 불러올까 너무 무서웠다.

"서연수."

그런데 왜일까. 그녀는 그를 향한 시선을 거두지 못했다.

★

chapter 2

────

한때,
너를
사랑했다는
사실이
부끄럽다

주은재라면 평생 사랑할 자신이 있었다. 남들이 모르는 그의 속마음까지 알고 있다고 생각했다. 앞에서 티는 내지 않지만 자신을 생각해 주는 사람이라고 믿었다. 하지만 5년 전 그날, 그건 착각이었다는 것을 깨달았다.

"얘기 좀 해."

5년 전과 다름없이 그는 아무런 표정 없는 얼굴로 말했다. 연수는 그런 그를 바라보며 주먹을 꽉 쥐었다.

"무슨 얘기."

"5년 만이잖아."

연수는 헛웃음을 내뱉었다. 어떻게 저렇게 태연한 목소리로 5년 만이라고 말할 수 있는 건지 궁금해지기까지 했다. 더 이상 대꾸할 가치도 없다는 생각에 그녀는 몸을 돌려 걸어가기 시작했다.

멀어지는 연수의 뒷모습을 바라보던 은재는 더 이상 그녀의 이름을 부르지도, 쫓아가지도 않았다.

한참을 걷던 연수는 걸음을 멈추고 뒤를 돌아보았다. 그는 더 이상 보이지 않았다. 꿈이었던 것처럼 사라진 그의 모습에 그녀는 그 자리에 주저앉아 마른세수를 했다.

귓가에 그의 음성이 울려 퍼졌다.

"서연수."

낮고 울림 있는 목소리는 그의 무표정과 잘 어울렸다. 한때 그 목소리가 마음을 헤집어 놓았듯이, 지금도 그 음성은 숨겨 왔던 연수의 상처를 들춰냈다.

왜 또 그를 만났을까. 이대로 멀어지면 된다고 생각했다. 그때의 기억 따윈 다 접어 두고 싶었다. 하지만 은재가 나타나자마자 기억은 언제 잊었나 싶게 더욱 선명하게 되살아났다.

연수는 한참 인도에 앉아 고개를 숙이고 있었다. 그 모습을 누군가가 보고 있다는 것은 알지 못한 채.

❖   ❖   ❖

70

"좋은 아침입니다."

연수는 사무실에 들어서면서 큰 목소리로 인사를 건넸다. 도희는 들은 체 만 체 무시하며 일에 전념했고 우진과 해리는 반갑게 인사를 받아 주었다. 팀장실을 보니 아직 재화는 출근하지 않은 모양이었다.

"팀장님은 아직 안 오셨나요?"

"왜, 팀장님께 따로 할 말이라도 있나 보죠?"

도희가 연수를 쏘아보며 말했다. 손사래를 치며 부정했지만 도희의 시선에는 여전히 의심스러움이 가득했다.

"여러분, 좋은 아침이에요."

그때 재화가 사무실 안으로 들어왔다. 도희는 자리에서 벌떡 일어나 연수를 밀어내고 그에게 달려갔다. 연수는 쓴웃음을 지으며 그런 도희를 바라보다가 재화에게 인사를 건넸다.

"좋은 아침입니다, 팀장님."

재화는 인사하는 연수를 물끄러미 바라보다 뒤늦게 대답했다.

"네, 좋은 아침이네요."

인사를 건넨 뒤에도 재화는 한참 동안 연수에게서 시선을 떼지 못했다. 무언가 할 말이 있는 듯한 표정에 연수가 고개를 갸웃거렸지만 그는 별다른 말을 하지 않았다.

"10분 뒤에 아침 회의 할게요."

그가 차분한 목소리로 말하곤 팀장실로 들어섰다.

정신없는 아침 회의가 끝나자, 자리로 돌아가려는 연수의 손목을 재화가 잡았다. 다행히도 그녀가 마지막으로 회의실을 나가려고 했기에 그 모습을 본 사람은 아무도 없었다.

"연수야."

연수는 고개를 돌려 재화를 바라보았다.

"선배?"

그녀는 불러 놓고 아무 말이 없는 그의 모습에 고개를 갸웃거렸다. 주변 눈치를 보던 그녀는 조심스럽게 잡힌 손목을 빼냈다.

"왜 그래요, 무슨 일 있어요?"

걱정스런 물음에 재화는 입가에 미미한 미소를 머금으며 고개를 좌우로 흔들었다.

"아니야."

재화는 연수의 어깨를 토닥이곤 회의실을 나와 팀장실로 들어섰다. 혼자가 된 그의 얼굴엔 어두움이 가득했다. 의자에 풀썩 주저앉은 그는 마른세수를 하며 어제 일을 떠올렸다.

어제 그는 차 안에서 연수가 퇴근하기를 기다리고 있었다. 그녀의 휴대폰이 꺼져 있는 탓에 꼼짝없이 회사 앞에서 기다릴 수밖에 없었다. 사무실로 다시 올라갈까 말까를 고민하다 차에서 내린 찰나, 회사 앞에 서 있는 밴 한 대를 발견했다.

주변 풍경과 어울리지 않는 커다란 차에 시선을 고정하고 있는데, 누군가가 안에서 내렸다. 재화는 짐작으로 저 사람이 주은재라는 것을 알 수 있었다. 그리고 그때 연수가 회사 건물 밖으로 나오는 것이 보였다.

마주한 두 사람은 짧게 대화를 나누었다. 연수가 뒤돌아 멀어지자 재화는 차에 올라타 그녀의 뒤를 조심스레 따라갔다.

넋 나간 사람처럼 걷던 그녀는 어느 순간 인도 위에 털썩 주저앉았다. 그 모습에 재화는 자신의 생각보다 두 사람이 깊은 관계임을 짐작했다.

그들의 사이가 너무나 궁금했지만 자신과 알고 지낸 5년 동안 그에 대해 연수가 이야기한 적은 단 한 번도 없었다. 더더욱 그녀에게 꽤나 힘들고 말하기 어려운 일인 것 같은 예감이 들었다.

재화는 마른세수를 하며 광고기획 팀장과의 2차 회의를 위해 자리에서 일어섰다. 팀장실을 나오자마자 시선에 연수의 얼굴이 들어왔다.

그녀는 아무 일도 없는 듯 평소와 같은 모습이었다. 감정을 꼼꼼 숨기고 있는 것 같은 그녀의 얼굴을 보니 가슴이 아팠다.

"팀장님, 지금 회의 가시나요?"

"네. 갔다 올게요."

도희에게 미소를 건넨 재화는 무거운 걸음을 옮겨 광고기획실로 향했다.

회의실 앞에 도착하자 유리벽 너머로 광고기획 팀장과 낯선 남자가 무언가를 작성하고 있는 것이 보였다. 재화는 문앞에 서서 일이 끝나기를 기다렸다.

얼마 지나지 않아 남자와 광고기획 팀장이 악수를 하고는 회의실 밖으로 나왔다.

"그럼 잘 부탁드립니다."

"저야말로 잘 부탁드립니다."

광고기획 팀장이 꾸벅 인사를 하자 남자는 유유히 사무실을 빠져나갔다. 재화는 고개를 갸웃거리며 팀장에게 조심스레 물었다.

"누구예요?"

"어, 왔어? 모델 계약 건 때문에 온 매니저. 아, 이번 모델은 주은재랑 서선영으로 갈 거야."

"주은재요?"

"응, 몇 년 전부터 계속 작업하고 싶어 했는데, 어젯밤에 드디어 계약하겠다고 하더라고. 계약 성사돼서 일단 속은 시원한데 저쪽에서 이상한 요구를 하네?"

재화가 아무 말 없이 바라보자 그녀는 계속 말을 이어 갔다.

"자기네 이번에 들어온 신입 말이야. 서선영이 무조건 걔를 촬영에 참여하게 해 달라고 하더라."

재화의 얼굴이 순간 일그러졌다. 좋지 않은 사이임이 분명한데 왜 연수를 참여시키려는 것인지 이해할 수 없었다.

"그래서 그렇게 하기로 한 거예요?"

"그러겠다고 했으니까 오늘 계약서를 쓴 거겠지? 아, 그리고 자기네 신입, 싸가지가 없어도 너무 없어. 꼬박꼬박 말대답하면서 한마디도 안 져. 내가 진짜 혈압 올라서 죽는 줄 알았다니까. 자기, 그런 애 계속 데리고 있을 거야? 나이도 많아 보이던데. 나중에 골치 아픈 일 겪지 말고 이번 광고 끝나면 잘라……."

"최 팀장님."

재화가 담담한 표정으로 그녀를 바라보았다. 순간 싸늘해진 그의 시선에 그녀는 뭔가 심상치 않은 분위기를 느끼고 입을 다물었다.

"저희 팀에 관한 건 제가 알아서 합니다. 그러니까 괜한 상관하지 말고, 자기 자리나 잘 지키시죠."

재화의 싸늘한 모습을 처음 본 그녀는 놀라 입을 반쯤 벌렸다. 그녀가 당황한 표정을 지우지 못하고 눈만 끔벅거리자 그의 입가에 평소와 마찬가지로 미소가 그려졌다.

"그럼, 회의 시작할까요?"

재화는 광고기획 팀장을 지나쳐 회의실로 들어섰다. 그녀

는 귀신이라도 본 것같이 등골이 오싹해져 몸을 부르르 떨다
황급히 정신을 차리고 그를 뒤쫓았다.

❖   ❖   ❖

드라마가 끝난 후 잡지사의 제안에 따라 섹시한 콘셉트로
촬영이 이루어졌다.

선영과 은재 모두 모델 출신으로 화보에 자신이 있었기에
그 누구보다도 숙련된 포즈를 취하며 촬영을 이끌었다.

감독은 만족스러운 미소를 지으며 카메라를 조심스럽게
내려놓았다.

"오케이! 선영 씨 개인 컷 촬영은 20분 뒤에 시작합시다."

감독의 말에 스태프들은 조명과 조형물을 바꾸려 재빨리
움직였다.

누워서 포즈를 취하던 은재가 벌떡 일어나 코디네이터 쪽
으로 다가갔다. 치렁치렁한 디자인 때문에 불편했는지 그는
겉옷을 벗어 던지며 미간을 찌푸렸다. 뒤따라온 선영이 의자
에 앉자 코디네이터가 머리와 메이크업을 손봐 주기 시작했
다.

두 사람의 사이는 이상할 정도로 냉랭해 보였다. 보통 같
으면 선영이 먼저 장난을 치며 분위기를 풀었을 텐데 그녀는
오늘 너무나도 조용했다. 아무래도 어제 뒤풀이 때 은재가

몰래 빠져나간 게 화근이 된 것 같았다.

코디네이터는 조용한 선영 때문에 긴장한 상태였다. 그녀가 짜증을 부리기 시작하면 꽤나 힘들다는 것을 알기 때문이었다.

"주은재."

선영이 팔짱을 낀 채 은재의 이름을 불렀다. 그 바람에 메이크업을 수정하던 코디네이터의 손이 순간 움찔거렸다.

"왜."

은재 역시 선영의 기분이 별로라는 것을 알고 있었지만 그런 것에 일일이 반응할 그가 아니었다.

무미건조한 대답에 화가 났는지 그녀는 코디네이터의 손을 탁 쳐 냈다. 잠시 뒤로 가 있으라는 뜻을 알아들은 코디네이터는 조심스럽게 그들 사이에서 멀어졌다.

"왜? 내가 지금 왜 이러는지 몰라?"

"알아."

"아는 애가 그렇게 입 다물고 있으셨다?"

"피곤했어."

"아이고, 그러셨어요? 피곤했다고 하면 내가 곱게 넘어가줄 거라고 생각하는 거야?"

"그만해. 사람들이 봐."

은재의 말에 선영의 눈동자가 좌우로 움직이기 시작했다. 선영이 제일 무서워하는 것 중 하나가 남들의 시선이었다. 그것을 잘 알고 있는 그는 그 점을 이용해 자주 그녀의 시선에서 벗어나곤 했다.

하지만 선영은 단단히 화가 났는지 목소리를 낮추기만 할 뿐 계속 말을 이었다.

"주은재, 너 자꾸 이러기야?"

"알았어. 오늘 해, 뒤풀이. 그럼 되잖아."

"싫어, 안 해. 기분 더러워졌어."

은재는 긴 한숨을 내쉬며 선영을 바라보았다. 한쪽 구석에서 스케줄을 정리하고 있던 도훈이 냉랭한 분위기를 느끼곤 헐레벌떡 다가왔다.

아침부터 둘 사이가 이상하더라니. 도훈은 분위기를 풀어줘야겠다는 생각에 머리를 긁적이며 말했다.

"형, 누나. 또 왜 그래요. 자꾸 싸우시면 곤란하단 말이에요. 드라마는 끝났어도 같이 해야 할 일이 산더미인데."

순간 선영의 머릿속에 레임 계약 건이 떠올랐다. 그녀가 도훈을 향해 모르는 척 물었다.

"무슨 일이기에 둘이 자꾸 붙어 다니라는 거야?"

"내일부터 밀려 있던 잡지 인터뷰도 해야 하고, 다음 주는 레임 광고 촬영도 있어요. 암튼 이렇게 계속 싸우시면 곤란하다니까요."

은재의 시선이 도훈에게로 향했다. 레임 광고는 분명히 안 한다고 얘기했는데.

도훈은 그의 시선에 난감한 표정을 지으며 선영을 힐끗 쳐다보았다. 그제야 은재도 선영이 꾸민 짓이라는 걸 알아차리고는 한숨을 내뱉으며 말했다.

"뭐하는 짓인데."

"뭐가?"

"누가 마음대로 계약하래?"

"너도 마음대로 약속 깼잖아."

"그거랑 이건 다른 문제잖아."

"왜? 레임 광고 찍는 데 뭐 문제 있어?"

'서연수가 있잖아' 라고 말할 뻔한 은재는 몸을 움찔거리며 입을 다물었다. 그러자 선영이 으스대듯 목에 힘을 줬다.

더 이상 상대하기 싫다는 듯 은재가 촬영장 밖으로 나서자 안절부절못하던 도훈은 그의 뒤를 쪼르르 따랐다. 은재가 사라진 문을 바라보며 선영은 픽 웃음을 내뱉었다.

"자꾸 그렇게 반응하면 괜히 더 괴롭히고 싶어지잖아, 은재야."

일단락된 것 같은 상황에 자리를 피해 있던 코디네이터가 메이크업을 수정하려 쭈뼛거리며 다가왔다. 그녀는 두 눈을 감고 고개를 살짝 뒤로 젖혔다. 화장을 받는 동안 그녀의 입가에는 미미한 미소가 그려져 있었다.

❖　　　❖　　　❖

퇴근 시간이 훌쩍 지났지만 모두들 자리를 지키고 있었다. 연수는 도희가 시킨 일 때문에 퇴근하지 못했고, 우진과 해리는 평소 칼퇴근을 하던 재화가 회사에 남아 있자 눈치가 보여 자리를 뜨지 못했다. 그리고 도희는 재화와 함께 퇴근하기 위해 계속 팀장실만 힐끗거리며 화장을 고치고 있었다.

"오늘따라 왜 저러시지?"

"그러게요. 당장 급한 일도 없는데 이상하네요."

우진과 해리가 속삭이며 대화를 나누던 그때 재화가 팀장실에서 나왔다. 놀란 두 사람은 책상에 고개를 박으며 일하는 척을 했고 도희는 기다렸다는 듯이 자리에서 벌떡 일어났다.

"팀장님, 이제 퇴근하시는 거예요? 저도 이제 막 일이 끝나서 나가려던 참이었는데……."

보통 같으면 웃으며 대꾸해 줬을 재화가 오늘은 한마디도 하지 않았다. 단지 무덤덤한 표정으로 연수를 바라볼 뿐이었다. 이상함을 느낀 우진과 해리 역시 연수 쪽으로 고개를 돌렸다. 서류 정리에 푹 빠져 있던 연수는 긴 정적이 흐르자 그제야 이상함을 느꼈는지 고개를 들고 모두를 번갈아 보았다.

"서연수 씨."

"네?"

재화가 낮은 목소리로 부르자 연수는 놀란 듯 대답하며 그를 바라보았다.

"퇴근 안 하실 건가요?"

연수에게 묻는 말에 엉뚱하게 도희가 대답했다.

"연수 씨는 오늘 일이 많아서 조금 늦게 퇴근할 것 같은데요, 팀장님?"

자신의 대답에도 재화가 연수를 향한 시선을 거두지 않자 심기가 불편해진 도희는 입을 삐죽거렸다. 연수는 난감한 표정을 지으며 재화를 향해 말했다.

"네, 제가 일이 좀 많아서요."

"그거 꼭 오늘 해야 하는 건가요?"

재화가 이번엔 연수가 아닌 도희를 쳐다보며 질문했다. 그의 시선이 자신에게 닿자 도희는 삐죽이던 입을 집어넣고 미소를 지으며 대답했다.

"네, 좀 급한 거긴 해요."

"무슨 일인데요?"

"이번 시즌 컬렉션 때문에 모아 놓은 것들……."

"그건 다음 주에 회의 시작하는 것 아닌가요?"

도희는 꿀 먹은 벙어리처럼 멍하니 그를 바라보았다. 분명 웃으며 말하고 있었지만 이상하리만큼 그에게서 압박감이 느껴졌다. 도희는 어색하게 웃으며 기죽은 목소리로 말했다.

"그, 그러네요. 생각해 보니 오늘 꼭 끝내지 않아도 될 것 같아요. 내일 와서 하도록 하세요, 연수 씨."

민망했는지 도희는 인사를 하고 먼저 퇴근을 해 버렸다.
풀이 죽은 듯한 그녀의 뒷모습에 우진과 해리는 눈을 떼지
못했다.

연수는 재화를 보며 미간을 찌푸렸다. 하지만 그는 전혀
동요하지 않는 표정이었다.

"그, 그럼 저희도 이만 퇴근하겠습니다."

"가 보겠습니다, 팀장님. 내일 봐요, 연수 씨."

고개를 꾸벅 숙인 우진과 해리도 도망치듯 퇴근을 했다.
어느새 디자인3팀 사무실에는 재화와 연수만 남게 되었다.
우진과 해리가 완전히 사라진 것을 본 연수는 그제야 입술을
깨물며 마음껏 재화를 노려보았다.

"뭐하는 거예요, 진짜."

퉁명스러운 물음에 재화가 작게 웃음을 터트렸다.

"박 대리한테 괴롭힘 당하는 거 구해 줬더니만 반응이 왜
그래?"

"누가 괴롭힘을 당했다고 그래요. 당연히 내가 할 일 하는
건데."

재화는 연수의 말을 무시한 채, 그녀의 가방과 겉옷을 들
어 올렸다. 그리고 성큼성큼 문 앞으로 가 씩 웃으며 그녀를
바라보았다.

"빨리 가자, 맛있는 거 사 줄게."

도망치듯 사무실을 빠져나가는 그의 뒷모습에 연수는 피

식 웃음을 터트렸다.

❖   ❖   ❖

재화는 연수를 데리고 회사 근처 막창집으로 갔다. 평소 막창을 좋아하는 연수는 가게에 들어설 때부터 입이 귀에 걸려 있었다. 그녀를 보는 재화의 입가에도 미소가 생겼다.

"아, 오늘 막창 엄청 땡겼는데."

"그렇게 좋아?"

"당연하죠. 진짜 온종일 막창만 먹을 수 있을 것 같아요."

"그렇게 먹다가 살쪄, 인마."

배시시 웃은 연수가 쌈을 싸서 입안 가득 집어넣었다. 그 모습을 흐뭇하게 바라보던 재화의 머릿속에 불현듯 은재와 함께 있던 연수의 모습이 떠올랐다. 재화의 얼굴이 조금 굳어지자 연수는 고개를 갸웃거렸다.

"선배."

"어?"

"저한테 무슨 할 말 있어요?"

갑작스러운 질문에 재화가 당황하자 연수는 게슴츠레한 시선으로 그를 보며 말을 이었다.

"오늘따라 절 이상하게 쳐다보시던데. 설마 제가 예뻐서 바라보는 건 아닐 테고. 대체 뭐예요?"

연수가 장난스레 묻자 재화는 입가에 작은 미소를 머금었다. 저렇게 장난을 치는 걸 봐서는 어제 일은 자신이 예민하게 받아들인 것일지도 몰랐다.

일과 관련된 사항이라 얘기를 안 할 수도 없었기에 재화는 진지한 표정으로 무거운 입을 겨우 뗐다.

"연수야."

그녀는 들을 준비가 됐다는 듯 고개를 끄덕였다.

"주은재 말이야."

그의 이름을 들은 그녀의 얼굴에 당혹감이 스쳤다. 하지만 곧 태연한 척하며 대꾸했다.

"무슨 얘기를 들으셨는지 모르겠지만 진짜 아무 사이도 아니에요."

"정말 아무 사이 아니야?"

재화의 무거운 음성에 연수는 말을 멈추고 소주잔을 비웠다.

"네, 정말 아무 사이 아니에요."

재화는 끝까지 은재와 무슨 관계인지 말해 주지 않는 연수가 답답해 한숨을 쉬곤 물을 들이켰다.

"네가 그렇다고 말하니까 더 이상 묻지 않을게. 그런데 주은재와 서선영, 이번에 우리 광고 모델로 계약하게 됐어."

연수는 회사에서 마주쳤던 두 사람을 떠올렸다. 모델 계약 건 때문에 왔을 거라고 짐작은 했지만 정말 성사될 줄은 몰랐었다. 자신과 사이가 좋지 않았기에 당연히 계약을 하지 않을 것이라 생각했다.

"그런데 그쪽에서 조건을 제시했어. 너를 광고 촬영에 무조건 참여시키래."

생각지도 못한 조건에 연수는 아무 말도 하지 못한 채 표정을 굳혔다. 재화는 그런 그녀의 얼굴을 보며 한숨을 푹 쉬었다. 표정에서부터 이미 아무 사이도 아니라는 말이 거짓이라는 것을 느낄 수 있었다.

재화는 소주병으로 손을 뻗다가 이내 차를 끌고 왔다는 생각에 물 잔을 들었다.

"진짜 저를 참여시키라고 그쪽에서 그랬어요?"

"그래."

마주쳐 봤자 서로 껄끄러울 텐데 그들이 왜 그런 조건을 내세웠는지 알 수 없어 연수는 혼란스럽기만 했다.

"네가 하기 싫으면 내가 그쪽이랑 다시 한 번 말해 볼게."

연수는 고개를 들고 재화를 바라보았다. 이게 무슨 상황인지 궁금할 텐데 더 이상 묻지 않고 자신을 배려하는 그의 모습에 웃음이 새어 나왔다.

"미안해요, 선배. 말 못 해 줘서."

그녀의 쓸쓸한 미소에 재화는 소주병을 들어 잔에 따라 주었다.

"괜찮아. 말하기 싫은 거 억지로 얘기하라고 강요하고 싶지 않아. 네가 정말 말하고 싶을 때, 그때 해 주면 돼."

재화는 자신이 너그러운 사람이라는 것을 뽐내는 듯 목에
힘을 줬다. 연수는 그 모습에 피식 웃음을 터트리며 잔을 비
웠다. 그리고 무언가 결심한 듯 소주잔을 테이블에 세게 내
려놓았다.

"선배, 저 그 광고 촬영 참여할게요."

무슨 이유로 자신을 촬영에 꼭 참여시켜 달라고 했는지 모
르겠지만 그 말에 따르지 않으면 일에 지장이 생길 것 같았
다.

재화는 굳이 토를 달지 않고 그녀의 선택을 존중한다는 듯
이 한마디 했다.

"네 결정이 그렇다면."

말없이 연수가 잔을 내밀자 재화는 또다시 술을 가득 따라
주었다.

❖ ❖ ❖

일주일이 지났다. 촬영 날짜가 다가올수록 연수는 자신의
선택을 후회하기 시작했다. 그들을 보며 아무렇지 않게 일할
자신도 없었고, 일에 영향을 끼칠까 봐 걱정도 되었다.

연수는 정신을 차리자는 의미로 뺨을 두어 번 툭툭 치고
화장실에서 나왔다.

사무실로 들어서자 신이 난 해리가 분주하게 나갈 준비를 하고 있는 것이 보였다.

"이 주임님, 무슨 좋은 일 있으세요?"

해리가 방긋 웃으며 말했다.

"저 오늘 팀장님 대신 연수 씨랑 촬영장에 가게 됐거든요."

"네?"

고개를 갸웃거리며 팀장실을 바라보자 재킷을 입고 나갈 준비를 서두르는 재화가 보였다. 급하게 시계를 확인하며 팀장실을 나온 그는 자신을 바라보는 연수와 눈이 마주치자 미안한 듯 웃어 보였다.

"연수 씨, 미안해요. 오늘 이 주임이랑 같이 가야 할 것 같아요."

"뭐 급한 일 생기셨어요?"

"네, 위에서 부르네요. 오늘만 이 주임이랑 같이 촬영장 가 줘요. 이 주임, 부탁해요."

"네, 팀장님."

해리가 자리에서 벌떡 일어나며 대답하자 재화는 서둘러 사무실을 나섰다.

연수는 급하게 나가는 그의 뒷모습을 보며 다행이라는 생각을 했다. 그가 은재와 자신의 관계를 눈치채는 것을 원하지 않았기 때문이었다.

"연수 씨, 얼른 가요."

들뜬 목소리로 말하며 해리가 사무실을 나섰다.

해리의 차를 타고 도착한 곳은 청담동에 있는 스튜디오였다. 촬영장 앞에는 밴과 여러 대의 촬영 장비들이 줄지어 서 있었다. 한쪽 구석에 차를 주차하고 해리와 연수는 스튜디오 안으로 들어갔다.

익숙하게 스튜디오를 둘러보던 연수는 촬영 준비를 하는 은재와 선영을 발견하고 마른침을 삼켰다.

"뭐야, 이 팀장은 안 와?"

앙칼진 광고기획 최 팀장의 목소리에 해리가 살짝 미간을 찌푸렸다. 최 팀장은 연수를 아래위로 훑어보더니 따라오라는 손짓을 하며 은재와 선영이 있는 쪽으로 발걸음을 옮겼다.

"하여튼 싸가지."

작게 투덜거리던 해리는 그러나 은재 앞에 다가가자 언제 그랬냐는 듯 입가에 미소를 지었다.

"오늘 의상을 총괄해 줄 두 분입니다."

최 팀장이 해리와 연수를 소개했다. 은재와 선영의 시선을 느낀 연수는 얼굴이 살짝 굳어졌지만 애써 태연한 척하며 인사를 건넸다.

"안녕하세요. 서연수입니다."

"주임 이해리예요. 잘 부탁드려요."

해리를 향해 살짝 고개를 숙여 답한 선영이 연수를 보며 입가에 미소를 지었다. 그리고 그녀에게 다가가 반가움 가득한 목소리로 입을 열었다.

"이렇게 또 보게 됐네?"

선영이 악수를 청하자 연수는 그녀가 내민 손을 바라보며 입술을 깨물었다. 두 사람에게 사람들의 시선이 몰렸다.

"잘 부탁드립니다."

연수는 입가에 미소를 지으며 선영의 손을 맞잡았다. 5년 만에 손을 잡으니 함께 웃고 울었던 지난 기억들이 머릿속을 스쳐 지나갔다.

선영은 뒤돌아 은재를 바라보았다. 그는 그녀의 눈빛에 연수에게 향해 있던 시선을 거뒀다.

"은재야, 너도 인사해야지."

은재는 선영을 한 번 쳐다보고는 말도 없이 스튜디오 밖으로 나가 버렸다. 냉랭한 그의 행동에 선영은 어깨를 으쓱이며 연수를 바라보았다.

"은재는 널 만나기 싫은가 보네."

어딘가 가시가 있는 말투였다. 눈치 빠른 해리는 어색해진 분위기를 바꾸기 위해 촬영 때 입을 의상에 대해 이야기해 주겠다며 선영의 관심을 돌렸다.

촬영을 시작할 때가 돼서야 스튜디오에 모습을 드러낸 은재는 연수에게 시선도 주지 않은 채 코디네이터가 내민 옷을 입었다.

　연수는 오히려 그런 그의 태도가 편했다. 며칠 전 회사 앞
에서 우연히 마주쳤을 때와 다르게 그는 그녀에게 관심조차
보이지 않고 있었다.

　틈만 나면 연수를 향해 관심을 드러내는 것은 오히려 선영
이었다. 연수는 그녀가 부담스러워 촬영이 시작되기 전까지
밖에 있을 생각으로 발걸음을 옮겼다.

　"연수야."

　그러나 뒤에서 자신을 부르는 목소리에 고개를 돌려야만
했다. 메이크업을 받고 있던 그녀는 연수를 향해 이리 오라
는 손짓을 건넸다.

　연수는 작게 한숨을 내쉬며 선영에게 다가갔다.

　"무슨 일이시죠?"

　"그 딱딱한 말투 좀 그만하면 안 돼? 내가 다 낯간지럽다."

　선영이 웃으며 말하자 연수는 살짝 미간을 찌푸렸다.

　"무슨 일인데."

　"야, 이제 내 친구 같네. 내가 커피를 마시고 싶어서 그러
는데, 한 잔만 사 오면 안 될까?"

　연수는 조용히 입술을 깨물었다. 대답 없이 가만히 선영을
내려다보자 옆에 있던 도훈이 어색하게 웃으며 말했다.

　"누나, 제가 다녀올게요."

　"아니야, 우리 연수가 옛날부터 이런 거 많이 해 봐서 잘

알거든. 그렇지?"

연수는 주먹을 꽉 쥔 채 그녀를 노려보았다. 살벌한 분위기에 도훈이 애써 호탕하게 웃으며 말했다.

"에이, 그래도 그런 건 매니저가 해야죠."

"아니에요. 됐어요. 제가 다녀올게요."

연수의 말에 도훈은 놀란 눈으로 그녀를 바라보았다. 그녀는 뒤도 돌아보지 않고 스튜디오 밖으로 나섰다. 그 모습을 옆에서 지켜보던 은재가 일그러진 표정으로 선영을 향해 고개를 돌렸다.

"누나, 왜 그래요. 아무리 그래도 레임 쪽 사람인데."

선영은 도훈의 말에 태연하게 눈을 감은 채 메이크업을 받았다. 도훈은 난감한 듯 머리를 긁적이며 연수가 나간 출입문을 바라보았다.

❖　　　❖　　　❖

연수는 근처 카페에 가서 선영이 자주 마시던 아이스 카라멜 마끼아또를 주문했다. 잊고 싶었지만 머릿속엔 아직도 그녀가 무슨 커피를 즐겨 마셨는지 남아 있었다.

한숨을 내쉬며 커피를 받아 든 연수는 카페 밖으로 나와 하늘을 바라보았다. 비가 오려는지 아침보다 우중충해진 날씨가 자신의 마음을 대변하는 것만 같았다.

스튜디오로 돌아온 연수는 선영에게 커피를 내밀었다.

"내 취향, 역시 기억하고 있었구나?"

선영이 기분 좋은 미소를 지었고, 도훈은 연수에게 연신 죄송하다고 말하며 커피 값 만 원을 건넸다.

"아녜요. 괜찮아요."

도훈과 지폐 하나를 두고 밀고 당기기를 하는데, 선영이 연수의 한쪽 손에 들려 있던 커피를 향해 손을 뻗었다. 빼앗으려는 것처럼 거칠게 움직이던 선영은 이내 커피를 놓치고 말았다.

"앗!"

놀란 선영이 자리에서 벌떡 일어나자 근처에 있던 해리와 광고기획 팀장의 시선이 모였다. 광고 촬영에 쓰일 선영의 옷이 커피로 얼룩져 엉망이 되어 있었다.

선영은 미간을 찌푸리며 연수를 노려보았다.

"잘 들고 있었어야지, 옷에 쏟으면 어떡해!"

짜증 섞인 말에 최 팀장의 시선이 연수에게로 옮겨 갔다. 코디네이터가 달려와 얼른 옷에 묻은 커피를 닦아 냈지만 역부족이었다.

"서연수 씨!"

최 팀장이 화가 난 듯 매서운 눈초리로 연수를 노려보았다. 연수는 놀란 얼굴을 감추지 못했다. 분명, 자신이 쏟은 게 아니었다. 선영이 들고 있던 커피를 놓친 것이었다.

"지금 당장 촬영 들어가야 하는데 이게 무슨 짓입니까?"

그러나 연수는 아무런 말도 할 수 없었다. 그런 게 아니라고 얘기해 봤자 일개 신입 사원의 말을 들어 줄 사람은 단 한 명도 없을 것이라는 생각이 들었다. 그녀는 입술을 깨물며 고개를 푹 숙였다.

뒤늦게 다가온 해리 역시 얼룩진 선영의 옷을 보고 당혹감을 감추지 못했다. 최 팀장이 낮게 욕을 내뱉으며 물었다.

"이 주임, 여분 옷 없어?"

"따로 없어요. 아직 출고되지 않은 신상이라서……."

해리가 난감한 표정을 짓자 최 팀장은 연수를 더욱 뚫어져라 노려보았다.

그녀의 따가운 시선에 어쩔 줄을 모르던 연수는 순간 가볍게 미소 짓는 선영의 얼굴을 보고 그녀가 일부러 그랬다는 것을 확신했다.

"너무 연수한테 뭐라고 하지 마세요. 일부러 그런 것도 아닌데."

"아닙니다. 이건 저희 쪽 직원이 잘못한 일입니다. 일단 다른 의상 촬영부터 진행하도록 해요. 정말 죄송합니다, 선영 씨."

최 팀장이 고개 숙여 사과하자 옆에 있던 해리도 선영에게 허리를 숙였다. 그녀는 괜찮다며 손사래를 치고는 옷을 갈아 입기 위해 탈의실로 향했다.

의상 때문에 촬영 순서가 바뀌자 스태프들은 분주하게 세트장을 다시 바꿔야 했다. 연수가 커피를 쏟아 촬영에 차질이 생겼다는 이야기가 퍼지자 스태프들은 그녀를 볼 때마다 불만 섞인 표정을 지었다. 그녀는 그럴 때마다 연신 그들에게 죄송하다고 사과하며 고개를 숙였다.

"저⋯⋯."

죄인처럼 서 있는 연수에게 도훈이 쭈뼛거리며 다가와 머리를 푹 숙였다.

"정말 죄송합니다. 연수 씨가 안 그러신 거 아는데⋯⋯."

가까이 있던 도훈은 선영이 일부러 커피를 쏟았다는 것을 알고 있었지만 사실을 말할 순 없었다. 그랬다가는 선영의 이미지가 타격을 입을 수 있었기에 모른 척 입을 다물었다.

연수는 아무런 대답 없이 한숨을 푹 내쉬었다. 사실을 묵과한 도훈의 잘못이 아예 없다고는 할 수 없는 상황이었다. 입술을 깨물며 애써 고개를 돌리자 그녀를 향해 다가오는 최 팀장이 보였다.

"서연수 씨."

최 팀장은 그녀에게 선영이 입고 있던 옷을 던졌다.

"당장 빨아 와요."

"제, 제가 할게요."

도훈이 손을 내밀자 연수는 씁쓸한 미소를 지으며 말했다.

"괜찮아요."

멀어지는 연수의 뒷모습에 도훈은 한숨을 내뱉으며 마른 세수를 했다. 원망스러운 시선으로 선영이 있는 쪽을 바라보려던 그때, 어느새 자신의 옆에 다가온 그녀를 보고 그는 움찔했다.

"서연수랑 무슨 얘기 한 거야?"

"아, 아니 그게……."

도훈은 대답하지 못하고 고개만 푹 숙였다. 선영이 싸늘한 표정으로 그를 바라보며 낮게 중얼거렸다.

"입 함부로 놀리면 어떻게 되는지…… 알지?"

도훈이 작게 고개를 끄덕이자 선영은 그의 어깨를 토닥여주곤 스튜디오를 빠져나갔다. 그 모습을 멀찍이서 지켜보던 은재는 애써 화난 감정을 숨기며 담담한 표정을 지었다.

"저, 은재 씨?"

사인을 받기 위해 흰 종이와 사인펜을 들고 쭈뼛거리며 은재에게 다가갔던 해리는 아무런 반응이 없는 모습에 조심스레 그의 이름을 불렀다. 그러나 그는 대꾸조차 하지 않은 채 스튜디오 밖으로 나갔다. 애가 탄 해리가 다시 한 번 은재를 불렀지만 그의 귀엔 그녀의 목소리가 들리지 않는 듯했다.

❀   ❀   ❀

화장실로 들어온 연수는 옷을 빨기 위해 세면대에 물을 받아 조심스레 커피가 묻은 곳을 문질렀다. 생각보다 얼룩이 쉽게 빠지는 것 같자 안도의 한숨이 절로 나왔다.

"그렇게 해서 어디 지워지겠어?"

익숙한 목소리에 연수는 고개를 들어 화장실 거울을 바라보았다. 팔짱을 낀 채 화장실 벽에 기대 서 있는 선영의 모습이 거울에 비치자 연수는 입술을 잘근 씹었다.

"뭐야."

"그건 내가 하고 싶은 소린데."

가증스럽게 웃은 선영은 사람이 있는 것을 확인하기 위해 화장실 문을 하나하나 조심스레 열었다. 한 칸, 한 칸 문을 열 때마다 그녀의 구두 굽 소리가 일정하게 울렸다. 마지막 칸의 문까지 열어 본 그녀가 연수에게 시선을 옮기며 말했다.

"왜 내가 했다고 말 안 하는 거야? 말하면 되잖아. 사실 서선영이 일부러 그런 거다, 라고."

"말하면 누가 믿어 줘?"

선영은 웃음을 터트리며 연수에게 한 걸음 다가섰다. 그리고 고개를 끄덕이며 말했다.

"하긴, 말단 사원 말을 누가 믿어 주겠어."

선영의 웃음을 보니 5년 전 그날이 떠올랐다. 그날도 그녀는 자신을 보며 지금처럼 웃고 있었다.

"너랑 입씨름하기 싫으니까 볼일 보러 왔으면 볼일만 보고 가."

"끝까지 착한 척이네."

"착한 척하는 거 아니야."

"그럼 때려 봐. 이런 내가 죽도록 미울 거 아니야. 시원하
게 뺨 한 대 때려 줘 봐."

"서선영."

"그래, 나 서선영이야. 네가 그토록 좋아하던 남자를 빼앗
아 간 서선영이라고."

선영은 고개를 까닥이며 말을 이어 갔다.

"앞에 있잖아. 이렇게 잘못한 거 하나 없다는 얼굴로 서
있잖아."

거짓말이라 믿고 싶었던 선영의 모습이 또다시 떠오르자
가슴이 서걱거렸다. 그때 분명 선영이 이런 사람이라는 것을
알아차렸는데 아직도 익숙해지지 못한 모양이었다.

"대체 언제부터 네가 이렇게 변한 건지 모르겠다."

"변해? 누가, 내가?"

선영은 작게 웃음을 내뱉었다.

"내가 변한 게 아니라 네가 모르고 있었던 거지."

고요하고 무거운 침묵이 감돌았다. 두 사람은 오늘처럼 침
묵으로 가득 찼던 5년 전 그날을 떠올렸다.

냉랭한 선영의 모습을 처음 본 날, 오랫동안 함께한 친구
의 진짜 모습을 알게 된 그 순간 모든 것을 잃은 듯한 느낌을

받았다.

연수는 깊게 숨을 들이쉬며 애써 과거를 떠올리지 않으려 노력했다. 그대로 몸을 돌려 그녀를 지나치려고 하는데 선영의 날카로운 목소리가 발을 붙잡았다.

"내가 재미있는 사실 하나 알려 줄까?"

선영의 입가에 오묘한 미소가 지어졌다.

"네가 항상 주은재를 짝사랑할 수밖에 없었던 이유 말이야."

은재와 관련된 일이면 항상 바보가 되는 기분이 들었다. 지금 그의 이름을 듣고 자신도 모르게 멈춰 서 버린 것처럼.

결국 연수는 뒤돌아 다시 선영을 마주했다. 고개를 까닥이며 웃던 그녀는 천천히 말을 이어 갔다.

"넌 마주할 생각이 전혀 없거든. 지금도 그렇고, 예전에도 그랬지. 매번 뒤꽁무니만 졸졸, 주인 따라다니는 개새끼마냥 바보 등신처럼."

왜일까, 주은재에 관한 이야기라면 왜 항상 이성을 잃어버리는 것일까.

연수는 화를 참지 못하고 손을 들어 선영의 뺨을 내려쳤다. 엄청난 소리와 함께 선영이 화장실 바닥으로 쓰러졌다. 근처에서 두 사람을 찾아다니던 은재가 그 소리에 화장실 안으로 들어섰다. 그리고 바닥에 쓰러진 선영을 향해 다가갔다.

"서선영. 야, 서선영!"

선영은 정신을 잃은 듯 축 늘어져 있었다. 은재의 목소리에 지나가던 스태프들도 화장실 근처로 모여들었다.

연수는 멍하니 쓰러진 선영을 바라보았다. 그리고 그녀를 안고 벌떡 일어서는 은재에게로 시선을 옮겼다.

그는 초점 없는 연수의 눈동자를 잠시 마주하다 아무런 말도 없이 화장실을 빠져나갔다.

"뭐야, 선영 씨 왜 그래?"

촬영감독의 놀란 목소리와 스태프들의 웅성거리는 소리가 커졌다가 점점 멀어졌다.

연수는 모두가 빠져나간 화장실에 한동안 멍하니 서 있었다. 그녀의 손에 들린 젖은 옷에서 물이 일정하게 똑똑똑 떨어져 내렸다.

❖   ❖   ❖

결국 촬영이 중단되어 회사로 돌아온 연수와 해리의 표정은 좋지 않았다. 재화는 힘 없이 서 있는 연수를 바라보다 넋나간 해리에게 시선을 옮겼다.

"서선영이 쓰러져서 촬영이 중단됐다니 그게 무슨 소리예요?"

"말 그대로예요. 화장실에서 쓰러졌는데……."

해리는 말끝을 흐리며 연수를 바라보았다. 선영이 쓰러진 것이 연수와 관련 있다는 의미였다.

재화는 한숨을 내쉬며 시계를 올려다보았다. 퇴근할 시간이기도 했고, 연수와 단둘이 이야기를 하는 게 나을 것 같다는 생각이 들었다.

"모두들 일단 퇴근해요. 연수 씨는 저랑 얘기 좀 하구요."

그의 말에 눈치를 살피던 팀원들은 하나둘 짐을 챙겨 사무실을 나섰다.

연수는 여전히 멍한 상태였다. 재화는 뭐라 말을 꺼내야 할지 몰라 한숨만 두어 번 내쉬었다. 그때 그녀가 말문을 열었다.

"……선배."

"응, 그래. 말해 봐."

"내가 그렇게 등신이에요? 내가 바보 등신이라서, 또 이렇게 당하고 있는 거예요?"

연수는 고개를 들어 재화를 바라보았다. 눈가에 그렁그렁 맺혀 있던 눈물이 뺨을 타고 툭 떨어져 내렸다. 재화는 그런 연수를 품에 꼭 안았다.

그의 품에서 그녀는 한참 동안 눈물을 쏟아 냈다. 억울하고, 분하고, 괴로운 감정을 주체할 수 없다는 듯 무너져 내렸다.

"빨리 병원으로 가."

운전석에 다급히 오르는 도훈을 향해 은재가 말했다. 시동을 켜고 도로로 밴을 몰고 가며 도훈은 룸미러를 통해 은재의 품에 안겨 있는 선영을 바라보았다. 그때, 그녀가 조심스럽게 눈을 떴다. 그것을 본 그는 깜짝 놀라 자신도 모르게 브레이크를 세게 밟아 버렸다.

"야, 너 운전 그딴 식으로 할래?"

"누나!"

도훈은 고개를 돌려 선영을 바라보았다. 몸을 일으킨 선영은 태연한 얼굴로 헝클어진 머리를 정리하기 위해 손거울을 들었다. 그리고 뺨을 보며 인상을 찌푸렸다.

"아, 이거 붓겠네."

"너 뭐야."

그녀는 딱딱하게 굳은 은재의 얼굴을 보며 미소 지었다.

"뭐긴 뭐야, 쇼지. 아, 근데 서연수 생각보다 손 되게 맵네. 뺨 많이 빨개? 맞은 거 티 나?"

선영이 뺨을 보여 주자 은재는 어이가 없어 아무 말도 하지 못했다. 너무도 태연하게 웃고 있는 그녀의 모습을 보며 넋 나간 연수의 모습을 떠올렸다.

"너 대체 왜 그래?"

"내가 뭐?"

"이렇게까지 하면서 서연수를 괴롭히는 이유가 뭐냐고."

싸늘한 말투에 선영은 얼굴을 굳혔다. 그리고 들고 있던 손거울을 탁 소리 나게 내려놓으며 말했다.

"싫으니까."

"대체 뭐가 그렇게!"

"네가 서연수를 안쓰럽게 여기는 거 자체가 싫다고. 무시하는 척하면서 넌 항상 서연수를 바라보고 있었잖아, 내 말이 틀려?"

그녀가 쏘아붙이자 그는 미간을 찌푸렸다. 선영을 이해할 수 없었다. 분명 가해자는 자신과 선영이었고, 피해자는 연수였다.

"지금 네가 이러는 거, 난 이해 안 돼."

"이해하지 마. 그것까지 너한테 바라지 않아."

선영은 은재에게서 시선을 떼고 조용히 두 눈을 감았다. 더 이상 대화를 하지 않겠다는 그녀의 행동에 은재도 한숨을 내쉬며 반대 방향으로 몸을 돌렸다.

두 사람의 목소리가 들리지 않자 도훈은 조심스럽게 눈치를 보며 둘을 힐끔거렸다.

밴 안에 있는 그 누구도 입을 열지 않았다.

❦   ❦   ❦

두 사람은 날이 어두컴컴해진 뒤에야 회사에서 나왔다. 재화는 아무런 말도 건네지 않고 그저 묵묵히 그녀의 옆을 따라 걸었다.

회사 앞 도로까지 나와서야 연수는 재화를 올려다보며 말했다.

"선배, 저 버스 타고 갈게요."

"……괜찮겠어?"

연수는 말없이 입가에 미소를 지었다. 그리고 등을 돌려 버스 정류장 쪽으로 걸어갔다. 축 처진 그녀의 어깨를 바라보는 재화의 마음은 무겁기만 했다.

"내가 바보 등신이라서, 또 이렇게 당하고 있는 거예요?"

불현듯 떠오르는 연수의 말에 재화는 마른세수를 하며 한숨을 내쉬었다. 말을 해 주지 않는 그녀 때문에 답답하고 화가 났다. 멀어져 가는 뒷모습을 보고 있는데 그녀가 얼마 안 가 자리에 멈춰 섰다.

연수의 옆에 헤드라이트를 켠 채 멈춰 서 있는 차 한 대가 보였다.

"타."

연수는 잠깐 멈추었던 걸음을 다시 재촉했다. 지금 주은재를 보고 싶지 않았다.

그러자 차에서 내린 그는 그녀의 손목을 잡아 억지로 조수석에 태웠다.

"뭐하는 거야."

연수가 내리려고 했지만 이미 차 문이 잠긴 뒤였다.

은재는 거친 엔진 소리와 함께 차를 몰았다. 도로를 달리는 두 사람 사이에 오고 가는 말은 없었다. 연수는 화가 난 표정으로 창밖을 바라봤고, 은재는 차를 운전할 뿐이었다.

묵묵히 운전을 하던 은재가 살짝 고개를 돌려 연수를 바라보았다. 그녀는 변한 게 없었다. 있다면 짧아진 머리 길이 정도였다.

"은재야, 나 긴 머리가 나아, 짧은 머리가 나아?"

"못생긴 얼굴 가리려면 긴 머리가 더 유용하지 않겠어?"

자신이 흘러가듯 한 말 때문에 연수는 그 뒤로 쭉 긴 머리를 유지했었다. 하지만 지금 그녀의 머리는 예전의 서연수가 아니라는 듯 짧아져 있었다.

"대체 어디를 가는 거야."

연수가 갑작스레 입을 떼자 그녀를 몰래 바라보던 그는 앞으로 시선을 돌려 운전에 집중하는 척했다.

차는 한적한 길가에 들어서고야 멈췄다. 연수는 차에서 내리려고 했지만 문이 잠겨 있는 상태라 그럴 수 없었다.

"열어 줘."

"내 말부터 들어."

"들을 말 없어."

문을 열기 위해 낑낑거리던 연수는 신경질적인 시선으로 은재를 바라보았다. 그러자 그가 흰 봉투를 꺼내 그녀의 무릎 위에 던졌다.

"그걸로 어디든 가."

"뭐?"

"서선영 눈에 띄지 않는 곳으로 가라고. 그 돈이면 충분히 생활할 수 있을 거야."

연수는 너무 어이가 없어 입도 다물지 못하고 흰 봉투를 바라보았다.

돈이라. 주은재에게 5년 만에 받은 것이 돈 봉투라니.

"너…… 진짜 미쳤구나. 제정신 아닌 거 같아."

여전히 무덤덤한 은재의 모습에 연수는 기가 막혀 웃음만 지었다. 자신이 죽도록 사랑했던 주은재는 없었다. 그녀는 입술을 꾹 깨물며 은재를 향해 있는 힘껏 봉투를 던졌다. 그의 얼굴에 정확히 맞은 봉투가 바닥으로 떨어졌다.

"……미친 새끼."

금방이라도 울 것 같은 표정으로 연수가 중얼거리자 은재는 작게 한숨을 내쉬며 문을 열어 주었다. 달칵, 소리와 함께 연수는 차에서 도망치듯 내렸다.

저벅저벅, 빠르게 걸음을 옮기던 연수는 얼마 가지 못하고 울음을 터트리며 주저앉았다.

자신에게 돈 봉투를 건넨 은재의 행동을 이해할 수 없었다. 한때, 그를 사랑했다는 사실이 부끄럽고 초라하게 느껴졌다. 그리고 그를 사랑했던 자신이 싫어졌다.

제발 이 상황이 꿈이었으면, 날이 밝으면 모든 게 없었던 일이 되었으면 하는 바람으로 연수는 한참을 자리에서 일어나지 못했다.

★

chapter 3

당신이
나에게서
등을
돌렸을 때

감기에 걸려 침대에 누워 있던 연수는 눈도 제대로 뜨지 못한 채 식은땀을 뻘뻘 흘리는 와중에도 주말이라 회사에 지장을 주지 않아 다행이라 생각했다.

예전엔 아프면 달려와 간호해 줄 사람이 있었지만 지금 옆엔 아무도 없었다.

집 안에 정적이 흐르자 감춰 왔던 옛 기억들이 스멀스멀 떠오르기 시작했다.

과거에는 행복한 순간들이 많았다. 갑작스레 돌아가신 부모님 때문에 일찍이 혼자가 되었지만 믿음직스러운 친구 선영이 있었기에 외롭지 않았다.

그런데 영원할 것 같았던 행복이 단 한순간에 모두 거짓으로 바뀌어 버리고 말았다.

　고등학교 입학식 날, 연수는 만원 버스에 억지로 몸을 밀어 넣었다. 버스 안은 따닥따닥 붙어 있는 학생들 때문에 샴푸 냄새, 스킨 냄새, 땀 냄새가 섞여 오묘한 향기로 가득 차 있었다.

　정류장에 도착하자 버스 기사는 이미 만원인데도 승객들을 억지로 더 태웠다. 밀리고 밀려 어느새 버스 뒷좌석까지 간 그녀는 남학생의 가슴에 머리를 툭 부딪치고 말았다.

　작은 목소리로 죄송하다고 중얼거리며 고개를 드는 순간, 부딪힌 남학생에게서 포근하고 따뜻한 향이 풍겨 왔다.

　남학생은 조금 짜증 섞인 시선으로 그녀를 내려다보고 있었다. 하얀 피부에 검은색 머리카락, 조금 매서운 듯한 눈매에 그녀는 괜히 부끄러워져 고개를 푹 숙였다.

　버스가 출발하자 그녀는 닿을락 말락 한 남학생과의 거리를 유지하려고 애썼다. 하지만 버스가 흔들릴 때마다 자꾸 남학생 쪽으로 몸이 기울었다.

　어깨가 남학생의 가슴에 닿을 때마다 손잡이를 잡은 손에 힘을 바짝 쥐었다.

　그때, 과속방지턱을 지나간 버스가 크게 휘청거리자 승객들이 모두 뒤로 밀렸다.

　연수는 잡고 있던 손잡이를 놓치고 중심을 잃은 채 남학생

쪽으로 기울고 말았다.

"윽."

그의 입에서 짧은 탄성이 튀어나오자 놀란 연수는 남학생을 바라봤다. 그제야 자신이 남학생의 넥타이를 잡아당기고 있다는 것을 알아차렸다.

"죄, 죄송합니다."

당황한 연수가 고개를 숙이며 사과하자 남학생은 넥타이를 느슨하게 풀어 내리며 일그러진 표정으로 그녀를 바라보았다.

연수는 남학생의 얼굴을 보기가 민망해 고개를 숙인 채 등을 돌렸다. 일부러 그런 것은 아니었는데 본능적으로 올라간 손이 원망스러웠다.

버스가 멈춰 서자, 그녀는 학생들 사이로 떠밀리듯 버스에서 내렸다.

"휴우……."

그제야 한숨을 돌린 연수는 조금 전 넥타이를 잡아당긴 남학생을 찾기 위해 주변을 빠르게 훑어보았다. 하지만 그는 온데간데없었다.

"분명 우리 학교 교복이었는데……."

아쉬운 표정을 지으며 그녀는 학교로 발걸음을 옮겼다.

반 배정을 받은 뒤, 교실을 찾기 위해 복도를 걷자 자신처럼 교실을 찾는 학생들과 그들의 부모님이 드문드문 보였다.

연수는 혼자서 입학식에 오는 게 처음이었다. 중학교 입학식 때까지만 해도 부모님과 함께였기 때문이다.

"지금쯤 선영이도 입학식 중이겠네."

선영은 부유한 집 자제들이 많이 다니는 사립 고등학교로 진학하게 되었기에 예전처럼 같은 학교에서 지낼 수는 없었다.

부모님과 함께 단란한 입학식을 맞이할 선영의 모습을 떠올리는 연수의 입가에 어느새 씁쓸한 미소가 지어졌다.

1반 교실 문 앞에 서서 두근거리는 마음을 진정시킨 뒤 교실 문을 열자 빽빽하게 앉아 있는 아이들이 보였다.

"⋯⋯어?"

아이들을 쭉 훑어보던 연수는 익숙한 얼굴을 발견했다.

멍하니 운동장 쪽을 바라보며 앉아 있는 남학생. 아까 버스에서 만났던 그였다.

❖   ❖   ❖

주은재, 남학생의 이름이었다.

그는 입학하자마자 훈훈한 외모와 좋은 운동 신경 때문에 여학생들의 시선을 한 몸에 받았다. 그를 좋아하지 않는 여학생들이 없을 정도였다.

대놓고 그를 좋아하는 부류와 아닌 척하면서 속으로 좋아하는 두 부류로 나뉘었는데, 연수는 후자에 속했다.

군이 그의 단점을 말하자면 말수가 적고 친구를 만들지 않는다는 것이었다. 그와 친해지기 위해 다가가는 학생들은 많았지만 곁에 오래 붙어 있는 사람은 없었다.

그와 반대로, 어릴 때부터 사교성이 뛰어났던 연수의 주위엔 항상 친구들이 많았다.

"주번! 담임이 교무실로 좀 오래."

친구들과 수다를 떨던 연수는 같은 반 아이의 말에 귀찮다는 듯 자리에서 일어났다. 같이 주번을 맡고 있는 진수가 아파서 결석을 한지라 혼자서 모든 일을 다 해야 한다는 생각에 짜증이 밀려왔다.

"이것 좀 반 애들한테 나눠 줄래?"

엎친 데 덮친 격으로 담임은 많은 양의 가정 통신문을 그녀의 앞에 내밀었다.

"혼자 왔어? 아, 맞다. 오늘 진수가 안 나왔구나."

주번이 연수 혼자임을 알아차린 담임은 조금 난감한 표정을 지었다. 혼자 들기엔 양이 너무 많았기 때문이다.

"친구 불러서 같이 들고 가."

"아니에요. 그냥 들고 갈게요."

허허 웃으며 연수는 가정 통신문을 들었다. 돌덩이를 안은 기분이었지만 내색하지 않고 담임을 향해 방긋 웃으며 교무실을 나섰다.

하지만 확실히 혼자서 들고 가기엔 무게가 꽤 됐다. 낑낑거리며 복도 코너를 돌던 그녀는 누군가와 부딪히며 뒤로 넘어져 버렸다. 들고 있던 가정 통신문이 그대로 바닥에 흩뿌려졌다.

"아!"

엉덩이를 콕 박고 넘어져 찡한 아픔에 인상을 찡그리던 그녀는 자신의 앞에 서 있는 사람을 보고 표정을 유하게 바꿨다.

"미안. 괜찮아?"

"아…… 응."

은재였다. 평소 무표정으로 일관하는 그가 이번만큼은 조금 놀란 듯 보였다.

그녀는 어색하게 웃으며 자리에서 벌떡 일어섰다. 아무렇지 않다는 것을 보여 주기 위해 과장된 행동을 취하자 고개를 갸웃거리던 그는 바닥에 흐트러진 가정 통신문을 발견하고는 몸을 숙여 조심스럽게 종이를 줍기 시작했다.

그것을 본 연수도 얼른 몸을 구부리고 팔을 뻗었다. 그 순간 엉덩이에서 느껴지는 아픔에 얕은 신음 소리를 내자 은재의 시선이 또 연수에게로 향했다.

"진짜 괜찮아?"

"괘, 괜찮아!"

안 괜찮아. 하나도 안 괜찮다고.

아프다고 당장에라도 소리치고 싶었지만 이상하게 그에게는 그런 모습을 보이기 싫었다.

둘은 나란히 가정 통신문을 줍기 시작했다.

마지막 한 장까지 챙긴 연수가 고맙다고 인사를 하기 위해 고개를 드는 찰나, 그가 그녀의 손에서 가정 통신문을 뺏어 들었다.

"어? 그거 내가……."

연수는 자신이 들고 가겠다는 말을 차마 하지 못했다. 묵묵히 계단을 올라가는 그의 뒷모습을 멍하니 바라볼 뿐이었다.

열 계단 정도 오른 그가 뒤돌아 연수를 내려다보며 말했다.

"안 가?"

"아, 응. 가야지."

연수는 수줍게 웃으며 은재의 옆으로 다가갔다. 걸을 때마다 엉덩이가 아파 오자 저도 모르게 미간이 찌푸려졌다.

그 모습을 힐끔거리던 은재가 중얼거렸다.

"양호실 가 봐. 엉덩이뼈 부러진 거 아냐?"

"에이, 설마……."

"하긴, 그랬다면 아예 못 걸었겠지."

그때 연수는 처음으로 그의 웃는 얼굴을 봤다. 미미하지만 옅게 띤 미소에서 시선을 떼지 못했다.

그를 멍하니 바라보자 시선을 느낀 은재가 가만히 눈을 마주했다. 당황한 그녀는 그제야 정신을 차리고 시선을 돌렸다.

"아, 맞다. 그때 우리 버스에서 만난 거 기억해?"

은재가 무슨 말인지 모르겠다는 듯 고개를 좌우로 흔들었다.

"입학식 때 말이야. 내가 버스에서 네 넥타이 잡아당겼잖아."

넥타이 소리를 듣자마자 은재는 무언가 떠올랐다는 듯 작은 탄성을 내뱉었다.

"그게 너야?"

벌써 1학기의 반이 다 지나가고 있는데 전혀 모르고 있었던 것 같은 모습에 연수는 실망스런 표정을 지었다. 그리고 이어진 질문에 자리에 멈춰 설 수밖에 없었다.

"그런데 너 몇 반이야?"

"……어?"

"몇 반이냐고. 그걸 알아야 가져다줄 거 아니야."

세상에, 같은 반인 것도 몰라?

연수는 은재의 손에 들린 가정 통신문을 억지로 뺏어 들었다. 놀라 뒷걸음치는 그를 아니꼽게 바라본 뒤 유유히 복도를 걸어 나갔다.

"뭐야……."

연수의 행동이 이해가 되지 않아 고개를 갸우뚱거리던 은재는 그녀가 1반으로 들어가는 것을 발견하고는 그제야 자신이 실수했다는 것을 깨달았다.

교실로 들어온 연수는 뒤따라 들어온 은재가 자신을 주시한다는 걸 알았지만 눈길조차 주지 않고 가정 통신문을 나눠주기 시작했다.

은재는 뒷목을 긁적이다 뭐라 말도 걸지 못하고 조용히 자신의 자리로 돌아갔다.

다음 수업 준비를 하기 위해 책을 꺼내던 그의 앞에 가정 통신문이 툭 떨어졌다. 시선을 올리자 연수가 입을 삐죽거리며 다른 친구에게로 향하고 있는 것이 보였다. 은재는 그런 그녀를 보며 작게 헛웃음을 내뱉었다.

❖　　❖　　❖

"입학한 지 몇 달이 지났는데 같은 반 애 얼굴도 기억 못해? 붕어 대가리야?"

"왜 그렇게 짜증을 내. 반 애들한테 관심이 없나 보지."

"아무리 관심이 없어도 두 달을 같은 반에서 생활했다고!"

"혹시 그 애 좋아해?"

"……아, 아니거든? 무슨 말도 안 되는 소리를 하는 거야!"

갑작스러운 선영의 질문에 손사래까지 쳤지만 이미 연수의 얼굴은 발그스름해져 있었다. 선영은 그런 그녀의 모습을 보고 손으로 입을 가리며 작게 웃음 지었다.

"웃지 마라."

"어휴, 벌써 우리 연수가 짝사랑을 하게 되다니."

"아니라니까!"

"잘생겼어?"

"좀 생겼…… 아니라니까!"

짜증을 내며 소리치자 선영은 더욱 크게 웃었다. 연수는 이미 자신의 마음을 눈치챈 듯한 선영의 모습에 이내 포기했는지 한숨을 푹 내쉬며 말했다.

"내가 그렇게 눈에 안 띄는 애인가?"

"눈에 띄게 행동하면 되지, 앞으로."

연수는 딱히 은재의 눈에 띄기 위해 노력한 적이 없다는 것을 깨달았다. 그에게 말을 걸어 본 적이 없었기에 자신을 모르는 것은 당연하다는 생각도 들었다.

"그래. 앞으로 해 보지, 뭐. 눈에 띄게."

굳은 결심을 하며 연수가 주먹을 꽉 쥐자 선영은 헛웃음을 내뱉었다.

"아참, 엄마가 반찬 싸 놓으셨다고 집에 갈 때 가져가래."

"또? 안 그러셔도 되는데."

"우리 엄마 손 크신 거 알잖아."

"그래도, 매번 받는 게 미안해서."

"참 나, 별걸 다 미안해하시네요."

선영이 장난스럽게 호통치자 연수는 멋쩍게 웃으며 뺨을 긁적였다.

연수가 선영과 인연을 맺은 건 부모님이 돌아가신 지 얼마 되지 않아서였다.

친척들은 중학교에 갓 입학해 생계유지가 어려운 연수를 서로에게 떠넘기기 위해 말다툼을 벌였다. 가진 것 없는 집 안이기에 그녀를 떠맡는다고 해서 이득이 생길 리 없다는 사실은 이미 모두 알고 있었다.

친척들의 다툼을 잠재운 건 연수였다.

겨우 열네 살의 그녀는 혼자 독립해서 살겠다고 선언했다. 그녀의 선택을 존중해 주는 척하는 친척들은 고작 달마다 생활비를 조금씩 보내는 것으로 책임을 회피했다.

그렇게 홀로 살기 시작하며 새로운 학교에서 선영을 만났다. 연수는 자신과 같은 '서' 씨 성을 가진 예쁘장한 선영에게 절로 관심이 갔다.

친화력이 좋은 그녀였기에 선영과도 금세 친한 친구 사이가 되었다.

"저번에 네가 말한 영화 개봉했던데. 내일 보러 갈까?"

"아, 나 내일은 촬영이 있어. 모레 보러 가자. 그때는 괜찮아."

어릴 때부터 아역 모델을 시작한 선영은 현재도 꾸준히 잡지 등의 모델 일을 하고 있었다. 인지도도 꽤 있어 곧 연기자로 데뷔할 예정이라 눈코 뜰 새 없이 바빴다.

부유한 집안에서 자란 선영은 얼굴뿐 아니라 공부도 잘해 무엇 하나 빠지는 것이 없었다. 연수는 가끔 완벽한 그녀가 매우 부러웠다.

"그래, 그럼 그때 보자."

선영은 연수에게 제일 친한 친구이자 가족이었다. 의지할 수 있는 선영이 곁에 있기에 연수는 외로움을 느끼지 않았다.

❧   ❧   ❧

다음 날, 연수는 은재의 눈에 띄기 위해 노력하기로 다짐했다. 그가 반응해 주지 않을 게 뻔했지만 친화력 하나는 자신이 있었다.

하지만 계획은 첫날부터 이상하게 어긋났다.

"주은재, 오늘 안 왔어?"

그가 학교에 오지 않은 것이다. 처음엔 '무슨 사정이 있겠지' 하고 넘어갔지만 하루가 지나고, 이틀이 지나도 그는 학교에 나오지 않았다.

일주일이 지나고 나서야 그가 학교에 모습을 드러냈다. 오랜만에 보는 은재의 모습에 반 아이들의 시선이 모였다.

그러나 그는 태연하게 자리로 가 아무 일도 없다는 듯 수업 준비를 했다.

아침 조회가 끝나고 담임은 은재를 교무실로 따로 불렀다.

소란스러운 교실 안, 연수는 아이들과 수다를 떨다 텅 빈 은재의 자리를 힐끗 쳐다보았다. 교무실에 간 그는 1교시가 끝나도록 돌아오지 않고 있었다.

"주은재 어디 갔어?"

담임이 쉬는 시간에 교실로 와 그를 찾았다. 교무실에 간 줄 알았는데 아니었나 보다.

확실히 그에게 무슨 일이 일어난 것이 틀림없었다.

그 후로 또다시 일주일이 지나서야 은재는 등교를 했다. 반 아이들이 왜 학교에 나오지 않았냐고 물었지만 그는 대답조차 하지 않고 책상 서랍에서 무언가를 꺼내더니 다시 교실을 나가 버렸다.

연수는 웅성거리는 아이들 틈을 벗어나 교실 밖으로 발걸음을 옮겼다. 복도를 어슬렁거리던 그녀는 창문 밖으로 은재의 모습을 발견했다.

"쟨 어디 가는 거야?"

큰 키를 이용해 학교 담을 넘기 시작하는 그를 보고 연수는 놓치지 않겠다는 일념 하나로 복도를 뛰어 얼른 뒤를 쫓았다.

자신의 키보다 조금 높은 담에 망설이던 연수는 주변을 두리번거리다 옆에 쌓여 있는 우유 상자를 발판 삼아 발을 디뎠다. 그리고 담 위에 올라앉아 멀어지는 은재의 뒷모습을 바라봤다.

"주은재!"

이름을 부르는 소리에 그가 뒤돌아섰다. 연수가 손을 이리저리 흔들며 잠시만 기다려 달라는 제스처를 취했지만 그는 고개를 갸웃거리다 이내 걸음을 옮겼다.

"저 자식이……."

연수는 이를 악물고 높은 담을 뛰어넘었다. 엉덩방아를 찧는 바람에 입에서 절로 앓는 소리가 새어 나왔지만 그녀는 벌떡 일어나 멀어지는 은재를 향해 뛰어갔다.

"주은재!"

한 번 더 부르자 그가 걸음을 멈췄다. 숨을 헐떡이며 은재의 앞에 선 그녀가 고개를 올려 그를 쳐다보았다.

"뭐야, 왜?"

"어디 가는 건데. 선생님한테 허락은 받았어?"

그가 아무런 대답 없이 그녀를 내려다보다 다시 걷기 시작하자 연수는 무작정 앞을 막아섰다.

"안 돼. 못 가. 나랑 다시 학교로 가자. 정 가야 하는 일이면 담임 선생님한테 허락받고."

"비켜."

은재는 연수를 피해 다시 걸음을 옮겼다. 그녀가 계속해서 이름을 불렀지만 그는 들리지 않는 듯 무작정 앞으로 걸어갔다.

그녀는 한숨을 푹 내쉬곤 그의 뒤를 따라갔다.

한참 걸어가던 그는 슬슬 연수의 존재가 신경이 쓰이는지 자리에 멈춰 서서 그녀를 바라보았다.

"왜 자꾸 따라오는데?"

"네가 가니까. 같이 학교로 돌아가자, 은재야."

전혀 학교로 돌아갈 생각이 없는 듯 은재는 그녀의 말을 무시했다.

그는 공사판에 도착하자 자연스레 그 안으로 들어갔다. 갈 팡질팡하며 망설이던 연수는 이내 머뭇거리며 그의 뒤를 따 랐다.

"위험하게 어딜 들어와."

"너는? 너도 위험하잖아. 여긴 왜 온 거야?"

그는 대답 대신 한숨을 푹 내쉬며 앞으로 걸어갔다.

공사판 한쪽에 서 있는 사람에게 다가선 그는 꾸벅 인사를 하고 간이 사무소로 모습을 감췄다. 그 앞에 서 있던 연수는 멍하니 공사 지휘자로 보이는 아저씨를 올려다보았다.

아저씨가 그녀를 보며 고개를 갸웃거렸다.

"저 학생 애인이야?"

"네? 아, 그건 아닌데……."

연수가 우물쭈물 대답을 못 하고 부끄러워하던 찰나, 벌컥 간이 사무소 문이 열리며 은재가 밖으로 나왔다. 그리고 낮은 목소리로 대답했다.

"애인 아닌데요."

단호하게 부정하는 그를 향해 연수는 입을 삐죽거렸다. 그는 그런 그녀를 귀찮다는 듯 바라보며 안전모를 썼다.

"빨리 학교로 돌아가."

"너랑 같이 갈 거야."

"아, 진짜 더럽게 고집 세네."

"피차일반이거든?"

"그럼 마음대로 해. 다쳐도 난 몰라."

그는 그렇게 말하고 공사판으로 발걸음을 돌렸다. 연수는 따라가고 싶었지만 위험하게 솟아오른 미완성 건물이 눈에 들어오자 차마 발길이 떨어지지 않았다.

그녀는 공사 지휘자 아저씨의 옆에 서서 일하는 그의 모습을 가만히 지켜보았다.

쉬지 않고 벽돌을 나르는 그의 얼굴이 점점 땀과 흙으로 뒤덮여 갔다.

은재는 점심시간이 한참 지나도록 잠시도 쉬지 않고 움직여 댔다.

무엇 때문에 저렇게까지 일을 하는 거지?

아직 열일곱 살밖에 되지 않은 은재였다. 뭔가 큰일이 생겨 학교에도 나오지 않고 일을 하는 거라고 연수는 생각했다.

그렇게 서너 시간 넘게 일을 한 은재는 옷을 갈아입고 공사판을 나섰다.

그는 공사 현장을 나와서도 계속 쫓아오는 연수를 잠시 노려보았다. 그리고 한숨을 푹 내쉬며 편의점으로 걸음을 옮겼다.

편의점에서 또 알바를 하나?

편의점 앞에 멍하니 서 있는 연수에게 그가 창문 너머로 '들어와' 라고 말했다. 쭈뼛거리며 들어서자 그가 뜨거운 물을 부은 컵라면과 삼각김밥 하나를 건넸다.

"나 먹으라고?"

"너 점심 안 먹었잖아. 배고플 거 아냐."

"……아, 그러네. 생각해 보니 안 먹었구나."

"안 고프면 먹지 마."

"아, 아니야! 배고파. 나 무지 배고파."

연수가 컵라면을 품으로 끌어당기며 말하자 그가 피식 웃으며 젓가락을 내밀었다. 젓가락을 받아 든 연수가 중얼거리듯 말했다.

"고마워. 잘 먹을게."

배시시 웃은 연수는 컵라면을 맛있게 먹기 시작했다. 자신을 쳐다보는 그의 시선에도 신경 쓰지 않은 채 라면 국물까지 싹 마셨다.

"아, 잘 먹었다."

기분 좋게 웃으며 고개를 들었을 때 그제야 그가 자신을 쳐다보고 있었다는 것을 깨달았다. 발갛게 달아오르는 얼굴을 애써 감추려 헛기침을 내뱉은 그녀는 휴지를 뽑아 입 주변을 닦았다.

"진짜 학교 안 갈 거야?"

"6시거든?"

연수는 편의점 벽에 걸려 있는 시계로 시선을 돌렸다. 벌써 6시가 훌쩍 넘어가고 있었다.

그가 먹은 것들을 정리하고 편의점을 나서자 연수도 얼른 뒤를 따랐다.

"이제 좀 가라."

"싫어. 너 내일도 학교 안 올 거잖아."

은재는 길게 한숨을 내쉬며 고개를 푹 숙였다.

대체 왜 이렇게 고집이 센 거야?

미간을 찌푸린 채 연수를 바라보던 은재가 입을 열었다.

"대체 왜 이러는 건데? 담임이 나 잡아 오래? 그럼 뭐 특별 점수라도 준대?"

"그런 건 아니고……."

"그럼 대체 나한테 왜 그래?"

갑작스런 질문에 연수는 말문이 막혔다.

그러게. 내가 왜 이럴까.

그가 자꾸만 신경 쓰였다. 처음 본 순간부터 그랬다. 버스

126

에서 마주쳤을 때도, 자신과 같은 반이라는 것을 알았을 때
도, 그리고 지금도. 여전히 그가 신경 쓰였다. 그리고 걱정됐
다. 더 이상에 학교에 나오지 않을까 봐, 그래서 그를 영영
볼 수 없을까 봐.

"혹시 그 애 좋아해?'

문득 선영의 질문이 떠올랐다. 지금껏 누구를 좋아해 본
적이 없었기에 연수는 지금 느끼는 이 감정이 혼란스러웠다.
연수가 고개를 들어 멍하니 바라보자 그는 다시 걸음을 옮
겼다. 멀어지는 그의 뒷모습을 보던 연수는 손가락 끝을 만
지작거리며 마른침만 꿀꺽 삼켰다.
뭐라고 말하면 그가 더 이상 등을 보이지 않을까.
그녀는 두 눈을 꼭 감으며 주먹을 꽉 쥐었다. 그리고 멀어
져 가는 그를 향해 소리쳤다.
"좋아하니까!"
순간, 그가 자리에 멈춰 섰다. 그리고 조심스럽게 뒤돌아
연수를 바라보았다. 그에게 성큼성큼 다가간 연수는 눈을 마
주하며 다시 한 번 곱씹듯 되뇌었다.
"좋아해, 주은재."
그것은 연수의 첫 고백이자, 슬픈 짝사랑의 시작이었다.
"난 너 안 좋아해."

감정 없는 표정으로 담담하게 은재가 대답했다.

연수는 그가 어떤 대답을 할지 예상하고 있었지만 왠지 모르게 가슴이 아려 옴을 느꼈다.

"상관없어."

그의 마음 따위는 상관없었다. 첫사랑을 시작한 그녀는 자신의 마음을 감당하는 것만으로도 힘들었다. 그가 걱정이 돼서 가만히 있을 수가 없었다. 그저 그의 옆에 있고 싶은 마음뿐이었다.

은재는 연수를 가만히 바라보다 다시 몸을 돌렸다. 그가 멀어지자 그녀도 자연스럽게 뒤를 따랐다. 붉은 노을빛 아래, 두 사람은 일정한 거리를 두고 걸었다.

은재는 저녁엔 중국집 배달 알바를 했다. 연수는 멍하니 가게 앞에 앉아 있다가 오토바이 소리가 들리면 고개를 들어 그를 맞이했다.

"왔어?"

오토바이에서 내린 은재가 쭈그려 앉아 있는 연수를 향해 말했다.

"지겹지도 않냐?"

"지겨워."

"그럼 집에 가."

"그건 싫어."

고개를 가로로 저으며 배시시 웃는 연수를 보고 은재는 한숨을 푹 내쉬었다. 하루가 멀다 하고 이곳에서 자신을 기다리는 그녀가 이해되지 않았다.

"은재야, 학교는 안 갈 거야?"

"안 가."

"막노동은 그만하면 안 돼? 배달 알바만 해도 되잖아."

"안 돼."

말을 몇 번 주고받기가 무섭게 사장은 은재를 불러 일을 시켰다. 배달할 음식을 받아 오토바이를 타고 무심히 멀어지는 그의 뒷모습을 보던 연수는 시계를 봤다. 그리고 작은 미소를 머금었다.

"곧 퇴근이다."

일이 끝나면 은재는 항상 말없이 연수를 집까지 바래다주었다. 어두운 골목길을 그와 나란히 걷는 그 시간이 그녀에겐 긴 지루함을 견딘 보상과도 같았다.

하지만 그날은 골목길로 들어서자마자 그가 우뚝 멈춰 서더니 그녀에게 말했다.

"여기서부턴 혼자 갈 수 있지?"

은재는 그렇게 연수의 집과 반대 방향으로 몸을 돌렸다. 당황한 그녀가 따라나서려고 하자 그가 돌아보며 말했다.

"오늘은 따라오지 마."

"어디 가는 건데?"

그가 대답하지 않고 돌아서자 연수는 입을 삐죽 내밀며 그의 뒤를 쫓아갔다. 연수가 따라온다는 것을 느낀 은재는 도망가듯 빠르게 그녀의 시선에서 사라졌다.

"대체 어디 간 거야?"

늦은 밤, 미아가 된 것처럼 길거리를 이리저리 돌아다니던 연수의 눈앞에 문득 병원이 보였다. 갑자기 떠오른 생각에 그녀는 그쪽을 향해 발걸음을 돌렸다.

얼마 걷지 않아 시선에 익숙한 뒷모습이 들어왔다. 기적적으로 그를 발견한 그녀의 입가에 미소가 맺혔다. 그러나 곧 그가 어디 아픈 곳이 있는 건 아닐까 하는 생각에 얼굴을 굳혔다.

연수는 숨을 죽이고 조심스럽게 은재의 뒤를 따라 병원 안으로 들어섰다.

익숙한 걸음으로 복도를 걸어가는 그의 뒤를 밟아 도착한 곳은 어느 병실이었다. 열린 병실 문틈으로 침대 옆에 앉아 있는 그가 보였다.

은재가 아픈 건 아니구나. 연수는 그 모습에 살짝 안도의 한숨을 내쉬었다.

그렇게 누워 있는 누군가를 멍하니 바라보기만 하던 은재가 자리에서 일어났다. 놀란 연수는 우왕좌왕하며 복도 코너에 몸을 숨겼다. 그는 그녀를 발견하지 못했는지, 조용히 병원 밖으로 나가 버렸다.

연수는 그가 있었던 병실 문을 조심스레 열고 안으로 들어섰다. 뚜벅뚜벅, 발소리를 죽인 채 다가가자 할머니가 호흡기를 낀 채 누워 있는 것을 볼 수 있었다.

다음 날, 연수는 담임에게 은재의 가족에 대해 조심스럽게 물어보았다.

은재에게 가족은 할머니 한 분뿐이었다. 그제야 왜 학교를 나오지 않았는지 대충 추측할 수 있었다. 할머니의 병원비 때문에 학교를 포기하고 돈을 벌기 시작한 것이었다.

방과 후, 연수는 어김없이 은재를 기다리기 위해 중국집 앞에 앉아 있었다. 공사장 일을 마치고 터벅터벅 걸어오는 은재의 모습이 멀찍이 보이자 그녀는 자리에서 벌떡 일어났다. 보통 때 같으면 반갑게 손을 흔들었을 테지만 오늘은 그럴 수가 없었다.

평소와 다른 연수의 모습에 은재는 의아한 듯 멈춰 섰다. 그녀는 말없이 그에게 다가가 허리를 끌어안았다.

"뭐야, 왜 그래?"

당황한 은재가 밀어내려 했지만 그럴수록 그녀는 더욱 그의 품으로 파고들었다. 갑작스런 행동에 어쩔 줄 모르던 그는 떨어지지 않는 그녀의 모습에 밀어내던 손을 멈추고 한숨을 푹 내쉬며 낮은 목소리로 물었다.

"무슨 일 있어?"

연수는 대답 대신 훌쩍이며 고개를 좌우로 흔들었다. 은재는 어깨를 축 늘어트린 연수의 머리를 조심스럽게 쓰다듬어 주었다. 조금 서툰 손길이었지만 따뜻함을 느낀 연수는 그를 안고 있는 팔에 조금 더 힘을 주었다.

다음 날, 연수는 은재 앞에서 아무 일 없었다는 듯 웃었다. 밝은 모습을 보여 줘야 그가 덜 힘들 거라고 생각했기 때문이었다. 학교에서 일어난 시시콜콜한 이야기부터 과거 자신의 이야기까지 쉴 새 없이 떠들어 댔다.

처음엔 그녀의 이야기를 귀담아 듣지 않던 그도 시간이 지날수록 미미하게 미소를 지으며 반응했다.

"갔다 온다."

"어?"

"갔다 온다고."

"아, 응!"

이젠 배달을 갈 때마다 인사도 꼬박꼬박했다.

그렇게 1년이 흘렀다. 결국 학교를 자퇴한 은재는 단기간에 검정고시를 준비해 합격 통지서를 받았다. 검정고시에 합격한 그날, 은재는 쑥스러운 듯 합격 통지서를 연수에게 내밀었다.

"와, 진짜 너 천재인 것 같아."

연수의 칭찬에 그는 창피한 듯 뺨을 긁적이며 시선을 피했다.

그렇게 행복한 나날이 계속될 것만 같았다.

"은재, 아직 어디 있는지 몰라?"

"네? 아, 네."

"아씨, 배달 밀렸는데 왜 갑자기 지각이야."

은재가 중국집에 나오지 않았다. 혹시나 무슨 일이 생겼나 싶어 공사장에 갔지만 그가 별 탈 없이 돌아갔다는 이야기만 들을 수 있었다. 길 한복판에 멍하니 서 있던 그녀의 머릿속에 한 사람이 스쳐 지나갔다.

"할머니……."

불길한 예감이 엄습해 오자 그녀는 얼른 병원으로 뛰어갔다. 기억을 더듬어 병실 앞에 도착해 문을 거칠게 열자 텅 비어 있는 침대가 보였다. 그녀가 옆 환자에게 빈 침대를 가리키며 물었다.

"여, 여기 있던 할머니는……."

"수술 들어가신 것 같던데."

"어, 어디로 가면 돼요?"

"그건 모르겠는데. 데스크에 가면……."

데스크로 달려간 연수는 간호사가 알려 준 대로 수술실 앞으로 달려갔다. 그리고 그곳에서 고개를 푹 숙인 채 앉아 있는 은재의 모습을 발견했다. 그녀는 숨을 고르며 아주 천천히 그의 옆으로 다가갔다.

"……은재야."

이름을 부르자 은재가 숙이고 있던 고개를 들어 녹초가 된 시선으로 그녀를 바라보았다. 그녀는 조심스럽게 그의 어깨를 감싸 안았다. 항상 듬직했던 어깨가 한없이 작게 느껴졌다.

다행히 할머니의 수술은 성공적이었다. 하지만 병원비 때문에 집 보증금까지 뺀 은재는 어디에도 갈 곳 없는 처지가 되었다.

아무것도 해 줄 수 없는 상황에 울음을 참지 못한 연수는 은재 옆에 앉아 무릎에 고개를 박고 눈물을 흘렸다.

그렇게 얼마나 울었을까. 고개를 든 연수는 그가 사라졌다는 것을 알아챘다. 자리에서 일어나 주위를 두리번거리고 있을 때 차가운 캔 커피가 뺨에 닿았다. 고개를 돌리자 은재는 그녀를 향해 캔 커피를 건네주었다.

"안 마셔?"

"나 커피 안 좋아하는데……."

그 말에 은재는 살짝 미간을 찌푸렸다.

"그럼 마시지 마."

투박하게 말하며 캔 커피를 가져가려고 하자 연수가 재빨리 그를 막았다. 그는 어이없다는 듯 헛웃음을 지으며 커피를 마셨다. 그 모습을 보던 그녀도 따라서 커피를 한 모금 들이켰다. 쓰디쓴 맛이 입안에 퍼지자 그녀의 얼굴이 잔뜩 일그러졌다.

"으, 써……."

연수는 괜히 마셨다는 생각을 하며 은재를 바라보았다. 그러자 그가 자리에서 일어나더니 어디론가 걸어가기 시작했다.

"은재야, 어디 가!"

이름을 불렀지만 그는 들은 체도 하지 않은 채 성큼성큼 멀어졌다. 기분이 상했나 싶어 한숨을 푹 내쉬는데, 볼에 또다시 차가운 기운이 느껴졌다.

"자."

"어? 고마워."

음료수를 얼떨결에 받아 든 연수는 멀뚱히 은재를 바라보았다. 병원 매점까지 뛰어갔다 왔는지 이마에 송골송골 땀이 맺혀 있었다. 연수는 그런 모습에 가슴이 왠지 뭉클해졌다.

자꾸 복받쳐 오르는 감정에 조용히 고개를 숙여 무릎에 얼굴을 묻었다. 그런 연수를 힐끗 본 은재는 고개를 갸웃거리며 말했다.

"왜…… 그래?"

갑자기 왜 그러는지 이해하지 못하겠다는 듯 그가 미간을 찌푸렸다.

"은재야, 나 네가 무지 좋아."

연수의 입에서 흘러나오는 말에 은재의 미간이 조금씩 원상태로 돌아왔다.

"처음 봤을 때부터 지금까지 쭉."

두 번째 고백이었지만 1년 전 그날처럼 그녀의 목소리는 여전히 떨리고 있었다.

촉촉하게 젖은 연수의 눈가를 보던 은재는 시선을 돌리며 무덤덤한 목소리로 대답했다.

"나는 너 안 좋아해."

"알아, 괜찮아. 안 좋아해도. 나만 널 좋아하면 되니까."

지금처럼만 대해 준다면 자신을 좋아하지 않아도 상관없었다. 딱 지금처럼 웃고, 울고, 서로에게 힘이 되어 주기만 한다면 그것으로도 족했다.

연수는 살짝 떨리는 손을 내밀었다.

"언제나 옆에 있어 줄게. 네가 힘들 때 항상 위로해 줄게. 그러니까, 나한테 기대. 은재야."

그는 조금 쑥스러운 듯 헛기침을 내뱉었다. 그리고 자신의 커피를 다 마신 뒤, 연수가 마시던 커피까지 들이켜기 시작했다. 그런 그를 보며 연수는 옅은 미소를 지었다.

❖   ❖   ❖

"선영아."

"왜?"

"모델은 돈 잘 벌어?"

"글쎄. 돈에 관한 건 전적으로 엄마가 관리해서 잘 모르겠지만 못 버는 사람도 있고, 잘 버는 사람도 있고 그렇겠지?"

"그래도 막노동이나 중국집 배달보다는 나을 것 같은데……. 우리 은재 모델 하면 잘할 거 같거든. 키도 크고 잘생겼으니까."

"이 분야는 끼가 있어야 성공할 수 있는 거야. 나처럼."

선영이 긴 머리를 새침하게 넘기며 말했다. 그 모습에 연수는 어이없다는 듯 헛웃음을 내뱉으며 고개를 저었다.

"그런 쓸데없는 거 묻지 말고 문제나 풀어. 너 숙제 양도 많다며."

선영의 꾸지람에 연수는 입을 삐죽거리다 다시 문제집을 바라보았다. 하지만 문제가 눈에 들어오지 않았다. 머릿속은 오로지 은재 생각으로 가득했다.

"진짜 우리 은재 잘할 거 같은데."

"으휴, 이 인간아. 콩깍지 얼른 벗고 공부나 하시죠?"

"콩깍지 아니야! 은재 진짜 잘났단 말이야."

선영은 시끄럽다는 듯 두 귀를 막았다. 그러자 연수는 귀를 틀어막은 그녀의 손을 억지로 떼어 내 은재가 모델 일을 할 수 있게 알아봐 달라고 부탁했다.

몇 날 며칠이고 얼굴을 볼 때마다 연수가 끈질기게 달라붙어 부탁을 하는 통에 결국 두 손을 든 선영은 작은 일 하나를 은재에게 주기로 했다.

"만약 못하면 다음 일은 당연히 없는 거야, 알지?"

"응. 걱정하지 마!"

연수는 기쁜 마음에 이 사실을 은재에게 알렸지만 돌아오는 그의 반응은 냉담했다. 그러나 그 역시 연수의 긴 설득 끝에 어쩔 수 없이 촬영장에 끌려오게 되었다.

"이거, 꼭 해야 해?"

은재가 내키지 않는 얼굴로 연수를 향해 물었다. 사진 찍는 걸 좋아하지도 않았고 기본적인 포즈조차 몰랐기에 그는 꽤나 긴장한 듯했다. 하지만 연수는 그가 잘할 것이라는 확신이 있었다.

"안녕? 네가 주은재야?"

촬영 의상으로 갈아입은 선영이 연수와 은재가 있는 쪽으로 다가오며 인사를 건넸다. 은재가 말없이 바라보자, 선영은 아래위로 그를 훑어보며 중얼거렸다.

"연수 말이 진짜였구나. 잘생기고, 키도 크고."

"거 봐. 우리 은재 잘생겼다고 했잖아."

마치 자기가 칭찬받은 양 의기양양해진 연수를 보며 선영은 핏 웃음을 지었다.

"그래, 잘생긴 거 인정. 오늘 촬영 잘해 보자. 은재야."

선영이 웃으며 악수를 청하자, 은재는 연수를 힐끗 쳐다보고는 조심스럽게 손을 잡았다. 두 사람의 모습을 지켜보며 연수는 흐뭇한 표정을 지었다.

본격적인 촬영에 들어가기 전 선영의 개인 촬영이 있었다.
그녀는 플래시 소리에 맞춰 자연스레 포즈를 취했고, 연수는
평소 친근하던 그녀와 다른 모습에 낯설음을 느꼈다.

"10분 뒤에 단체 촬영 들어갑니다. 서브 모델들 준비해 주
세요."

스태프의 말에 촬영 의상을 입고 나온 은재가 조금 부끄
러운 듯 뺨을 긁적거렸다. 연수는 슈트가 너무나 잘 어울리
는 그의 모습에 미소를 지었다. 헛기침을 하며 애써 태연함
을 유지하려 애를 쓰는 그 모습조차 너무 귀여워 작게 웃음
을 터트렸다.

"웃지 마."

"아니, 네가 너무 창피해하니까 그렇지."

연수가 웃음을 애써 참으려고 할 때, 촬영을 시작하겠다는
스태프의 말이 들려왔다. 그녀는 은재를 보며 파이팅을 외쳤
다. 그러자 그가 작게 웃으며 그녀의 머리 위에 살짝 손을 올
렸다.

"갔다 올게."

그의 손이 스쳐 간 머리에 따스함이 느껴졌다. 그녀는 멍
하니 멀어지는 그를 바라보다 이내 제 뺨을 두 손으로 툭툭
치며 정신을 차리려 노력했다.

"아, 떨려."

하지만 그녀의 가슴은 제멋대로 빠르게 뛰고 있었다.

연수의 예상이 맞았다. 은재는 아마추어 모델처럼 보이지 않았다. 너무도 능숙하게 포즈를 취하는 은재를 보고 선영도 꽤나 놀라워했다.

촬영이 끝나자 선영은 은재에게 재능이 있다며, 모델 일을 계속해 보는 것이 좋을 것 같다고 말했다. 은재를 인정해 주는 듯한 그녀의 말에 기분이 좋았지만 연수를 더 기쁘게 한 건 사진작가의 제안이었다.

"자네, 마음에 들어서 그러는데 내 개인 사진전에 모델 좀 해 줄 수 있나?"

그의 제안으로 은재는 사진전 메인 모델을 하게 되었고, 그 뒤로도 끊임없이 일을 할 수 있었다.

그가 막노동과 배달 알바를 그만두고 본격적으로 모델 일을 시작하자 제일 신이 난 건 연수였다. 그녀는 촬영을 따라다니며 그가 모델 일에 전념할 수 있게 도와주었다.

학교를 졸업한 연수는 대학 진학을 포기하고 은재의 코디네이터로 일하기 시작했다. 함께 있는 시간이 늘어나자 둘은 점점 더 가까워졌다. 아주 자연스럽게.

❖   ❖   ❖

"자, 마셔."

"오예, 술이다!"

촬영을 마치고 오랜만에 여유가 생긴 두 사람은 한강으로 나왔다. 은재가 캔 맥주와 안주를 사 오자, 연수는 기다렸다는 듯이 맥주를 벌컥벌컥 마시고 기분 좋은 미소를 지었다. 그 모습에 은재는 고개를 좌우로 흔들며 혼잣말로 중얼거렸다.

"커피는 못 마시는데 술은 왜 이렇게 좋아하는 거야?"

"커피는 쓰고, 술은 다니까?"

"달긴 개뿔."

퉁명스럽게 대구하며 은재가 캔 맥주를 따 한 모금 들이켰다. 입안에 쓴맛이 퍼지자 그가 인상을 찌푸리며 낮은 목소리로 말했다.

"못 먹겠다."

"뭐야, 오늘은 같이 마셔 주기로 했잖아!"

"맛없어."

"진짜 애기 입맛이라니까."

"커피도 못 마시는 게 누구 보고 애기 입맛이래?"

"술도 못 마시는 주은재 씨가 하실 말씀은 아닌 것 같거든요?"

연수가 혀를 날름거리자 은재는 헛웃음을 내뱉고 검은 봉지에서 캔 커피 하나를 꺼내 들었다.

"그놈의 커피. 오늘 아침에도 두 잔이나 마셨잖아."

"그래도 난 이게 좋아."

은재가 어깨를 으쓱이며 말하자 연수는 못 말리겠다는 듯 고개를 좌우로 흔들었다. 어느새 맥주 한 캔을 다 비운 연수는 그가 먹다 남긴 캔 맥주를 들었다.

"아참, 할머니 수술 언제라고 했지?"

"일주일 뒤."

"돈은 구했고?"

은재는 말없이 고개를 끄덕였다. 할머니는 여러 합병증을 앓고 계셨고 여러 차례 크고 작은 수술을 받아야만 했다. 그동안 여러 번 고비가 있었지만 할머니는 잘 버텨 주고 계셨다.

이번 수술은 성공 가능성이 낮고 비용이 꽤 많이 들었다. 의사는 은재에게 수술보다 할머니를 편안히 보내 드리는 게 좋을 것 같다고 얘기했지만, 그는 25년 동안 자신을 키워 준 유일한 가족인 할머니를 절대 포기할 수 없었다.

"뭐, 사채 그런 거 쓴 건 아니지?"

은재는 활발히 모델 활동을 하고 있긴 했지만 수술비를 낼 만큼 큰돈은 없었다. 연수는 혹여나 그가 돈을 구하기 위해 위험한 일을 했을까 걱정이 되었다.

"그런 거 아냐. 절대."

조금 무거운 은재의 표정에 연수는 믿을 수 없다는 듯 고개를 갸웃거렸다.

"진짜?"

"그래."

"진짜로?"

은재가 미간을 찌푸리며 바라보자 연수는 입을 삐죽거리
며 중얼거리듯 말했다.

"그냥 난 네가 걱정이 돼서 그러는 거지."

연수는 뺨을 긁적이다 조심스레 맥주를 들이켰다. 어느새
두 캔을 다 마셔 버린 그녀는 빈 캔을 뒤집으며 아쉬워했다.

"더 마시고 싶어."

"그만 마셔."

단호한 말투에 연수는 고개를 돌려 그를 바라보았다. 아까
맥주 한 모금을 마셔서 그런지 얼굴이 조금 빨갛게 달아올라
있었다. 연수는 그런 그를 보며 작게 웃음을 터트렸다.

"은재야, 너 얼굴 빨개."

은재가 인상을 찌푸리며 휴대폰으로 자신의 얼굴을 비춰
보았다. 그때, 연수가 자리에서 벌떡 일어섰다. 그는 매점 쪽
으로 발걸음을 옮기려는 그녀의 손목을 얼른 잡아챘다.

"그만 마시라니까."

"아, 진짜 딱 한 캔만."

"안 돼."

"딱 한 캔만요."

연수가 애교를 떨었지만 은재는 단호했다. 먹은 것들을 정리하고 집으로 돌아가기 위해 그가 손목을 놔주자 연수는 이때다 싶어 매점으로 뛰어갔다.

은재는 한숨을 내쉬며 빠르게 쫓아가 그녀의 손목을 잡아챘다. 제법 힘있는 손길에 휘청거리며 그녀의 무게 중심이 옆으로 쏠렸다. 놀란 그가 얼른 그녀의 허리를 잡아 주었다.

"괜찮아?"

"으, 응."

너무도 가까워진 거리에 연수는 놀라 고개를 숙였다. 순식간에 얼굴이 붉어졌다.

그녀는 여전히 은재를 좋아하고 있었다. 열일곱 살 때부터, 스물다섯이 된 지금까지.

"그러니까 도망가긴 왜 도망가?"

은재는 조금 짜증 섞인 목소리로 말하며 잡았던 연수의 허리를 놓았다. 하지만 그녀가 계속 고개를 숙이고 있자 뭔가 이상하다는 것을 눈치채고 걱정스런 눈빛으로 다가갔다.

"왜 그래, 어디 다쳤어?"

은재는 고개를 숙여 연수와 시선을 마주했다. 가까이 다가온 그의 얼굴에 그녀가 살짝 뒷걸음질 치며 고개를 좌우로 흔들었다. 그런 그녀를 보며 작게 미소 짓던 은재는 몸을 돌렸다.

"이제 가자."

하지만 은재의 발걸음은 얼마 못 가 멈추고 말았다. 연수가 뒤에서 그의 옷깃을 잡았기 때문이다.

"은재야."

낮게 떨리는 목소리로 연수가 그의 이름을 불렀다. 강바람이 살랑 불어와 긴 머리카락을 날리자 그녀는 마른침을 꿀꺽 삼켰다.

"왜 그래, 진짜 어디 다쳤……."

은재가 뒤를 돌아보자 연수는 까치발을 들어 그의 입술에 입을 맞췄다. 코끝에 커피향이 스쳤다. 보드라운 따뜻함이 찰나에 지나가고 그녀가 조심스레 입술을 떼어 냈다. 그리고 천천히 고개를 들어 그와 시선을 마주했다.

"……미, 미안."

굳어 있는 은재의 표정에 그제야 정신이 든 연수가 입술을 깨물었다. 항상 함께였지만 단 한 번도 그의 마음을 원하고 바란 적은 없었다. 그저 그가 자신의 옆에만 있어 준다면 그걸로 족한다고 생각했다.

그런데 욕심은 끝이 없이 자라나고 있었다. 같이 있는 걸로 충분하다가, 자신에게 잘해 줬으면 하는 바람이 생겼고, 또 그의 마음까지 원하게 됐다.

연수는 당황한 표정을 지으며 뒤로 한 발짝 물러서려 했지만 그럴 수 없었다. 은재가 단단히 손목을 잡고 있었기 때문이다.

놀란 연수가 다시 은재를 올려다보자 이번엔 그가 허리를 끌어안으며 그녀의 입술에 진하게 입을 맞췄다.

9년 동안 바라보기만 했던 은재와의 첫 키스.

아무렇지 않은 척했지만 연수는 항상 좋은 친구로만 지내려 하는 은재의 태도에 상처를 받았었다. 그와 연인 사이가 되는 것을 꿈꿔 왔지만 이루어지지 않을 것만 같았다. 그런데 지금, 그녀는 그와 입을 맞추고 있었다.

숨 쉴 틈도 없이 밀어붙이는 강렬한 키스에 정신이 몽롱해지고 있을 때쯤, 은재가 조심스럽게 입술을 떼어 내며 연수를 바라보았다. 당혹감 가득한 눈빛을 한 그가 헛기침을 내뱉으며 뒤돌아섰다.

"가, 가자."

은재는 짧은 한마디를 내뱉으며 도망가듯 멀어졌고, 연수는 한참 동안 정신을 차리지 못한 채 멀어지는 그의 뒷모습을 멍하니 바라보았다.

그 후로 은재의 태도는 달라지지 않았다. 그날 일은 꿈이었다는 착각이 들 정도였다. 그에게 그날의 입맞춤에 대해 묻고 싶어도 혹여 실수였다는 대답이 돌아올까 두려웠다. 그래서 연수도 평소처럼 그를 대했다.

"은재야, 안녕."

촬영장에 도착한 선영이 인사를 건네자 그는 살짝 고개만 끄덕였다. 은재와 선영은 소속사가 같았기 때문에 촬영이 겹치는 건 흔한 일이었다.

워낙 함께하는 촬영이 많았기에 선영은 은재에게 항상 친근하게 대했지만, 그녀를 밀어내는 듯한 은재의 태도에 연수는 조금 걱정이 되었다. 혹여나, 선영이 은재를 안 좋게 생각하진 않을까 하는 노파심 때문이었다.

개인 컷 촬영을 위해 선영이 잠시 자리를 비우자 대기실엔 연수와 은재 단둘만 남게 되었다. 은재는 조용히 앉아 휴대폰을 만지작거리다 연수의 힐끔거리는 시선을 느끼곤 입을 열었다.

"왜 자꾸 쳐다봐. 할 말 있어?"

연수가 말없이 뚱한 표정을 짓자 그제야 은재는 휴대폰을 내려놓고 그녀를 똑바로 바라봤다.

"뭐야, 말해 봐."

"아니, 그냥……."

"그냥 뭐?"

"그냥, 선영이한테 조금 상냥하게 대해 줬으면 해서. 모델 일 하게 해 준 것도 선영인데, 네가 너무 적대시하는 것 같은 느낌이 들어."

조용히 연수를 바라보던 은재는 한숨을 푹 내쉬며 다시 휴대폰으로 시선을 옮겼다. 그 반응에 연수도 입술을 삐죽거리기만 할 뿐 더 이상 이야기를 하지 않았다.

단체 촬영이 시작되자 선영은 은재를 자신의 옆자리로 데
리고 와 친근하게 그의 어깨에 매달리며 포즈를 취했다.

"선영인 저렇게 친해지고 싶어 하는데."

촬영 현장을 바라보던 연수가 슬쩍 인상을 찌푸렸다. 가족
이나 다름없는 선영에게 은재가 살갑게 대해 줬으면 하는 마
음이 들었다.

촬영이 끝나고 근처 호텔로 들어선 연수와 선영은 녹초가
되어 소파에 쓰러지듯 누웠다.

경기도에서 2박 3일 일정으로 진행된 촬영에 소속사에서
호텔을 예약해 주었고, 선영과 연수는 함께 2인실을 쓰게 되
었다.

"먼저 씻을래?"

"응, 피곤해 죽겠다."

선영은 말을 끝내기 무섭게 하품을 길게 내뱉으며 무거운
몸을 일으켰다. 그리곤 입고 있던 셔츠의 단추를 천천히 풀
어 내렸다.

연수가 옆에 있던 리모컨을 들어 텔레비전을 켜자 때마침
선영과 은재가 함께 찍은 광고가 나왔다. 선영은 화면을 보
며 흐뭇하게 미소를 지었다.

"얼마 전에 찍은 의류 광고네. 잘 나왔다."

"그러게."

연수는 조심스럽게 선영을 바라보며 그녀의 이름을 불렀다.

"선영아."

"어?"

"은재 말이야."

"은재 뭐?"

"은재가 너무 차갑게 대하는 면이 없지 않아…… 있지?"

"그게 은재 매력 아니야? 그러면서도 은근히 자상하고. 그래서 너도 은재한테 빠진 거지?"

어깨를 으쓱한 선영은 씩 웃으며 치마까지 벗어 던지고는 욕실로 향했다. 텔레비전 소리로 가득 찼던 거실에 미미하게 물소리가 들려오자 연수는 피식 웃으며 소파에 다시 몸을 뉘었다.

"다행이다."

혹여나 선영이 은재를 싫어할까 봐 걱정했는데 꽤나 긍정적인 반응에 연수의 입가에 안도의 미소가 맴돌았다.

다음 날, 촬영은 계속되었다. 밤을 새서 촬영을 마무리하겠다는 촬영감독의 말에 모델들은 벌써부터 피곤에 가득 찬 모습이었다.

그리고 그건 연수도 마찬가지였다. 그녀는 갑작스런 감독의 통보에 어깨를 축 늘어트린 채 한쪽 구석에 자리를 잡고 앉았다.

밤 11시가 지나서도 여전히 촬영은 활발하게 진행되었다.

잠시 쉬는 시간을 얻은 은재는 구석에 앉아 있는 연수를 발견하고는 그녀를 향해 저벅저벅 걸어왔다. 고개를 금방이라도 떨어뜨릴 것같이 휘청거리며 잠에 취해 있는 그녀의 모습에 그는 미미하게 웃음을 터트렸다. 인기척을 느낀 건지, 연수는 졸린 눈을 비비며 고개를 들었다.

"촬영 끝났어?"

"아직. 졸리면 자고 와."

"어떻게 그래. 네가 촬영하고 있는데."

"괜찮으니까 호텔 가서 눈 좀 붙여."

은재는 연수의 어깨를 토닥이며 그녀를 일으켜 스튜디오 문 쪽으로 밀어냈다. 연수는 그의 옆에 남고 싶었지만 한편으론 편안한 곳에서 잠을 자고 싶기도 했다.

"나 진짜 가도 돼?"

"응, 어차피 촬영 엄청 길어질 거야."

연수는 빤히 은재를 바라보다가 못 이기는 척 고개를 끄덕였다. 어차피 소속사에서 주최한 촬영이라 은재의 개인 코디네이터인 그녀가 할 일은 딱히 없었다.

고민 끝에 스튜디오를 빠져나온 그녀는 홀로 호텔로 돌아가 샤워를 한 뒤 침대에 쓰러지듯 누웠다. 그리고 천장을 바라보며 작은 목소리로 중얼거렸다.

"은재랑 선영인 진짜 피곤하겠다."

어제부터 얼굴에 피곤이 가득했던 두 사람이었는데, 그 둘을 촬영장에 두고 혼자 호텔에 오니 마음이 불편했다. 그래서인지 침대에 누워 있어도 잠이 쉽게 들지 않았다. 연수는 시계를 바라보며 몸을 계속 뒤척였다.

"안 되겠다."

뜬눈으로 두 시간가량을 버티던 연수는 결국 침대에서 몸을 일으켰다. 그리곤 은재의 매니저에게 전화를 걸었다.

—응, 연수야.

"오빠, 촬영 끝났어요?"

—10분 내로 끝날 것 같아. 왜?

"아, 아무것도 아니에요. 오빠, 고마워요!"

연수는 들뜬 목소리로 답하곤 겉옷을 챙겨 복도로 나섰다. 그리고 은재가 묵고 있는 방의 코너 뒤로 달려가 몸을 숨겼다. 촬영장에서 이곳까지의 거리는 채 5분도 걸리지 않았다.

"은재, 깜짝 놀라게 해 줘야지."

연수는 놀랄 그의 모습을 상상하며 언제 피곤했냐는 듯 신나게 웃었다.

30분쯤 흘렀을까. 슬슬 지루함을 느끼던 찰나 엘리베이터가 도착하는 소리가 들렸다. 그녀는 작게 미소 지으며 벽 뒤에 바짝 숨어 조심스레 얼굴을 내밀었다.

누군가가 걸어오는 기척이 나는가 싶더니 이내 은재의 모

습이 보였다. 조금만 더 다가오면 놀라게 해 줘야겠다는 생
각에 두근두근 뛰는 가슴을 진정시키던 그때, 예기치 못한
선영의 목소리에 그대로 몸이 굳어 버렸다.

"은재야, 네 방 여기지?"

선영은 밝은 목소리로 문 앞에 다가서며 은재를 향해 씩
웃어 보였다. 그녀가 문을 열어 달라는 듯이 고개를 까닥이
자 그는 말없이 문고리를 돌렸다. 그리고 두 사람은 방 안으
로 들어갔다.

사적으로 두 사람이 함께 있는 모습을 처음 본 연수는 당
황스러웠다. 항상 냉랭했던 둘 사이에 묘한 기류가 흐르는
것 같은 느낌을 받았기 때문이다.

두 사람이 친하게 지냈으면 좋겠다고 생각했는데, 막상 함
께 있는 것을 보니 기분이 묘했다.

"아니, 도대체 무슨 생각을 하는 거야. 당연히 일 때문이
겠지. 내일도 같이 촬영해야 하니까."

연수는 혼잣말을 늘어놓으며 머릿속에 떠오르는 생각을
지워 냈다.

둘도 없는 친구인 선영이 그럴 리가 없었다.

은재가 얼마나 특별한 존재인지 누구보다 잘 아는 친구고,
자신보다 더 믿음이 가는 친구였다.

지금 머릿속에 떠오르는 일은 절대 일어날 리 없다고 생각
했다.

"그래. 중요한 얘기를 나누는 것 같으니까 난 빠지자."

연수는 스스로에게 최면을 걸 듯 고개를 끄덕이며 중얼거렸다. 그리고 자신의 방으로 걸음을 옮기며 굳게 닫힌 은재의 방문을 물끄러미 바라보았다.

❧   ❧   ❧

그 뒤로도 은재와 선영의 사이는 아무런 변화가 없었다. 여전히 은재는 선영에게 냉랭했고, 그녀는 그와 친하게 지내기 위해 노력하는 듯 보였다.

그날 은재의 방에서 무슨 얘기를 나눈 것인지 선영에게 묻고 싶었지만 이상하게도 선뜻 입이 떨어지지가 않았다.

항상 무슨 일이 생기면 선영에게 상의를 했었다. 하지만 지금 이 불안함에 대해서는 어떤 언급도 할 수 없었다.

"은재야, 오늘 촬영 끝나고 한강 갈래?"

화보 촬영이 거의 끝나 갈 때쯤 연수가 살짝 흐트러진 은재의 머리를 만져 주며 말했다. 그는 슬쩍 시선을 피하더니 이내 담담한 목소리로 대답했다.

"오늘은 피곤해."

평소에는 못 이기는 척하며 따라 주던 은재였지만 오늘은 조금 달랐다. 다시 촬영을 재개한다는 스태프의 소리에 그는 뒤돌아 걸음을 옮겼다. 갑작스레 느껴지는 괴리감에 연수는 멍하니 그를 바라보았다.

그냥 착각이겠지. 착각일 거야.

세뇌하듯 그 말을 몇 번이고 중얼거렸다. 하지만 그 후로도 그에게서 느껴지는 괴리감은 여전했다.

"은재야, 끝나고 저녁 뭐 먹을까?"

"나 끝나고 바로 할머니한테 가 봐야 할 거 같아."

"왜, 무슨 일 생겼어?"

"아니, 그런 건 아니야."

"그럼 같이 가. 나도 할머니 안 뵌 지 오래됐는데……."

"서연수."

"응?"

"미안한데 오늘은 나 혼자 가고 싶어."

걷잡을 수 없이 느껴지는 거리감에 연수의 불안함은 점점 커져 갔다.

할머니 수술이 걱정돼서 그럴 거야. 그래, 그렇겠지.

큰 수술이기에 은재가 예민해지는 것은 당연했다.

의사도 극구 만류할 정도로 위험한 수술이니까.

그렇게라도 생각해야 자꾸만 거리를 두려는 은재를 이해할 수 있을 것 같았다.

"은재야, 우리 오늘 같이 할머니한테 갈까?"

연수는 그 어떤 때보다 밝은 목소리로 말했다. 하지만 돌아오는 답은 냉담하고 덤덤했다.

"미안, 나 오늘 중요한 약속이 있어."

다른 핑계가 아닌 '중요한 약속'이라는 단어는 연수의 마음을 덜컹거리게 만들기 충분했다. 파도처럼 밀려드는 불안감에 그녀의 목소리가 아주 미세하게 떨렸다.

"무슨…… 약속인데?"

초조한 마음을 애써 숨기며 물었지만 그는 그저 먼저 간다는 말만 남기고 멀어졌다.

불안과 초조가 그녀를 삼켰다. 그가 지금껏 보여 주었던 미소와 따뜻했던 행동들이 파노라마처럼 머릿속을 스쳐 갔다.

은재와 나눈 입맞춤의 온기가 점점 희미해지는 것이 느껴지자 연수는 그의 뒤를 쫓았다. 지금 은재가 지나가고 있는 길은 연수에게도 매우 익숙한 곳이었다.

불안감은 더욱더 커져만 갔다. 머릿속으론 아니라고 부정했지만 가슴은 격렬하게 요동치고 있었다.

"……거짓말."

연수는 우뚝 멈춰 서서 중얼거렸다. 은재가 도착한 곳은 선영의 오피스텔이었다.

"그럴 리가…… 없잖아."

허탈한 웃음을 지으며 연수는 천천히 뒷걸음질 쳤다.

그래, 아직 단정 짓기엔 이르다. 그저 일 때문에 만나는 것일지 몰랐다. 하지만 이상하게 온몸에서 느껴지는 불안감을 떨쳐 낼 수가 없었다.

연수는 마음을 추스르기 위해 일단 집으로 돌아가서 천천히 생각하기로 했다.

"은재야."

그런데 그때, 익숙한 목소리가 들렸다. 선영이었다. 밝게 웃으며 은재에게 손 인사를 건네는 그녀의 모습에 연수는 얼른 벽 뒤로 몸을 숨겼다.

"일찍 왔네?"

"생각보다 촬영이 빨리 끝났어."

은재의 대답에 선영은 씩 웃으며 천천히 그에게 다가섰다. 망설임 없이 그의 품에 안겨 입을 맞추는 그녀의 모습에 연수는 굳은 얼굴로 고개를 돌렸다.

믿을 수가 없었다. 믿고 싶지 않았다. 함께 지내 온 세월 동안 연수에게 선영은 전부였다. 믿고 의지하며 모든 것을 털어놓았던 그녀가 은재를 가로챘다.

하지만 직접 눈으로 보고서도 선영이 그런 짓을 했다는 것을 쉽사리 믿을 수 없었다. 누구보다 배려심 깊고 자신을 생각해 주던 그녀였다.

마음을 추스르며 다시 몸을 돌렸을 때 이미 두 사람은 안으로 들어선 후였다.

그녀는 차오르는 눈물을 삼키려고 주먹을 꼭 쥐었다.

❖　　　❖　　　❖

　시간이 얼마나 흘렀을까. 빗방울이 하나둘 떨어질 때쯤 은재가 오피스텔에서 나왔다.

　멀어지는 그를 붙잡고 묻고 싶었지만, 일단 선영을 만나는 게 우선이라 생각했다.

　현관문 앞에 선 연수는 깊은 숨을 내쉬며 초인종을 눌렀다. 경쾌한 소리와 함께 문이 열리고 선영이 모습을 드러냈다.

　연수는 새삼 그녀가 너무나 낯설게 느껴졌다.

　"생각보다 빨리 왔네."

　자신이 찾아올 것을 미리 예상하고 있었다는 듯한 태도에 연수의 심장이 덜컥 내려앉았다.

　"……진짜야? 아니지? 내가 모르는 다른 이유가 있는 거지? 그런 거지, 선영아?"

　아니라고, 오해라고 말하기를 간절히 바라며 애원하듯 물었다. 하지만 선영은 그 바람을 무참히 짓밟았다.

　"네가 직접 본 그대로야."

　"……거짓말하지 마."

　"거짓말 아닌 거 네가 더 잘 알잖아, 서연수."

　싸늘한 선영의 말에 연수의 얼굴이 충격으로 굳어졌다.

"네가 주은재랑 사귄다고?"

"응."

"나한테 주은재가 어떤 존재인지 제일 잘 아는 네가?"

"그러니까 사귀는 거야. 너에게 주은재가 어떤 존재인지 누구보다 잘 아니까."

눈앞에 서 있는 그녀는 자신이 10여 년간 알고 지내 온 선영이 맞는지 의심스러울 정도로 낯설었다.

세상을 살다 보면 누군가에게 뒤통수 맞는 일을 겪을 수도 있다고 생각했다. 하지만 그게 선영이라니.

"네가 왜…… 대체 왜!"

연수는 선영의 옷깃을 부여잡으며 소리쳤다.

"아씨, 이거 안 놔?"

하지만 돌아오는 것은 냉담한 반응이었다. 착하고 순했던 선영은 온데간데없이 사라져 버렸다.

"너…… 내가 알던 서선영 맞니?"

흔들리는 시선으로 연수가 묻자, 선영은 작게 헛웃음을 지었다.

"네가 알던 서선영은 처음부터 존재하지 않았어."

그 한마디가 연수의 가슴을 아프게 찔러 왔다. 서서히 느껴지는 아픔에 온몸이 마비되는 것 같았다.

선영은 그 말을 끝으로 현관문을 닫아 버렸다. 굳게 닫힌 문을 멍하니 바라보던 연수는 입가에 그저 힘없는 웃음만 그렸다.

터벅터벅, 그녀는 무거운 발걸음을 옮겼다. 굵어지는 빗방울을 뚫고, 무언가에 홀린 듯 지금 머릿속에 떠오르는 단 한 사람을 만나기 위해서.

❀　　　❀　　　❀

인생에는 생각지 못한 일들이 일어나곤 한다. 평생 옆을 지켜 줄 것 같던 부모님이 갑자기 세상을 떠난 것처럼.

세상을 혼자 살아갈 수 있을까에 대한 두려움으로 떨고 있을 때 기적처럼 의지할 수 있는 친구를 만났다. 그리고 모든 걸 내놓을 정도로 사랑하는 사람도 만났다.

하지만 생각지도 못했던 부모님의 죽음처럼 제 곁에 영원할 것 같았던 두 사람이 한순간에 자신을 떠났다.

은재의 집 앞에 도착한 연수는 비에 젖은 몸을 오들오들 떨며 현관문을 두드렸다. 하지만 아무런 기척도 없었다.

또다시 쿵쿵 두드려 보았지만 굳게 닫힌 문은 반응이 없었다.

"주은재."

목소리가 미미하게 떨리던 그때, 누군가가 곁으로 걸어오는 게 느껴졌다.

그녀는 아주 천천히 고개를 돌려 자신을 덤덤하게 바라보고 있는 은재를 마주했다.

"늦은 시간에 무슨 일이야?"

은재가 손목시계를 한 번 보더니 작게 한숨을 내쉬며 물었다. 하지만 연수는 차마 입을 열 수가 없었다.

"은재야."

"왜?"

"주은재."

"왜 그래, 대체."

"어디 갔다 와?"

"편의점 갔다 왔어."

태연하게 비닐봉지를 들어 보이는 은재의 모습에 연수는 자신도 모르게 픽 웃음을 터트리고 말았다.

원래 이런 사람이었는데, 자신의 감정을 항상 잘 숨기던 사람이었는데 왜 그걸 까맣게 잊고 있었는지 모르겠다.

처음부터 자신을 좋아하지 않는다고 했다. 그래도 괜찮다고 말한 건 자신이었다. 그런데, 사실은 괜찮지 않았나 보다.

"너 나한테 할 말 없어?"

무거운 입을 열어 물었다. 빗줄기는 점점 거세졌고, 마음은 비에 젖은 솜처럼 무거워졌다.

은재는 한참 아무런 말 없이 그녀를 바라보다 마지못해 입을 열었다.

"없어. 왜?"

그 말에 가슴이 내려앉았다. 차라리 말해 주길 원했다. 뭐라도 좋으니 사실을 말해 줬으면 했다. 하지만 그는 끝내 모르는 척 고개를 돌려 버렸다.

"얼른 집에 가. 늦었어."

은재가 손에 들린 검은색 우산을 연수에게 내밀며 말했다. 왈칵, 눈물이 차오르려 하자 그녀는 입술을 꾹 깨물었다.

그는 끝까지 쓸데없는 기대를 품게 했다. 이미 돌이킬 수 없을 정도로 모든 것이 틀어지고 엉망이 되었는데 변함없이 손을 내밀었다.

이걸 내가 어떻게 잡니. 만약 네가 나라면 그럴 수 있어?

어떻게 이렇게 자신을 비참하게 만들 수 있냐고 따져 묻고 싶었다. 그런데 입이 떨어지지 않았다.

그에게 그 어떤 모진 말도 던질 수 없었다.

"나는 너 안 좋아해."

"알아. 괜찮아, 안 좋아해도. 나만 널 좋아하면 되니까."

좋아하지 않아도 옆에 있겠다고 한 것은 자신이었다.

"언제나 옆에 있어 줄게. 네가 힘들 때 항상 위로해 줄게. 그러니까, 나한테 기대. 은재야."

기대라고, 위로해 주겠다고 한 것도 자신이었다. 그래서 그에게 뭐라 말할 수 없었다.

자신이 내뱉었던 말들은 결국 그대로 돌아와 가슴을 갈기 갈기 찢고 말았다.

연수는 그대로 은재를 지나쳤다. 터벅터벅 무거운 발걸음을 끌고, 빗줄기 사이로 들어섰다.

더 이상 그가 찾지 못하도록. 그녀는 그렇게 모습을 감춰 버렸다.

❖   ❖   ❖

눈을 뜨자 온몸이 땀 범벅이었다.

연수는 가쁜 숨을 몰아쉬며 간신히 몸을 일으켰다. 뼈마디가 으스러지는 것 같은 느낌에 이대로 죽는 게 아닌가 하는 생각까지 들었다. 주변을 훑어보니 방 안이었다.

익숙한 풍경에 안도의 숨을 내쉬며 이마에 흐르는 식은땀을 손등으로 닦아 냈다.

그때, 초인종 소리가 울렸다. 그녀는 고개를 들어 현관문을 바라보다 무거운 몸을 힘겹게 일으켰다.

몇 발자국 걷지 않아 바닥이 흔들리고 시야가 흐릿해져 연수는 벽을 짚고 머리를 손으로 감쌌다. 간신히 정신을 다잡으며 문을 열었다.

뿌연 시야 사이로 한 남자가 들어오자 그녀는 미간을 찌푸
렸다.

자신의 지독한 짝사랑 상대가 보였다.

"은재야……."

주은재였다.

★

chapter 4

_____

사랑한다,
사랑하지
않는다

"일어났어?"

눈을 뜬 연수의 시선에 들어온 사람은 재화였다. 걱정스러운 표정으로 내려다보던 그는 그녀가 깨어나자 안도했는지 작은 한숨을 내쉬었다.

"놀랬잖아. 갑자기 문 열어 주고는 쓰러져서."

"선, 선배가 어떻게 여길……."

"계속 연락이 안 돼서 회사 연락망에 적혀 있는 주소 보고 찾아왔어."

연수는 멍하니 천장을 바라보다 천천히 소파에서 몸을 일으켰다. 그러자 이마에 있던 물수건이 떨어져 내렸다.

긴 꿈을 꾸고 일어나 초인종 소리에 현관문까지 갔던 것이 떠올랐다. 쓰러지기 전 마지막으로 봤던 얼굴은 재화가 아닌 은재였다. 연수는 재화를 바라보며 굳게 다문 입을 열었다.

"선배."

재화는 연수의 이마에 조용히 손을 얹었다. 그리고 조금 풀어진 시선과 함께 옅은 미소를 지었다.

"다행이다. 열은 내렸네. 일단 죽부터 먹을래? 그래야 약을 먹지."

그의 말에 연수는 고개를 끄덕이며 희미하게 웃었다. 아무래도 잘못 본 모양이었다. 너무나도 지독했던 꿈을 꿔서, 잠시 환각이 보인 것이다.

재화는 죽을 데운 뒤, 연수를 불러 식탁에 앉혔다. 그녀는 앞에 놓인 호박죽을 멍하니 바라보았다.

"호박죽, 별로야?"

맞은편에 앉은 재화가 조심스레 묻자 연수는 고개를 저으며 말했다.

"아니요, 좋아해요."

연수는 숟가락을 들고 죽을 떠서 입에 넣었다. 달콤한 맛이 입안에 퍼지자 왠지 가슴이 뭉클해졌다. 저도 모르게 눈물이 나올 것 같아 더 이상 먹지 못하고 고개만 푹 숙이고 있자 재화도 함께 시선을 떨궜다. 그리고 잠시 후 그가 자리에서 일어났다.

"나 이만 가 볼게."

"아, 네. 고마워요. 선배."

"식탁 위에 약 뒀으니까 꼭 먹어. 알겠지?"

연수는 고개를 끄덕이며 작게 미소를 지었다. 재화는 그런 그녀의 어깨를 토닥이곤 현관문을 나섰다.

그가 돌아가자 집 안에 정적이 감돌았다. 혼자가 된 연수는 고개를 들지 못하고 마른세수를 했다. 그리고 식탁 위에 놓인 호박죽과 감기약을 바라보았다. 그때, 휴대폰 진동 소리가 집 안을 울렸다. 그녀는 약 봉지 사이에서 휴대폰을 발견했다.

〈내일도 컨디션 별로면 하루 쉬어. 회사에는 내가 말해 놓을 테니까.〉

연수는 입가에 미소를 지으며 '고마워요, 선배'라고 답장을 보냈다. 그리고 다시 식탁에 앉아 숟가락을 들어 천천히 죽을 먹기 시작했다.

재화는 연수의 집을 빠져나와 긴 한숨을 내쉬었다. 주차장에 세워져 있는 차를 향해 걸어가던 그는 잠시 멈춰 서서 맞은편의 검은색 승용차를 바라보았다.

짙게 선탠된 차는 안에 누가 타고 있는지 보이지 않았지만 낯이 익었다. 그가 빤히 쳐다보자 시동이 걸리는 소리가 나더니 곧 그곳을 빠져나갔다.

"주은재……."

재화는 두어 시간 전 마주했던 그를 떠올렸다. 연락이 되지 않는 연수가 걱정되어 찾아간 집 앞에 그가 있었다.

은재와 정면으로 마주한 것이 처음인 재화는 당황스러운 표정을 감추지 못했다. 그러나 그는 이미 재화의 모든 것을 알고 있다는 듯 경계하는 눈빛을 보내고 있었다.

"여긴 웬일이시죠?"

날이 서 있는 물음에 재화는 어이가 없다는 듯 헛웃음을 내뱉었다. 어떤 사이인지 정확히는 몰라도 그가 연수에게 상처를 준 사람인 것은 분명했다. 그런데 뭐가 저렇게 당당하단 말인가.

"그건 제가 그쪽한테 해야 할 말 같은데요?"

재화의 말에 은재는 무덤덤한 표정을 지었다. 그리고 주머니에서 조용히 연수의 휴대폰을 꺼내 들었다. 그게 왜 그쪽한테 있냐고 물어보려던 찰나, 어젯밤 연수가 그의 차에 올라탔던 모습이 떠올랐다.

입술을 깨물며 재화가 노려보자 은재는 말없이 초인종을

눌렀다. 찰칵, 현관문이 열리는 동시에 들려온 연수의 목소리에 재화는 시선을 거두었다.

"은재야……."

목소리에는 반가움과 슬픔이 담겨 있었다. 곧이어 연수가 쓰러지자 은재는 달려가 그녀를 품에 안았다. 그 모습에 재화도 발걸음을 떼어 다가갔다.

집 안에 들어간 은재는 거실 소파에 그녀를 조심스레 내려놓았다. 재화는 식은땀을 뻘뻘 흘리며 가쁘게 숨을 내뱉는 연수를 바라보다 시선을 은재에게 옮겼다.

"대체 연수한테 무슨 짓을 한 겁니까?"

화가 난 어투로 물었지만 은재는 잠시 연수를 바라보다 집 밖으로 나갔다.

갑작스레 나가 버린 그를 보며 낮게 욕을 읊조린 재화는 물수건을 가져와 연수의 이마에 올려놓았다. 생각보다 열이 높아 병원에 데려가기 위해 자리에서 일어서는데 갑작스레 초인종이 울렸다. 주은재였다.

"또 무슨 일이죠?"

재화가 경계심이 가득 찬 시선으로 바라보자 그는 죽과 약을 내밀었다. 그리고 주머니에서 휴대폰을 꺼내 재화의 손에 쥐어 주었다.

"딱히 병원에 갈 필요는 없을 거예요. 깨면 죽 먹이고, 약만 주세요."

"이거 가지고는 안 됩니다. 열이⋯⋯."

"원래 몸살에 걸리면 열이 많이 끓는 편이에요. 이마에 물수건만 올려 주면 금방 괜찮아질 겁니다."

은재는 그 말만 남긴 채 뒤돌아 멀어졌다.

그의 말대로 연수의 열은 금방 사그라졌다. 열이 내려서 다행이었지만 자신이 모르는 그녀의 모습을 은재가 알고 있자 화가 치밀어 올랐다.

재화는 입술을 꾹 깨물며 차를 주먹으로 내려쳤다. 그 바람에 경보음이 시끄럽게 울렸지만 그는 신경 쓰지 않은 채 한참 고개를 숙이고 서 있었다.

❖   ❖   ❖

오피스텔 주차장에 차를 세운 은재는 쓰러지기 전 자신을 바라보던 연수의 시선을 멍하니 떠올렸다.

너무나 가볍고 뜨거웠던 그녀의 몸. 그리고 익숙한 그녀만의 향기가 코끝에 맴돌았다. 그는 마른세수를 하며 고개를 뒤로 젖히고 두 눈을 감았다.

연수가 눈앞에서 사라졌으면 하면서도 자꾸만 신경이 쓰였다. 자신의 이런 감정은 죄책감이 만든 동정이라고 생각했다. 가끔 그녀를 생각하면 가슴이 아팠고, 어디서 무엇을 하고 있는지 궁금했다. 9년 동안 그녀에게 많은 위로를 받았었다.

예전처럼 돌아가고 싶은 것일까.

은재는 어이없는 생각에 헛웃음을 내뱉으며 차에서 내렸다. 엘리베이터를 타고 13층에 내리자 현관문 앞에 짜증스런 표정을 하고 서 있는 선영이 보였다. 그가 미간을 살짝 찌푸리며 말했다.

"무슨 일이야?"

"너 왜 비밀번호 바꿨어?"

"네가 자꾸 허락 없이 들어오니까."

"주은재."

"앞으로 연락하고 와. 불쑥불쑥 마음대로 찾아오지 말고."

은재는 문 앞에 서 있는 선영의 어깨를 밀어냈다. 그녀가 어이없다는 듯 쳐다봤지만 그는 눈길조차 주지 않았다.

선영은 도어록 비밀번호를 누르려는 은재의 손을 거칠게

내려쳤다. 강한 마찰음과 함께 그가 행동을 멈추고 싸늘한 시선으로 선영을 바라보았다.

"뭐하는 짓이야."

"너야말로 뭐하는 짓이야. 자꾸 이런 식으로 나올 거야?"

"네가 아무 짓도 안 하면, 너한테 이렇게까지 안 해."

"서연수 때문인 거야, 지금?"

은재는 긍정의 의미가 담긴 눈빛으로 가만히 선영을 바라보았다.

"미쳤구나, 너."

"그 애, 더 이상 괴롭히지 마."

"네가 무슨 자격으로 그런 말을 해?"

은재는 자격이라는 말에 작게 웃음을 지었다. 그래, 자격은 없었다. 모두 자신의 선택이 낳은 결과였다. 하지만 자신 때문에 불행해진 연수를 더 이상 두고 볼 수가 없었다.

은재는 얘기하고 싶지 않다는 듯 몸을 돌려 도어록 비밀번호를 눌렀다. 곧장 집 안으로 들어서는 그의 뒤를 따라 들어간 선영은 앞을 막아서며 그의 목을 감싸 안았다.

"이러지 마. 네가 이러면 나 너무 슬퍼진단 말이야. 은재야."

선영이 품 안으로 파고들어도 은재는 각목처럼 딱딱하게 서 있을 뿐이었다. 그녀가 고개를 들고 그를 지그시 바라보다 까치발을 들어 입을 맞추려 했다. 하지만 그는 고개를 돌려 그것을 거부했다.

"주은재."

낮게 울리는 선영의 목소리에 은재는 자신의 목을 두르고 있는 그녀의 팔을 천천히 떼어 냈다. 평소 감정을 드러내지 않는 은재였지만 오늘따라 유난히 냉정한 태도로 일관하고 있었다.

선영은 살짝 얼굴을 풀며 다시 한 번 그의 목을 감싸 안으려 했다. 하지만 그는 재빨리 그녀의 양 손목을 움켜잡아 옴짝달싹 못하게 만들었다.

"은재야."

선영이 당황한 표정으로 그의 이름을 불렀다.

"은재야, 이거 놔 줘. 아프단 말이야."

그의 손아귀 힘이 점점 더 강해졌다. 선영이 신음 소리를 내며 뒤로 한 걸음 물러나자 은재는 자신 쪽으로 그녀를 바짝 끌어당겼다. 선영은 아무것도 담기지 않은 그의 얼굴에 무서움을 느꼈다.

"아파. 주은재…… 아프다고!"

소리를 지르자 은재는 그제야 손목을 놓아주었다. 그러자 선영은 기다렸다는 듯 그의 뺨을 세게 내려쳤다. 경쾌한 마찰음과 함께 은재의 뺨이 붉게 물들자 선영은 뒤도 돌아보지 않은 채 집을 나가 버렸다. 거칠게 닫히는 현관문 소리에 은재는 긴 한숨을 내쉬었다.

❖   ❖   ❖

다음 날, 연수는 아무 일도 없었다는 듯 출근을 했다. 물론 촬영장에서 일어났던 불미스러운 일 때문에 웃는 얼굴로 출근을 할 수는 없었다. 그러나 다행인지 불행인지 선영이 쓰러진 것은 드라마 촬영으로 인한 과로 때문이라고 그녀의 소속사에서 통보를 해 왔다.

다시 촬영이 재개된다는 소식을 들은 재화와 연수는 부랴부랴 스튜디오에 가기 위해 사무실을 나섰다.

"괜찮겠어?"

재화가 걱정스런 표정으로 물어보자 연수는 대답 없이 작게 미소를 지었다. 괜찮을 리가 없었다. 하지만 사적인 일로 업무에 지장을 주고 싶지는 않았다.

재화의 차가 스튜디오 앞에 멈춰 서자 연수는 분주하게 움직이는 스태프들을 보며 길게 심호흡을 내뱉었다. 차 문을 열고 내리려는 그녀를 향해 재화가 말했다.

"지금이라도 가고 싶지 않으면 말해."

여전히 걱정스런 표정을 지우지 못하는 재화의 모습에 연수가 씨익 웃어 보였다.

"걱정 마요, 선배."

"연수야."

연수가 웃으며 차에서 내리자 재화는 한숨을 푹 내쉬며 그녀를 뒤따랐다. 스튜디오 안으로 들어서자 광고기획 최 팀장이 그들에게 다가왔다.

"어, 왔어?"

연수가 꾸벅 인사를 건넸지만 최 팀장은 그녀를 무시한 채 고개를 휙 돌렸다.

"이 팀장, 모델들이랑 인사 나누지 그래?"

메이크업을 받고 있는 선영과 은재를 향해 최 팀장과 재화가 걸어가자 연수는 말없이 그들의 뒤를 따랐다.

"선영 씨, 은재 씨. 여기는 디자인 총괄하는 이재화 팀장님이세요."

재화가 살짝 고개를 숙이자 선영이 미소를 지으며 다가왔다.

"안녕하세요. 저번 촬영 때는 뵙지 못한 것 같은데."

"그땐 일이 있어서요."

"아하, 그러셨구나. 팀장님인데 되게 젊으시다."

선영은 슬쩍 최 팀장을 쳐다보며 입가에 의미심장한 미소를 지었다.

"아, 연수야. 너 괜찮아?"

선영이 기다렸다는 듯 연수에게 시선을 보내자 모두의 관심이 그녀 쪽으로 쏠렸다.

"아니, 왜 그렇게 이상한 소문이 퍼졌는지 몰라. 네가 날 때려서 기절시켰다니. 나 진짜 깜짝 놀랐잖아."

선영은 기가 막힌다는 듯 웃음을 터트렸지만 그녀를 따라 웃는 사람은 단 한 명도 없었다.

메이크업을 받고 있던 은재가 코디네이터의 손을 저지하고 선영의 옆으로 다가갔다. 그리고 그녀의 팔을 잡아 그만하라고 말리려는 순간, 연수가 미소를 지으며 입을 열었다.

"그러게. 내가 널 때려서 기절시켰다니, 말이 안 되잖아. 네가 날 때려서 기절시킨 거면 몰라도."

예상치 못한 반격에 선영의 표정이 미세하게 굳어졌다. 두 사람은 말없이 서로를 향해 싸늘한 눈빛을 주고받았다.

이대로 두면 안 되겠다는 생각에 은재는 선영의 팔을 잡아 끌고 스튜디오를 나섰다. 선영이 작게 욕을 읊조렸지만 그는 들리지 않는 듯했다.

"연수야."

나지막한 목소리에 연수가 조금 풀어진 시선으로 재화를 올려다보며 웃었다. 하지만 곁에 있던 최 팀장은 마음에 들지 않는다는 듯 앙칼진 목소리로 말을 내뱉었다.

"서연수 씨."

"네?"

"그렇게 안 봤는데 선영 씨한테 너무 무례한 거 아니야? 아무리 아는 사이라도 공과 사는 지켜야지."

연수는 고개를 숙이며 작은 목소리로 죄송하다고 사과했

다. 미간을 찌푸린 재화가 최 팀장을 향해 한마디 하려 하자 연수가 그의 팔을 잡아당겼다.

"팀장님, 일해야죠."

재화를 말린 연수는 촬영할 때 쓸 의상을 체크하기 위해 발걸음을 옮겼다. 걱정스런 시선을 거두지 못하던 재화는 이내 그녀의 뒤를 따라가 옷 정리를 시작하는 연수의 손을 잡았다.

"선배."

놀란 연수가 왜 그러냐는 시선으로 올려다보자 그는 불안한 목소리로 말했다.

"아무래도 너, 이 촬영에서 빠지는 게 좋을 것 같아."

"무슨 소리예요. 계약 조건이 제가 이 일에 참여하는 거라면서요."

"아니야. 아무리 생각해도 이건…… 아닌 것 같아. 내가 알아서 할 테니까……."

"선배."

연수는 횡설수설하는 재화의 말을 끊고 입가에 옅은 미소를 지었다.

"걱정 마요, 선배. 선배가 걱정하는 일, 절대 만들지 않을게요."

자신을 믿어 달라는 연수의 시선에 재화는 더 이상 아무 말도 할 수 없었다.

✤　　　✤　　　✤

아무도 없는 주차장으로 선영을 끌고 온 은재는 그제야 손
목을 놓아주며 미간을 찌푸렸다. 선영도 은재의 행동이 마음
에 들지 않은 듯 그를 아니꼽게 바라봤다.

"하지 말라고 했잖아."

낮게 울리는 은재의 목소리에 선영이 코웃음을 쳤다.

"내가 왜 네 말을 들어야 하는 건데."

"그만해."

"아직 시작도 안 했어. 그리고 아깐 서연수가 먼저 도발했
다고."

은재는 한숨을 푹 내쉬며 마른세수를 하다 입술을 꾹 깨물
었다.

"너 진짜 왜 그러는 건데. 대체, 그 애를 괴롭혀서 뭘 얻을
수 있는 건데!"

그가 주차장이 울릴 정도로 크게 소리쳤다. 처음이었다.
단 한 번도 감정을 드러낸 적 없었던 그가 흥분하며 소리를
질렀다. 연수 때문에 처음으로 화를 냈다.

선영은 입술을 깨물며 치밀어 오르는 화를 참지 못하고 손
을 들었다. 하지만 허공에 오른 그녀의 손은 그에게 잡혀 옴
짝달싹하지 못했다.

"이거 놔."

"그만한다고 말해."

"싫어."

선영은 은재를 노려보며 단호한 목소리로 대답했다. 그녀의 어깨를 양손으로 붙잡은 그는 타이르는 듯한 말투로 다시 한 번 말을 이었다.

"부탁이야. 아무 짓도 하지 말아 줘."

작은 떨림이 느껴지는 그의 목소리에 선영은 헛웃음을 내뱉었다.

"내 앞에서 그 애 감싸지 말랬지. 주은재."

선영은 주먹을 꽉 쥐며 그를 올려다보았다. 항상 무표정으로 일관하던 그가 흔들리고 있었다.

"내가 도와줄게."

동요하는 그의 모습을 딱 한 번 본 적이 있었다. 5년 전, 그에게 다가가 손을 내밀었을 때였다.

"너의 가족, 너의 미래, 내가 다 도와줄 수 있어."

그 말을 들은 그는 딱 지금 같은 모습이었다.

"그 대신 그 어떤 여자도 네 옆에 있어선 안 돼. 그게 서연수라면 더더욱."

서연수. 서연수. 서연수.

선영의 머릿속에 연수의 웃는 얼굴이 스쳐 지나갔다. 그녀는 머리를 좌우로 흔들며 신경질적으로 그의 손을 떼어 냈다.

"그때 넌 내 손을 잡았고, 그 조건은 지금도 유효해."

"서선영."

"만약 이제 와서 약속을 못 지키겠다고 하면 그땐 너도, 서연수도 가만 안 돼."

그 말을 끝으로 선영은 그를 뒤로한 채 스튜디오로 들어갔다. 멀어지는 선영의 뒷모습을 바라보던 그는 마른세수를 하며 중얼거렸다.

"대체 왜 그러는 거야, 서선영."

그의 목소리는 주차장 아래로 낮게 가라앉아 흔적도 없이 공중으로 흩어져 버렸다.

"모델분들 어디 갔어요?"

타이밍 좋게 스튜디오 문을 열고 선영이 모습을 드러냈다. 잔뜩 굳은 얼굴로 들어오는 선영을 발견한 사진작가는 손을 흔들며 그녀의 이름을 불렀다. 하지만 그녀는 단 한 사람에게만 시선을 주고 있었다.

빠른 걸음으로 연수를 향해 걸어간 선영은 그녀를 가만두지 않을 것처럼 쏘아보았다.

"대체 무슨 짓을 한 거야?"

"무슨 소리야?"

"대체 무슨 짓을 했기에, 주은재가 저런 얼굴을 하는 건데!"

항상 사근사근한 선영의 모습만 봐 오던 스태프들은 그녀가 소리를 지르자 당혹스런 얼굴을 감추지 못했다. 놀란 얼굴을 한 재화가 조심스럽게 연수의 곁으로 다가갔다.

"무슨 일이시죠?"

재화가 연수의 앞을 막아서자 선영은 픽 하고 웃음을 지었다.

"주은재 다음은 이 남자야?"

"서선영 씨."

"당신도 조심하는 게 좋을 거예요. 얘, 생각보다 무서운 애니까."

"이봐요, 서선영 씨."

재화가 언성을 높이자 연수는 그의 손목을 잡았다. 고개를 좌우로 저으며 그만하라는 시선을 보낸 그녀는 한 발자국 앞으로 나와 선영을 올려다보며 입을 열었다.

"할 얘기 있으면 나한테 해. 엄한 사람 건드리지 말고."

연수의 도발적인 행동에 선영이 헛웃음을 내뱉었다. 스튜디오에 무서운 정적이 흘렀다. 스태프들은 두 사람의 모습을 숨죽인 채 지켜봤다.

선영은 말릴 새도 없이 손을 올려 연수의 뺨을 세게 내려쳤다. 엄청난 마찰음에 주변에 있던 스태프들이 놀란 소리를 냈다.

연수는 입술을 깨물며 선영을 올려다보다 똑같이 그녀의 뺨을 세게 내려쳤다. 또다시 강한 마찰음이 스튜디오 안을 울렸다.

스태프들은 사색이 되어 두 사람을 바라봤다. 이쪽 일을 하다 보면 기 싸움을 하는 연예인들을 가끔 목격할 때가 있었다. 하지만 선영이 누군가와 다투는 것은 처음이라 스태프들은 더욱 놀라고 있었다.

선영은 뺨에 손을 가져다 대더니 작게 웃음을 터트렸다. 스튜디오 안은 그녀의 웃음소리로 가득 찼다.

"네가 날 때려?"

선영은 미간을 찌푸리며 또다시 손을 올렸다. 연수는 반사적으로 두 눈을 질끈 감았다. 그러나 아픔은 느껴지지 않았다.

"그만해."

익숙하고 나지막한 목소리에 연수는 눈을 떠 앞을 바라보았다.

은재였다. 단단히 선영의 손목을 잡아챈 그가 무섭게 그녀를 내려다보고 있었다.

"이거 놔."

선영이 거세게 팔을 뿌리치자 그는 어쩔 수 없다는 듯 손목을 놓아주고 연수의 곁에 바짝 다가섰다. 그 행동에 선영은 어이없다는 듯 웃음을 지으며 연수와 은재를 번갈아 보았다. 그가 자신이 아닌 연수에게로 갔다는 그 사실이 가슴을 저리게 했다.

선영은 촬영 소품이 담긴 상자 쪽으로 다가가 손에 화병을 들었다.

"서, 선영 씨."

"누, 누나!"

도훈과 사진작가가 당황하며 말렸지만 선영은 은재와 선영을 향해 그것을 던졌다. 스태프들의 비명 소리가 터져 나왔고, 은재는 뒤돌아 연수를 품에 안았다.

요란한 소리를 내며 화병 조각이 바닥에 흩어졌다. 질끈 감은 눈을 뜬 연수는 은재의 하얀 셔츠 위로 붉은 피가 스며드는 것을 보았다.

"……괜찮아?"

낮고 울림 있는 목소리가 귓가에 울렸다. 익숙하면서도 설레는 그 목소리에 심장이 다시 쿵쿵 뛰기 시작했다.

은재는 고개를 돌려 멀찍이 서 있는 선영을 바라보았다. 그녀는 숨을 거칠게 내쉬며 화를 주체하지 못하고 있었다. 은재는 연수의 손을 맞잡았다. 그리고 놀란 연수가 뭐라 할 새도 없이 스튜디오 밖을 나섰다.

"주은재!"

선영의 목소리가 스튜디오를 울렸지만 그는 뒤돌아보지 않았다. 연수의 손을 더욱 꽉 잡은 채 아무도 없는 곳으로 발길을 움직였다.

❖   ❖   ❖

놓을 생각이 없는 듯 자신의 손을 꽉 잡은 커다란 손을 바라보며 연수는 입술을 꾹 깨물었다.

"주은재."

등을 지고 걷고 있는 은재는 아무런 대답도 하지 않았다. 한 번 더 그의 이름을 부르기 위해 입을 여는데 그가 그제야 그가 뒤돌아 시선을 마주쳤다.

여전히 무표정한 은재의 얼굴을 보는 순간, 연수는 울컥하고 올라오는 감정을 애써 내리눌러야 했다. 한때 너무나 사랑했던 사람이었기에, 5년이 지난 지금도 그를 보면 가슴이 아렸다. 그 마음을 들키기 싫어 연수는 애써 시선을 피하며 입술을 깨물었다.

"이거 놔줘."

연수의 모진 말에 은재가 천천히 잡고 있던 손을 놓았다. 따뜻했던 그의 온기가 사라지자 연수는 문득 허전함을 느꼈다. 애써 그런 감정을 무시하고 돌아서려 할 때, 은재의 목소리가 들렸다.

"미안해."

자리에 멈춰 선 그녀는 눈물을 참기 위해 주먹을 꽉 쥐었다.

미안해, 라……

은재가 내뱉은 미안하다는 말을 되새기던 연수의 입가에 의미 잃은 미소가 번졌다.

"뭐가 미안한데."

연수는 뒤돌아 은재를 바라보며 흔들림 없는 목소리로 물었다.

"그 긴 시간 동안 내 마음 끝까지 안 받아 준 거? 아니면 괜한 기대를 주고 날 버린 거? 대체 그중 네가 나한테 미안한 게 뭐야."

그녀는 애써 눈물을 참으려 눈에 힘을 주었다.

"말해 봐."

되돌아오는 대답이 없자 연수의 목소리가 미세하게 떨렸다.

"말해 보라고, 주은재!"

결국 연수는 원망이 가득 담긴 시선으로 눈물을 터트리고 말았다. 두 사람은 한동안 서로를 마주한 채 서 있었다. 그 누구도 시선을 피하지 않았고, 먼저 말을 하지 않았다. 그저 알 수 없는 시선을 주고받을 뿐이었다.

하늘이 점점 짙은 회색을 띠기 시작했다. 낮임에도 불구하고 순식간에 어두워진 하늘에서 소나기가 내렸다.

연수의 뺨을 타고 흐른 눈물은 빗물과 섞여 사라졌지만 은재의 어깨에 난 상처는 더욱 선명하게 붉어졌다. 흘러내리는 피를 보지 않으려 그녀는 몸을 돌렸다.

더 이상 그에게 관여하고 싶지 않았다. 그와 떨어져 지낸 지난 5년이 행복했다. 오로지 자신을 위해 살아온 그 시간들이 만족스러웠다. 또다시 5년 전처럼 바보 같은 행동을 하고 싶지는 않았기에 연수는 두 눈을 꼭 감으며 마음을 추슬렀다.

"이제 다시는 아는 척도, 이렇게 마주하는 것도 하지 말자."

그냥 서로의 인생에 원래 없었던 사람처럼, 마주친 적 없던 사람처럼 그렇게 살았으면 좋겠어.

"……주은재."

안녕.

연수는 마음속으로 그에게 인사를 건네고 뒤돌아섰다.

은재는 멀어지는 그녀에게로 한 발자국 다가섰다. 빗물 때문에 흐려진 시야 사이로 그녀가 미미하게 미소 짓는 것이 보였다.

그녀를 향해 손을 뻗었지만 끝내 그는 두 걸음도 떼지 못하고 자리에 멈춰 섰다.

가슴과 심장이 타들어 갈 것만 같았다. 아리고, 쓰리고, 조여 왔다. 한 번도 느껴 보지 못한 아픔에 은재는 인상을 찌푸리며 두 눈을 감았다. 빗줄기 사이로 멀어지는 연수의 뒷모습을 바라보는 그의 눈은 붉게 충혈되어 있었다.

"모르겠어."

그는 아무것도 알 수 없었다.

"그 긴 시간 동안 내 마음 끝까지 안 받아 준 거? 나한테 괜한 기대를 주고 날 버린 거? 대체 그중 네가 나한테 미안한 게 뭐야."

5년 전, 은재는 갑자기 사라진 연수로 인해 찾아온 허전함을 애써 부정했다.

간혹 떠오르는 그녀의 목소리와 얼굴, 그리고 비슷한 사람을 보면 자신도 모르게 돌아보게 되는 습관까지 모두 다 외면했다.

연수가 자신의 인생에 참견했기에 그런 감정을 느끼는 것이라 생각했다. 금방 잊혀질 거라 생각했지만, 그녀와 함께했던 시간들은 지금도 생생하게 눈앞에 아른거렸다.

"네가 날 좋아하지 않아도 괜찮아. 나만 좋아하면 돼."

연수의 그 말을 믿었었다. 뭐든지 혼자서도 잘하는 그녀였기에 혼자 사랑하는 것조차 괜찮으리라 생각했다. 그런데 착각이었다. 그녀는 괜찮지 않았다. 아픈데도 불구하고 자신을 위해 참은 것이었다.

은재는 5년 전, 마지막으로 봤던 연수를 떠올렸다. 그래, 그날도 이렇게 비가 내리고 있었다. 추적추적 내리는 빗소리는 오늘같이 무겁게 자신의 어깨를 눌렀고, 비에 쫄딱 젖은 그녀는 자신의 앞에 서 있었다.

"나한테 할 말 없어?"

연수의 물음에 은재는 입술을 꾹 다물었다. 입속에서 맴도는 그 말이 혹여나 튀어나오기라도 할까 봐, 간신히 하고 싶은 말을 삼키며 대답했다.

"아니, 없어. 왜?"

그 말을 듣던 연수의 표정을 잊을 수 없었다. 하지만 애써 외면하려 했다. 그땐 그 마음을 들키면 모든 게 끝이라고 생각했었다.

지금도 자신의 마음을 똑바로 전하지 못하는 것은 마찬가지였다. 무거운 입술은 열리지 않았지만 거세게 뛰는 마음은 그녀를 향해 있었다.

그는 결국 자리에 주저앉아 고개를 떨어트렸다. 가슴이 제 말을 듣지 않고 멋대로 눈물을 쏟아 냈다. 쓸려 내려가는 붉은 피처럼 연수에 대한 생각이 그의 온몸에 스며들어 버렸다.

어느 순간부터 연수를 좋아하고 있었다. 그 마음을 깨닫자 온 세상이 무너지는 것 같은 기분이 들었다.

왜 몰랐을까. 이미 아주 오래전부터 마음은 그녀를 향해 있었는데. 왜 부정했을까. 언제나 가까이에 그녀가 있었는데.

"서연수……"

작게 그녀의 이름을 중얼거린 은재가 고개를 들었다. 그는 비가 그칠 때까지 연수가 사라진 그 골목에서 자리를 뜨지 못했다.

❖   ❖   ❖

"총체적 난국이네."

최 팀장이 신경질적으로 스튜디오를 둘러보며 말했다. 촬영이 또 중단되었다. 은재와 연수는 사라졌고, 도훈이 흥분을 주체하지 못하는 선영을 어르고 달래 집으로 데려갔다.

"대체 뭐가 어떻게 된 건지⋯⋯."

재화는 다시 휴대폰을 들어 연수에게 전화를 걸었다. 벌써 수십 번째 통화 버튼을 누르고 있었지만 연결이 되지 않았다.

"이 화병 되게 비싼 거 아녜요? 나 분명 그렇게 들은 것 같은데."

"어휴, 몰라. 서선영 소속사에서 알아서 보상하겠지. 사랑 싸움하려면 안 보이는 데서 조용히 하든가, 왜들 이러는 건지."

화병 조각을 치우는 스태프의 목소리에 짜증이 묻어났다.

그때, 스튜디오 문이 열리며 연수가 모습을 드러냈다. 모든 스태프들의 시선이 쏟아지자 재화는 재빨리 그녀의 곁으로 다가갔다.

"연수야."

온몸이 비에 쫄딱 젖은 연수는 붉게 충혈된 눈으로 재화를 바라보며 미소 지었다. 금방이라도 바스라질 것 같은 그 모습에 그는 그녀를 데리고 스태프들을 피해 주차장으로 자리를 옮겼다.

주변에 사람들이 없는 것을 확인한 그가 입을 열었다.

"괜찮은 거야?"

"보다시피 아무 일 없었어요. 소나기 때문에 쫄딱 젖긴 했지만."

연수는 젖은 옷을 가리키며 배시시 웃었다. 그러다 굳은 얼굴로 자신을 쳐다보는 그의 시선에 어깨를 으쓱이며 물었다.

"촬영은 또 못 하는 거겠죠?"

그는 대답 없이 고개를 작게 끄덕였다. 그녀는 자신 때문에 또다시 촬영이 중단된 것 같아 미안함에 고개를 푹 숙였다.

"저, 선배. 오늘 시간 돼요?"

재화는 아무 말 없이 눈만 끔뻑거렸다. 연수가 먼저 시간이 있냐고 물어본 것은 처음이었기 때문이었다. 대답이 없는 그의 반응에 조금 민망한 듯 그녀가 머리를 긁적이며 말했다.

"이젠 선배한테 말해야 할 것 같아서요."

그녀는 씁쓸한 미소를 짓고 있었다.

두 사람이 찾아간 곳은 회사 근처에 위치한 바(bar)였다. 먼저 자리를 만들었으면서 연수는 어디서부터 어떻게 이야기를 시작해야 할지 몰라 한참 칵테일만 마셨다.

"말하기 어려우면 안 해도 된다니까."

재화가 걱정스럽게 말하자 연수는 고개를 내저었다.

"아니에요. 더 이상 선배한테 숨기고 싶지 않아요."

이 상황이 너무나 궁금할 텐데 옆에서 말없이 도와주고, 자신을 위해 주는 재화에게 더 이상 숨길 수는 없었다. 자신

때문에 두 번이나 촬영 펑크가 났다. 숨긴다고 해결될 일이
아니었다.

연수는 칵테일 하나를 더 주문한 뒤에 조심스럽게 말을 꺼
냈다. 중학교에서 선영을 만나게 된 것부터, 고등학생 때 시
작된 짝사랑까지. 그리고 은재와 선영, 두 사람을 잃게 된 이
유까지도.

재화는 그녀의 얘기를 모두 듣고 나서도 아무런 표정 변화
없이 고개만 끄덕거렸다. 괜히 머쓱해진 연수는 머리를 긁적
이며 말을 덧붙였다.

"바보 같은 얘기죠? 그때는 왜 그렇게 미련했는지 모르겠
어요, 하하."

어색하게 웃으며 잔을 든 순간, 재화가 연수의 머리에 조
심스럽게 손을 얹으며 중얼거리듯 말했다.

"하나도 바보 같지 않아."

따뜻한 손길과 나지막이 울리는 그의 목소리에 연수가 들
었던 칵테일 잔을 조심스럽게 내려놓았다. 그리고 자신도 모
르게 울컥해 흐르는 눈물을 손등으로 닦아 냈다.

"아, 나 왜 이러지."

당황한 그녀가 어색하게 웃으며 눈가를 닦았지만 눈물은
쉽사리 멈추지 않았다. 말없이 자리에서 일어난 재화가 곁으
로 다가와 그녀의 어깨를 두드려 주었다.

누구에게도 알리고 싶지 않았던 과거 속 자신은 초라하고

비참했다. 그래서 말하기 싫었고, 기억 속에만 꽁꽁 감춰 두었다.

"……많이 힘들었지?"

재화는 작게 속삭이듯 말하며 그녀를 안아 주었다.

"괜찮아. 네 잘못 아니야."

위로하듯 토닥이는 재화의 손길에 그녀는 두 눈을 꼭 감았다. 뺨을 타고 흐르는 눈물은 마르지 않았지만 그의 손길에 마음이 조금씩 녹아내리고 있었다.

❖   ❖   ❖

촬영장에서 벌어졌던 일은 삽시간에 레임 사내에도 퍼지게 되었다. 회사 건물로 들어서는 연수를 보고 여러 직원은 자기들끼리 수군댔다. 그때까지만 해도 그녀는 회사에 소문이 퍼졌다는 것을 눈치채지 못했다.

디자인3팀 사무실에 들어서고 나서야, 앙칼진 도희의 물음에 그녀는 왜 직원들이 자신을 힐끗 보며 수군거렸는지 알 수 있었다.

"연수 씨, 주은재랑 그렇고 그런 사이라면서?"

"네?"

"촬영장에서 사랑싸움했다고 회사 안이 시끌벅적하던데."

도희가 호호 웃으며 얄밉게 쏘아붙이자 연수는 당황스런

시선으로 우진과 해리를 바라보았다. 두 사람도 이미 알고 있다는 얼굴로 그녀를 쳐다보고 있었다.

촬영장에 있었던 회사 인력은 재화와 연수, 그리고 광고 기획 최 팀장뿐이었기에, 소문을 낸 사람이 누군지는 단박에 알 수 있었다.

한숨을 푹 내쉬며 자신의 자리로 가서 앉은 그때, 재화가 사무실 안으로 들어섰다. 도희는 책상에 앉은 지 10초 만에 벌떡 일어나 그에게 다가갔다.

"오셨어요?"

"네, 오늘도 일찍 왔네요. 박 대리."

"팀장님, 촬영 무산된 게 또 연수 씨 때문이라면서요? 회사 안에 소문이 파다하던데."

도희가 장난스럽게 웃으며 말을 건네자 재화의 얼굴이 딱딱하게 굳었다.

"그 얘기, 누구한테 들었어요?"

"네? 아, 저…… 광고기획 팀장님한테."

재화는 긴 한숨을 내쉬며 조용히 팀장실로 발걸음을 돌렸다. 도희는 싸해진 사무실 분위기를 느끼곤 당황하며 그의 기분을 풀어 주기 위해 팀장실 문 앞으로 다가갔다. 그때 그가 다시 문을 열고 나와 통보하듯 말했다.

"앞으로 촬영장은 연수 씨 말고, 해리 씨가 가도록 해요."

연수는 당혹감을 감추지 못하고 닫힌 팀장실 문을 가만히 바라보았다. 그러다 자리에서 일어나 팀장실로 걸음을 옮겼다.

똑똑, 노크를 하고 팀장실 안에 들어선 연수는 고개를 숙이고 있는 재화를 바라봤다.

"선배."

연수가 한 발자국 다가가자 그가 말했다.

"내 말대로 해. 연수야."

"그래도 그쪽이랑 계약할 때 약속한 거였잖아요."

"그래서 또 그 두 사람과 대면하겠다고?"

재화의 말에 연수는 대답 없이 고개를 숙였다. 은재에게 완벽하게 이별을 고했지만 솔직히 말해 아무렇지도 않게 마주할 자신은 없었다.

"더 이상 촬영장에는 안 가는 게 좋겠어. 이건 연수 너를 위해서기도 하지만 촬영을 위해서기도 해."

기간에 비해 촬영한 부분은 얼마 되지 않았다. 자꾸만 지연되는 촬영으로 비용 손실이 꽤 컸다.

"알겠어요."

연수가 고개를 끄덕이자 재화의 표정이 조금 풀어졌다.

"잘 생각했어."

하지만 그녀가 팀장실을 나가자 재화의 얼굴은 또다시 무겁게 내려앉았다. 회사에 도는 소문에 혹여나 그녀가 다치지 않을까 걱정이 되었다.

그는 고개를 들어 유리벽을 통해 그녀를 몰래 지켜보았다.

❖   ❖   ❖

세 번째 촬영날, 스튜디오에 도착한 재화와 해리는 바삐
움직이는 스태프들을 바라보았다. 불만스러운 표정이 가득
한 사진작가와 스태프들 사이로 오늘도 촬영이 중단되진 않
을까 노심초사하는 대화들이 오갔다.

재화는 한숨을 쉬며 모델들을 만나기 위해 자리를 옮겼다.
항상 스튜디오에 먼저 도착해 메이크업을 받던 선영이 오늘
은 보이지 않았다.

"서선영 씨는요?"

재화는 인사를 생략하고 은재에게 물었다. 앉아서 메이크
업을 받고 있던 은재는 그를 바라보더니 감정 없는 목소리로
대답했다.

"오겠죠."

"그 말은 오지 않을 수도 있다는 뜻인가요?"

조금 신경질적인 말투에 은재가 헛웃음을 내뱉으며 재화
를 바라보았다.

그때 스튜디오 문이 열리고 선영이 밝게 인사를 건네며 들
어왔다. 그녀는 지난번 촬영장에서 그 난리를 쳤다는 게 믿
기지 않을 정도로 해맑게 웃고 있었다. 스태프들은 어색한

미소를 지으며 그녀의 인사를 받아 주었다.

선영이 터벅터벅 걸어와 은재의 옆 의자에 털썩 주저앉으며 말했다.

"밖에 무진장 더워. 차에서 내리자마자 숨이 턱 막히는 게, 정말 여름이 왔구나 싶다니까?"

동조를 바라는 말에도 은재는 아무런 대꾸도 하지 않았다. 말없이 자신을 빤히 바라보는 시선에 그녀가 상체를 살짝 숙이며 물었다.

"내 얼굴에 뭐 묻었어?"

남들 앞에서 화를 냈던 지난 사건을 없던 일로 만들 수는 없었다. 그녀는 애써 태연한 척했지만 의자 팔걸이를 손으로 툭툭 치고 있었다. 불안하거나 긴장했을 때 나타나는 그녀의 버릇이었다.

은재가 계속 대답을 하지 않자 선영은 자리에서 일어나 재화를 향해 손을 내밀었다.

"저번 일은 정말 죄송했어요. 팀장님."

"아, 예……."

"사과…… 받아 주실 거죠?"

재화는 얼떨결에 그녀의 손을 잡고 악수를 했다.

촬영이 시작되자 두 사람은 서슴없이 스킨십을 하며 커플이라는 콘셉트에 맞게 포즈를 취했다. 오늘 한마디도 건네지 않았던 은재였으나 촬영 때는 선영과 스킨십을 하며 프로다운 모습을 보여 줬다. 한 시간 내내 이어진 촬영에 사진작가가 잠시 쉬어 가자는 말을 했다.

재화는 쉬는 틈을 타 들른 화장실에서 손을 씻고 있는 은재를 발견했다. 그냥 지나치려던 재화를 은재가 불러 세웠다.

"이재화 씨."

"무슨 일 때문에 그러시죠?"

아무런 감정이 담겨 있지 않은 눈빛을 마주한 재화는 문득 두려움을 느꼈다.

"오늘 연수는 안 옵니까?"

그러나 그의 질문에 두려움이 눈 녹듯 사라졌다. 감정 없는 표정으로 그렇게 마음을 드러내는 질문을 하다니. 재화가 헛웃음을 내뱉자 기분이 상했는지 은재의 미간이 살짝 좁아졌다.

오늘 은재는 스튜디오에서 연수만을 기다렸다. 집은 알고 있었지만 찾아가기엔 용기가 나지 않았고, 전화를 하고 싶었지만 휴대전화 번호를 알지 못했다. 연수의 집 주소를 알려 주었던 광고기획 팀장에게 번호를 물어볼까 했지만 이내 생각을 접었다.

"그런 일을 당하고도 연수가 촬영장에 올 거라고 생각하셨습니까?"

재화가 투박한 말을 던지며 적대심을 표했다. 은재는 그의 태도가 매우 마음에 들지 않았지만 꾹 참았다. 오늘은 전할 말이 있었기에 꼭 그녀를 만나야 한다고 생각했다.

"더 이상 만날 생각 하지 마시죠, 주은재 씨."

마치 명령을 하는 듯한 재화의 말투에 은재의 표정이 일그러졌다.

"내가 왜 그래야 하죠?"

"당신을 만나면 연수가 힘들어하니까요. 제발, 더 이상 연수를 괴롭히는 일, 하지 말아 주셨으면 하네요."

재화는 그렇게 말하고 뒤돌아섰다. 은재는 입술을 꾹 깨물다 멀어지는 그의 어깨를 잡았다. 그리고 거칠게 멱살을 잡으며 낮은 목소리로 말했다.

"뭘 안다고 지껄여. 아무것도 모르면서 입 함부로 놀리지 마."

"다 압니다. 연수가 당신을 9년간 짝사랑했던 거."

당황한 듯 은재의 손에 힘이 조금 풀어졌다. 재화는 그때를 놓치지 않고 그의 손을 떼어 냈다.

"당신은 연수에 대해 생각할 자격도, 이름을 부를 자격도 없는 사람이니까. 9년 동안 짝사랑했는데 마음을 받아 주기는커녕 상처만 주다니……."

재화는 한 발자국 은재에게 다가서며 입가에 작은 미소를 띠었다.

"아, 이건 아무도 모르는 사실인데 제가 연수를 짝사랑하는 중이거든요. 조만간 고백할 예정이니까, 방해 말아 주셨으면 하네요."

재화는 그 말만 남기고 그대로 화장실을 나섰다.

혼자 남은 은재는 주먹을 꽉 쥔 채 문을 노려보았다. 재화의 말은 틀린 게 하나도 없었다. 화를 참으려는 듯 입술을 깨물던 그가 머리를 세차게 헝클어트렸다. 그리고 거울에 비친 자신을 바라보았다.

연수의 앞에 나타날 자격은 사라진 지 오래였다. 상처를 줬고, 자신의 마음조차 늦게 깨달았다. 그녀의 앞에 나타나는 것만으로도 상처를 주는데 만나서 자신의 마음을 얘기해 봤자 소용이 있을까.

아무것도 할 수 없다는 생각에 마음이 무너져 내리는 기분이었다. 그는 두 눈을 감고 긴 한숨만 내쉬었다.

❀   ❀   ❀

"연수 씨, 퇴근 안 하세요?"

우진이 자리에서 일어나 퇴근할 준비를 하며 말했다. 누끼따기를 하던 연수가 고개를 들고 그를 바라보며 대답했다.

"조금만 더 하면 끝나요. 먼저 가세요."

"그렇게 오래 모니터 보면 시력 나빠져요. 적당히 하고 퇴근해요."

"네, 조심히 들어가세요."

우진은 고개를 살짝 숙이며 사무실을 나섰다. 혼자 남은 연수는 작은 한숨과 함께 눈을 손등으로 비비다 가방에서 인 공 눈물을 꺼내 양쪽 눈에 한 방울씩 떨어트렸다. 뻑뻑한 느 낌이 조금 사라지자 다시 마우스를 잡고 일에 집중하기 시작 했다.

한 시간이 지나고서야 마무리까지 마친 연수가 기지개를 켜며 자리에서 일어섰다. 시계를 보니 벌써 9시를 훌쩍 넘어 가고 있었다. 그녀는 얼른 퇴근 준비를 끝내고 사무실을 나 섰다.

늦은 시간까지 일을 하는 사람은 없었기에 한산한 복도는 순찰을 도는 경비원이 전부였다. 사람들 틈에 섞여 일에 집 중할 때만 해도 아무런 생각이 없었는데 이렇게 혼자가 되니 문득 은재가 떠올랐다.

연수는 자리에 우뚝 멈춰 섰다. 생각하지 말자. 이제 그를 만날 일은 없을 테니까. 그녀는 고개를 저으며 다시 발걸음 을 옮겼다.

밖으로 나온 연수는 밤인데도 후덥지근한 기온에 살짝 인 상을 찌푸렸다. 워낙 더위를 많이 탔기에 얼른 버스를 타고 집에 가야겠다는 생각으로 조금 빠르게 걸음을 옮겼다.

한 걸음, 두 걸음. 회사 정문 앞을 지나치던 그때, 시선에 선글라스와 검은색 모자를 쓴 남자가 들어왔다.

연수는 우뚝 자리에 멈춰 서서 그를 바라보았다. 주은재였다. 그가 틀림없었다.

놀란 얼굴을 하던 연수는 얼른 고개를 돌렸다. 그리고 입술을 꾹 깨물며 다시 천천히 걸음을 옮겼다.

못 본 척하자. 모르는 척하는 거야.

그녀는 다짐하며 가방끈을 꽉 쥐었다. 그리고 한적한 도로를 따라 빠르게 걸었다. 하지만 어느 순간 뒤에서 일정한 발소리가 들렸다.

연수는 호흡을 내뱉으며 걸음을 멈췄다. 그러자 뒤에서 쫓아오던 발소리도 들리지 않았다. 고개를 돌리자 고개를 푹 숙인 채 서 있는 그의 모습이 눈에 들어왔다. 그녀는 마른침을 삼키며 말했다.

"왜 따라와. 다신 보지 말자고 했잖아."

아무런 대답이 없는 은재를 보던 연수는 다시 빠르게 가던 길을 갔다. 또다시 뒤를 쫓아오는 발소리가 들렸다. 몇 걸음 떼지 못하고 그녀가 다시 자리에 멈춰 섰다. 그리고 뒤돌아 목 놓아 소리쳤다.

"왜 자꾸 따라오는 건데!"

조용한 거리에 연수의 목소리가 울려 퍼졌다.

"아무 말도 안 할 거면서 왜 따라와. 난 너 보기 싫어. 더 이상 마주치는 것도 싫다고."

하지만 그는 고개를 들어 그녀만 바라볼 뿐이었다.

"진짜 뭐하자는 거야……."

연수는 다시 걸음을 옮겨 버스 정류장에 도착했다. 그가 조금 떨어진 곳에 멈춰서 그녀를 바라보았다.

태연한 척했지만 그가 매우 신경이 쓰였다. 연예인이라는 걸 알면 분명 사람들이 가만히 있지 않을 텐데 저러다 들키면 어쩌려고.

초조해하던 그녀는 버스가 도착하자 망설임 없이 올라타 빈자리에 앉았다. 더 이상 따라오지 않을 거란 생각에 안심하던 찰나, 버스에 올라타는 그의 모습이 보였다.

놀란 연수는 천천히 걸어와 자신의 뒷자리에 자리를 잡고 앉는 은재를 멍하니 시선으로 좇았다.

제정신이 아니야, 미쳤어.

아무리 모자와 선글라스로 얼굴을 가렸다고 해도 이렇게 사람이 많은 곳은 위험했다. 연수는 차마 고개를 돌리지 못하고 입술만 꾹 깨물었다.

뒤에 앉아 있는 그의 시선이 느껴졌지만 애써 무시하며 앞만 바라봤다.

온 신경이 등으로 쏠린 것 같은 긴긴 시간이 지나고 집 앞 정류장에서 내린 연수는 집으로 향하는 골목에 들어섰다.

여전히 뒤를 따라오는 은재 때문에 주먹을 꽉 쥔 채 걸음을 옮기고 있었다. 집 앞에 도착하자 그녀가 시선을 그에게 돌렸다.

"나한테 할 말이라도 있는 거야?"

그녀의 질문에도 그는 아무 대답이 없었다.

"뭐야, 대체. 자꾸 왜 따라오는 건데!"

답답함에 한숨을 푹 내쉰 그녀가 포기한 듯 아파트 안으로 들어갔다. 엘리베이터를 탄 그녀는 열린 문 사이로 가만히 서 있는 은재를 바라보았다. 그리고 미간을 찌푸리며 망설임 없이 닫힘 버튼을 눌렀다.

엘리베이터 문이 닫히자 은재는 시선을 허공으로 옮겼다. 연수가 걸어가는 복도마다 불이 켜지는 것을 지켜보던 그는 옅은 미소를 띠며 인사를 건넸다.

"……잘 자. 서연수."

꿈속에서만큼은 제발 자신이 나쁜 놈이 아니었으면 하는 바람을 담고 그가 몸을 돌렸다.

★

chapter 5

───────

항상
시작은
매우
무섭다

F   R   O   M   ★   Y   O   U

"어딜 가나 웃는 얼굴로 사람을 대하고, 네가 너그러운 사람인 걸 보여 줘야 한다."

선영이 어렸을 때부터 항상 부모님에게 듣던 말이었다. 부족한 것 없이 자란 그녀가 부모님에게 강요당한 건 '남에게 보이는 이미지'였다.

어렸을 때부터 부모님의 말씀대로 싫은 것도 좋아하는 척하며 살았지만 그녀는 그게 싫지 않았다. 그렇게 가면을 쓰면 모두가 자신을 좋아해 주었으니까. 여기저기서 들리는 칭찬은 선영을 더욱더 가식적인 사람으로 만들었다.

그런데 생각지도 못한 변수가 나타났다. 그것은 바로 연수였다. 얼굴이 아주 예쁜 것도, 그렇다고 집안이 좋은 것도 아니면서 연수는 모두의 관심을 독차지해 버렸다. 자신을 향한 관심과 시선이 연수에게로 옮겨 갔을 때, 그녀는 세상에 태어나서 처음으로 위기감이란 것을 느꼈다.

"안녕, 난 서연수라고 해."

연수가 손을 내밀었을 때, 선뜻 잡지 말았어야 했다. 처음부터 엮이면 안 되는 아이였다. 가진 거라곤 쥐뿔도 없는 그 아이가 자신의 자리를 탐낼 존재라는 사실을 조금 더 빨리 눈치챘어야 했다.

"선영아, 너 전교 1등이야? 와, 진짜 대단하다."

그녀는 달콤한 말로 사람을 매혹시키고.

"야, 이번에 연수가 전교 1등 했다며?"
"대박. 연수가 선영이를 이긴 거야?"

순식간에 자리를 빼앗아 갔다.
아주 조금씩 연수는 선영의 삶에 균열을 만들어 냈다. 항상 정상에만 있던 선영은 순식간에 바뀐 상황을 받아들일 수가 없었다.

"선영인 뭔가 대하기 어려운데, 연수는 참 다가가기 쉬운 것 같아."
"연수는 사람을 참 편안하게 만드는 재주가 있네."

친구도, 선생님도, 심지어 부모님까지 연수를 칭찬했을 때 선영은 깨달았다. 보잘것없는 연수에게 질투를 하고 있다는 것을. 그리고 그녀가 사라지지 않는 한 그 질투는 계속될 수밖에 없다는 것을.

선영은 두 눈을 번뜩이며 꿈에서 깨어났다. 식은땀으로 범벅이 된 목을 잡고 괴로워하며 몸부림쳤다. 숨을 쉴 수가 없었다. 누군가가 목을 조르고 있는 것처럼 숨구멍이 꽉 막혀버린 듯했다.

그녀는 몸을 벌벌 떨며 옆에 있던 휴대폰을 집어 들었다. 그리고 버릇처럼 단축 번호를 꾹 눌렀다. 그러다 휴대폰 액정에 뜨는 '주은재'라는 이름에 멈칫했다. 그녀는 차마 통화 버튼을 누르지 못한 채 흐려지는 정신을 그대로 놓아 버리고 말았다.

❖   ❖   ❖

"다들 퇴근 안 하세요?"

팀장실에서 재화가 나오자 기다렸다는 듯 우진과 해리가 일어섰고, 도희는 언제나처럼 재화의 곁으로 다가갔다. 그가 한 걸음 뒤로 물러나자 그녀는 고개를 숙인 채 작은 목소리로 중얼거렸다.

"저기, 팀장님. 잠깐 할 얘기가……."

"네? 무슨 얘기요?"

"저, 그러니까요. 팀장님."

도희는 팀원들을 슬쩍 훑어보더니 다시 한 번 기어 들어가는 목소리로 말했다.

"밖에서……."

"네?"

재화가 의아해하며 곁으로 한 발자국 다가오자 당황했는지 도희가 큰 목소리로 말했다.

"오늘 저녁에 시간 되세요?"

"아……."

그는 난감한 듯 뺨을 긁적였다. 그리곤 옆에 있는 연수를 힐끗 쳐다보며 조심스럽게 말했다.

"어쩌죠. 오늘은 선약이 있는데……."

도희는 당황스런 얼굴로 고개를 들어 재화를 바라보았다. 그리고 안절부절못하며 시선을 돌리더니 이내 어색하게 웃었다.

"그, 그럼 전 이만 가 보겠습니다!"

그녀는 허리를 90도로 숙여 인사한 뒤 도망치듯 사무실을 나가 버렸다. 문이 닫히는 소리와 함께 사무실 안에 침묵이 흘렀다. 우진과 해리는 안쓰러운 시선으로 복도를 걸어가는 도희의 뒷모습을 바라보며 생각했다.

'차였구나.'

'차였네.'

쉴 새 없이 추파를 던지더니 결국 진지한 데이트 신청을 거절당했다.

"그럼 저도 가 보겠습니다."

"저도요."

우진과 해리는 도희를 위로해 주기 위해 쏜살같이 그녀의 뒤를 따라나섰다.

재화는 생각지도 못한 도희의 행동에 놀란 상태였다. 항상 장난스럽게 좋아하는 티를 냈지, 진지한 얼굴로 데이트 신청을 할 줄은 꿈에도 몰랐기 때문이다.

"선배도 참 나쁜 사람이네요."

"뭐?"

연수가 퉁명스럽게 말을 내뱉으며 가방을 들고 사무실을 나섰다. 재화는 그녀의 뒷모습을 보며 중얼거렸다.

"이게 다 누구 때문인데……."

재화는 점점 멀어지는 연수의 뒤를 얼른 따라붙었다.

"집에 데려다줄게."

"네? 왜, 왜요?"

당황한 듯한 반응에 그는 고개를 갸웃거렸다.

"왜 그렇게 놀라? 내가 집에 데려다준 게 한두 번도 아니고."

"원래 저녁 식사 같이할 때만 데려다주셨잖아요."

"그런가. 그럼 오늘도 저녁 먹고 들어가지, 뭐."

"네?"

"가자."

재화는 연수의 어깨에 팔을 두르고 회사를 나섰다. 연수는 불안한 얼굴로 그를 힐끗 쳐다보았다. 시선을 느낀 그가 더욱더 그녀의 어깨를 세게 잡아 자신 쪽으로 끌어당겼다.

"선배."

"가만히 있어."

회사 정문으로 갈수록 연수는 이러다 은재와 딱 마주치고 말 것이라는 생각이 들었다. 입술을 깨물며 오늘은 없기를 바랐지만 여전히 같은 곳에서 모자를 푹 눌러쓴 채 서 있는 그가 보였다.

재화는 은재에게로 시선을 옮겼다. 일주일 전부터 그가 회사 정문 앞에 서서 연수를 기다린다는 것을 알고 있었다. 그래서 괜한 억지를 부리며 연수를 데려다주겠다고 한 것이었다.

재화가 아무렇지 않게 은재를 지나치며 말했다.

"근처에서 저녁 먹고 가자. 네가 좋아하는 막창 어때?"

"아⋯⋯."

연수는 잠시 망설이다 고개를 끄덕였다. 그리고 가만히 이쪽을 응시하고 있는 은재를 보며 입술을 꾹 깨물었다.

젓가락을 든 연수는 익어 가는 막창을 멍하니 바라보고 있었다.

혹시 재화가 정문에 서 있던 사람이 은재라는 것을 알았을까? 은재는 집으로 돌아갔을까?

그의 생각으로 머릿속이 복잡했지만 잊으려고 애를 썼다. 더 이상 흔들리고 싶지 않았다.

"다 익었다. 먹어."

"잘 먹겠습니다."

재화는 잘 익은 막창을 연수의 앞 접시에 놓아 주었다. 웃으며 그것을 입에 넣으려던 찰나, 그가 낮은 목소리로 물었다.

"앞으로 퇴근 같이 할래?"

"네?"

연수는 두 눈을 깜빡이며 재화를 바라봤다.

"주은재 말이야."

그 말에 그녀는 어색하게 웃으며 들고 있던 젓가락을 내려놓았다.

"내가 옆에 있는 게 더……."

"선배, 안 그러셔도 돼요. 제가 알아서 할게요."

"연수야."

"더 이상 선배에게 신세 지기 싫어요."

연수는 젓가락을 다시 들고 막창을 먹으며 애써 미소 지었
다.

"맛있다."

재화는 연수의 미소에 답하며 희미하게 웃어 보였다. 그러
다 이내 작은 한숨을 내쉬며 시선을 떨어뜨렸다.

연수의 집 근처에 도착했을 때, 재화의 휴대전화가 갑작
스럽게 울렸다. 전화를 받은 재화의 표정이 점점 굳어지더니
금방 병원으로 가겠다는 말과 함께 전화를 끊었다.

"안 좋으신 거예요?"

재화의 어머니가 오래전부터 병원에 입원해 있다는 사실
을 알고 있었기에 통화 내용을 들은 연수가 걱정스러운 얼굴
로 물었다.

"어떡하지? 당장 가 봐야겠는데."

"괜찮아요. 전 여기서 조금만 걸어가면 되는데요, 뭐. 얼
른 가 보세요."

"그래. 집에 도착하면 문자하고."

"아이고, 제가 초등학생도 아닌데 무슨 걱정이 그렇게 많아요."

손사래를 친 연수가 차에서 내려 발걸음을 옮겼다. 몇 발자국 떼고 뒤돌아보니 여전히 서 있는 그의 차가 보였다. 그를 향해 얼른 가라는 듯 손을 흔들자 그는 그제야 알겠다며 고개를 끄덕이곤 차를 출발시켰다.

멀어지는 재화의 차를 보던 연수는 멈췄던 발걸음을 다시 옮겼다. 혼자가 되니 왠지 피로감이 몰려오는 것 같았다. 뻐근한 어깨를 이리저리 돌리며 집 앞에 도착했을 때 익숙한 실루엣이 눈에 들어왔다.

"미쳤어……."

작게 중얼거리는 연수의 목소리를 들은 건지 은재가 고개를 들었다.

미친 거야. 미치지 않고서야 어떻게 여기서 또 이러고 있어.

이해가 되지 않는다는 표정으로 그를 빤히 쳐다보자 벽에 기대고 있던 몸을 일으킨 은재가 다가왔다.

"늦었어. 얼른 집에 들어가."

일주일 만에 그가 처음으로 말을 꺼냈다.

대체 무슨 생각인 거야.

연수는 몸을 돌려 멀어지는 은재를 바라보다 주먹을 꽉 쥐며 소리쳤다.

"너 대체 왜 이래?"

그는 가던 걸음을 멈췄지만 그녀를 바라보진 않았다.

"계속 등신처럼 뒤만 졸졸 따라다니고, 말 걸어도 아무런 대답도 없고. 고작 일주일 만에 입을 열어서 한다는 말이, 늦었으니까 얼른 집에 들어가? 네가 스토커니? 아니면 서선영이 나 감시라도 하래? 대체 이러는 의도가 뭐야. 이제 와서 내가 불쌍해지기라도 한 거야? 그래?"

연수는 거친 숨을 몰아쉬며 은재를 노려보았다. 그래도 그는 등만 보인 채 서 있었다. 그녀는 헛웃음을 내뱉었다.

"그래. 네 의도가 어떻든 이제 상관없어. 그런데 이런 스토커짓은 하지 마. 없던 정까지 떨어지니까."

말이 끝나기가 무섭게 연수는 뒤돌아 아파트 안으로 들어갔다. 또각또각, 구두 소리가 멀어지자 은재는 그제야 뒤를 돌아 연수가 서 있던 곳으로 시선을 돌렸다.

머릿속을 스쳐 지나가는 연수의 말에 그는 헛웃음을 내뱉었다.

차라리 동정했다면 이렇게 등신 같은 짓은 하지 않을 텐데.

연수에 대한 마음을 깨달았지만 어떻게 자신의 감정을 표현해야 할지 몰랐다. 멀리서 그녀를 지켜보며 천천히 다가갈 생각이었는데, 조금 전 그녀의 말에 이렇게 해서는 후회를 잠재울 수 없다는 생각이 들었다.

은재는 엘리베이터를 기다리는 연수를 향해 성큼성큼 다가갔다. 그리곤 그녀의 팔을 잡아당겨 자신과 마주 보게 만들었다.

"서선영이 감시하라고 시킨 거 아니야. 네가 불쌍해서 이러는 건 더더욱 아니고. 그냥, 예전처럼 네 옆에 있고 싶어. 그뿐이야."

밀려드는 후회를 되돌릴 수 있는 건 용기밖에 없었다. 연수의 뒤를 계속 따라다니고 속으로 푸념해도, 입 밖으로 진심을 꺼낼 용기가 없다면 영영 제자리걸음을 하게 될 것임을 그도 잘 알고 있었다.

연수는 애써 태연한 척하며 그를 바라봤다. 그러다 '예전처럼'이라는 말을 곱씹으며 작게 헛웃음을 지었다.

손을 매정하게 뿌리치며 연수가 말했다.

"난 싫어. 너랑 예전처럼 돌아가는 거 생각만 해도 끔찍해."

그를 위해서라면 뭐든 할 수 있었다. 자신을 사랑해 주지 않아도, 그의 곁에만 있을 수 있다면 만족하던 그 시절.

그건 사랑도 뭣도 아니었다. 맹목적인 사랑이 얼마나 크나큰 형벌을 안겨 줬는지 누구보다 잘 알고 있었다.

연수가 싸늘하게 대답하며 엘리베이터에 올라타 모습을 감추자 은재는 천천히 밖으로 걸어 나왔다. 그리고 복도에 차례대로 켜지는 불빛을 물끄러미 바라보았다.

"난 싫어. 너랑 예전처럼 돌아가는 거 생각만 해도 끔찍해."

알고 있던 사실이었지만 가슴이 서걱거리기 시작했다. 과거의 자신은 곁에 있어 준 연수의 마음 따윈 생각해 볼 여유가 없었다. 누군가가 자신을 열렬히 사랑해 주는 건 분명 엄청난 일이었는데, 그때는 전혀 알지 못했다.

당시 연수의 감정은 지금 자신이 느끼고 있는 것보다 훨씬 힘들고 외롭고 쓸쓸했을 거라는 생각이 들었다. 가까이 있음에도 불구하고 감정을 표현하지 않았기에 그녀의 사랑은 지옥 같았을 것이다. 그럼에도 그녀는 항상 제 옆에서 웃어 주었다.

낮게 한숨을 내쉬며 고개를 떨어트리던 찰나, 주머니에서 휴대폰이 울렸다. 발신자가 도훈이라는 것을 확인한 그는 통화 버튼을 누르며 낮은 목소리로 말했다.

"왜?"

ㅡ형, 어디예요?

"밖에 있어."

ㅡ선영 누나, 쓰러졌어요.

"갑자기 왜?"

ㅡ모르겠어요. 지금 정밀 검사 중이긴 한데 스트레스성인 것 같대요. 아까 정말 놀랐다니까요. 누나가 눈 좀 붙인다고

해서 두 시간 뒤에 집에 갔는데 침대에 쓰러져 있는 거예요!
놀라서 얼른 119에 신고를…….

"알았으니까 그만 설명하고 일단 끊어."

—형, 형! 병원…… 올 거죠?

"……끊어."

은재는 끝까지 간다는 대답은 하지 않은 채 거칠게 전화를
끊었다. 그리곤 휴대폰을 바라보며 길게 한숨을 쉬었다.

❖　　　❖　　　❖

재화는 병실 침대에 걸터앉아 어머니의 이마를 매만지며
한탄 섞인 말을 내뱉었다.

"어머니, 제발 이런 식으로 놀라게 하지 마세요."

호호 웃던 그녀는 신이 난 표정으로 대답했다.

"이렇게 해야 우리 아들 얼굴을 볼 수 있으니까."

"어머니."

"그래. 우리 아들, 많이 놀랐어?"

자리에서 일어나 재화의 얼굴을 매만지는 그녀의 손길은
부드러웠다. 그 느낌이 너무 좋아 그는 굳혔던 얼굴을 조금
씩 풀었다. 그리곤 조심스럽게 그녀를 품에 안았다.

"아이고, 우리 어머니. 날 이렇게 좋아해서 어떡해? 아버
지가 질투하면 어쩌려고."

"너희 아버지는 보고 싶지 않은데, 이상하게 우리 아들은 매일 보고 싶네."

등을 토닥이는 그녀의 얼굴에 어린아이처럼 해맑은 미소가 피어올랐다. 그 모습을 바라보던 그도 밝게 미소 지었다.

똑똑, 노크 소리와 함께 간호사가 병실 안으로 들어오자 재화가 자리에서 일어났다.

복도로 나온 그는 근심 걱정이 담긴 얼굴로 한숨을 푹 내쉬었다. 의사에게서 어머니의 병세가 점점 악화되고 있다는 말을 들었기 때문이다.

위암 선고를 받은 지 다섯 달째. 그녀가 재화를 찾는 일은 점점 늘어났다. 바쁜 그가 병원에 자주 찾아오지 못할 땐 위독하다는 거짓말을 하며 관심을 끌었다.

그는 바깥바람을 쐬기 위해 병원 밖으로 발걸음을 옮겼다. 한적한 병원 뒤편으로 나와 주변을 두리번거리던 그때, 환자복을 입은 한 여자가 구석에서 담배를 피우고 있는 것을 발견했다.

"그래서 주은재는 안 온대?"

짜증 섞인 목소리의 주인이 누구인지 알아챈 재화가 살짝 미간을 찌푸리며 여자에게 다가갔다.

"아, 알겠어. 끊어."

신경질적으로 전화를 끊은 여자는 주머니에 휴대폰을 집어넣고 담배를 한 모금 깊게 빨았다.

"환자가, 그것도 병원에서 담배를 피워도 되는 겁니까?"

재화의 말에 고개를 돌린 여자는 선영이었다. 그녀는 놀랐는지 얼른 담배를 뒤로 숨겼지만 숨을 내쉬자 희뿌연 연기가 입에서 뿜어져 나왔다.

그 모습에 재화는 헛웃음을 내뱉었다. 그제야 그녀는 가려 봤자 소용없다는 것을 깨닫고 퉁명스러운 말투로 그에게 말을 건넸다.

"병원엔 무슨 일이세요?"

"어머니가 아프셔서요."

"아하……."

"그러는 서선영 씨는요?"

"뭐, 보다시피 난 내가 아파서요."

"아파서 입원한 사람이 담배를 피우고 있습니까? 그것도 유명한 스타분께서."

"여긴 사람도 별로 없고. 원래 화장 안 하면 사람들이 못 알아봐요."

그녀의 퉁명스러운 대꾸에 재화는 웃음을 내뱉으며 시계를 슬쩍 봤다.

"그럼, 전 이만 들어가 봐야겠네요."

"나 이 팀장님한테 진짜 궁금한 거 있는데."

갑작스런 말에 그가 선영을 바라보았다. 들고 있던 담배를 바닥에 내던진 그녀는 그에게 한 걸음 다가갔다.

"팀장님, 서연수 좋아하죠?"

직설적인 물음에 그는 아무 대답도 할 수 없었다.

"정말 이해가 안 돼. 걔 어디가 그렇게 좋아요? 난 진짜 모르겠던데. 얼굴이 예쁜 것도 아니야. 집안이 빵빵한 것은 더더욱 아니고. 완벽한 구석이라고는 눈 씻고 찾아봐도 없는데. 대체 어디가 그렇게 좋은 거예요?"

재화의 앞을 막아선 선영은 조금 비뚤어진 그의 넥타이를 만지며 미소를 지었다.

"아니면 뭐 특이 취향이신가?"

작게 웃음을 터트린 그가 그녀의 손을 부드럽게 치우고는 넥타이를 느슨하게 풀어 내렸다.

"서선영 씨는 완벽한지 아닌지로 사람을 판단하나 보네요."

병원 안으로 발걸음을 옮기던 그는 무언가 생각난 듯 선영을 바라보았다.

"그런데 말이죠, 서선영 씨. 세상에 완벽한 사람은 존재하지 않아요. 저도 그렇고, 서선영 씨도 그렇고."

이내 재화가 시야에서 사라지자 선영은 한 방 먹었다는 생각에 크게 웃음을 터트렸다.

❖　　　❖　　　❖

"박 대리님이 술에 취해서 펑펑 우는데, 호프집에 있던 사람들이 다 우릴 쳐다보고. 어우! 내가 진짜 너무 창피해서 그대로 집에 가고 싶었다니까요?"

"저도요. 위로고 뭐고, 다시는 박 대리님이랑 사적으로 술안 마시려고요."

우진과 해리는 데이트를 거절당한 도희를 위로해 주기 위해 같이 술을 마셨던 이야기를 연수에게 해 주고 있었다.

"그리고 집에 갈 때는 얼마나 고성방가를……"

"다들 왜 여기 모여서 잡담질이야? 일들 안 해?"

그때 갑자기 탕비실 문을 열고 도희가 들어섰다. 놀란 우진은 마시던 커피를 그만 입 밖으로 뿜어내고 말았다.

"뭐야, 너희 내 욕했어?"

"저희가 박 대리님 욕을 왜……."

해리가 웃으며 사실을 부정했지만 도희는 캑캑거리며 괴로워하는 우진을 의심 가득한 눈으로 바라보았다. 그러다 생각났다는 듯 연수를 향해 서류를 내밀었다.

"아, 서연수 씨. 이거 디자인2팀에 가져다줘요."

"네, 알겠습니다."

"이상한데, 다들. 진짜 내 욕 안 했어?"

걸어나가려던 도희가 다시 몸을 돌려 묻자 모두들 강하게 손사래를 치며 아니라고 대답했다. 하지만 그게 더 수상했는지 그녀는 의심의 눈초리를 거두지 않았다.

"너희 내 욕하다 걸리면 죽을 줄 알아라."

싸늘한 한마디가 끝나기 무섭게 탕비실 문이 거칠게 닫혔다.

"와, 진짜 귀신이야. 귀신."

"욕하다 걸리면 진짜 저희 죽이고도 남을 사람이에요."

우진과 해리는 몸서리치면서도 다시 도희의 이야기를 시작했다. 그런 둘을 보며 웃던 연수는 자리에서 조심스레 몸을 일으켰다. 아직 점심시간이 꽤 남아 있었기에 우진이 그녀를 올려다보며 말했다.

"가시려고요?"

"박 대리님께서 심부름시켰잖아요. 얼른 해야죠."

디자인2팀에 서류를 전해 주고 복도를 걷던 연수는 누군가가 자신의 어깨를 툭툭 치는 것을 느끼곤 뒤를 돌아보았다.

"역시, 서연수 맞구나?"

고개를 갸웃거리던 연수는 이내 반가운 탄성을 질렀다.

"야, 정유나!"

고등학교 때 친구 유나였다. 두 사람은 그 자리에서 손을 잡고 어린아이처럼 방방 뛰며 좋아했다.

"5년 만인가? 와, 진짜 그동안 뭐하고 지낸 거야. 너! 연락 안 돼서 걱정했잖아."

유나의 말에 연수는 멋쩍은 듯 뺨을 긁적였다. 은재와 선영의 일에 대한 충격으로 그녀는 알고 지내던 모든 사람들과 연락을 끊고 한동안 혼자서 생활했었다.

두 사람은 복도에 있는 휴게실 테이블에 마주 앉았다. 이렇게 다시 만나게 될 줄은 몰랐기에 연수는 유나를 바라보며 연신 신기해했다.

"팀장님한테 서연수란 이름을 듣고 설마 했는데 정말 너였다니."

"팀장님?"

"응, 나 광고기획팀에서 일하거든."

"아하……."

연수가 고개를 끄덕이며 어색한 미소를 짓자 유나가 주변을 이리저리 살피며 작은 목소리로 말했다.

"야, 그 사람 원래 성격이 좀 꼬였어. 네가 이해해."

작게 웃음을 터트리는 연수를 보고 유나도 따라 미소 지었다.

"아참, 바뀐 번호 좀 알려 줘. 이제 갑자기 잠수 타기 없기다?"

연수는 알았다고 대답하며 유나의 휴대폰에 자신의 번호를 입력했다.

"아참, 우리 내일 동창회 하는데, 너도 와라."

"내일?"

"응. 너랑 연락 끊고 얼마 안 돼서 애들이랑 매년 동창회

하기 시작했어. 한 3~4년쯤 됐나?"

"와, 진짜?"

"애들이 너 보면 진짜 좋아하겠다. 인지랑 정화는 만날 때마다 네 걱정만 해."

유나는 행복에 겨운 얼굴로 어깨를 으쓱하다 무언가 생각난 듯 몸을 기울이며 작은 목소리로 말했다.

"아, 그리고 있잖아……."

연수도 자연스럽게 유나 쪽으로 몸을 숙였다. 그때 누군가가 유나의 어깨를 툭툭 쳤다. 그녀는 인상을 찌푸리며 고개를 돌리다 황급히 얼굴을 굳혔다.

"팀, 팀장님……."

"점심시간 끝났는데 여기서 뭐하는 거지, 정 대리?"

최 팀장의 앙칼진 목소리에 유나는 도살장에 끌려가듯 힘없이 사무실로 향했다. 그러다 몰래 뒤를 돌아 연수에게 전화하겠다는 입 모양을 해 보였다.

오랜만에 유나를 만난 연수는 얼굴이 한층 밝아져 있었다. 은재를 좋아했던 것을 잘 알고 있던 유나가 혹시 그의 이야기를 꺼내진 않을까 긴장했지만 다행히 그러지는 않았다.

"동창회라……."

연수는 5년 동안 까맣게 잊고 살았던 친구들을 떠올렸다. 은재에게서 멀어지기 위해 자신과 그를 아는 모든 사람들에게서 사라졌던 그 시간.

"애들, 보고 싶네."

그를 완전히 잊겠다고 다짐했으니 이제는 친구들을 만나도 괜찮지 않을까 하는 생각이 들었다.

❖   ❖   ❖

연수는 주말 아침부터 옷을 이것저것 입어 보며 분주하게 움직이고 있었다. 하늘하늘한 남색 원피스를 선택한 그녀는 화장까지 깔끔하게 마무리한 뒤 집을 나섰다.

"음, 어디라고 했더라."

어제 저녁, 유나가 보내 준 문자를 확인하며 그녀는 동창회 장소인 호프집 앞에 도착했다. 가게 앞에 서자 저도 모르게 긴장이 되어 길게 심호흡을 했다.

5년 만에 친구들을 만날 생각을 하니 설렘이 느껴졌다. 그녀는 가방에서 작은 거울을 꺼내 화장과 머리 스타일을 점검하고 호프집 문을 열며 안으로 들어섰다.

조그마한 호프집에는 테이블이 몇 개밖에 없었다. 바로 앞 테이블에 익숙한 얼굴들이 앉아 있었다. 문이 열리는 소리에 이미 모여 있던 친구들의 시선이 그녀에게로 향했다.

"야, 서연수!"

"세상에, 이게 얼마 만이야. 너!"

"왜 갑자기 전화번호 바꾸고 그래! 걱정했잖아. 이 기집애야!"

친구들의 질문 공세에 연수는 무엇부터 대답해야 할지 몰라 그저 웃기만 했다.

"너희 일단 앉아! 앉아서 얘기해. 정신 사납게 문 앞에서 왜 이러고 있어."

유나가 연수에게 매달린 친구들을 떼어 놓으며 말했다. 시끌벅적한 친구들 틈에 앉은 연수는 이내 시원한 맥주를 들이켰다. 5년 만의 회포를 푸는 그녀의 모습에 함께 기뻐하던 유나가 어느 순간 시계를 보며 작게 한숨을 쉬었다.

"안 오려나?"

"누구 기다려?"

연수가 의아해하며 그렇게 물었을 때, 종소리와 함께 누군가가 호프집 안으로 들어섰다.

"여기야, 여기!"

유나가 환한 미소를 지으며 손을 흔들자 모두의 시선이 그쪽으로 몰렸다.

"쟤…… 주은재 아니야?"

앞에 앉아 있던 정화가 손으로 입을 가리며 놀란 듯 말했다. 연수는 그녀의 말에 깜짝 놀라 고개를 돌렸다. 푹 눌러쓴 모자를 벗으며 나타난 은재의 모습에 동창들뿐만 아니라 다른 손님들의 시선까지 집중되었다.

은재의 등장을 반가워하는 사람은 유나뿐이었다. 머뭇거리는 그의 팔을 잡고 끌고 오더니 연수의 옆자리에 앉혔다.

연수는 옆에 앉은 그를 보며 반쯤 입을 벌렸다. 그러다 이내 시선을 돌리며 아무렇지 않은 척 술을 마셨다.

"어떻게 된 거야? 둘이 연락하고 지낸 거야?"

"우리 회사 광고 모델이거든. 우연히 회사에서 만났어."

친구들은 갑자기 나타난 그가 너무 신기한 듯 말을 잇지 못했다. 고등학교 때 은재는 딱히 친하게 지내던 친구가 없었다. 유나도 그가 자퇴를 한 뒤 연수를 통해 겨우 안면만 튼 사이였다.

"아무튼 이렇게 만나니까 반갑다."

"그러게. 고등학교 때 주은재, 우리 학교에서 연예인이나 다름없었잖아. 그런데 진짜 연예인이 되다니. 잡지 보다가 얼마나 깜짝 놀랐는지 알아?"

"맞아. 난 아직도 너 나오는 광고 볼 때마다 흠칫한다니까."

사람들이 많이 있는 술자리를 좋아하지 않는 은재였지만 어느새 입가에 미소가 지어졌다.

"나도 너희 보니까 고등학교 다닐 때 느낌 나고 좋네."

은재가 무덤덤하게 한마디 하자 유나가 호탕하게 웃으며 말했다.

"야, 학교를 3개월만 다녔으니 얼마나 이 느낌이 그리웠겠냐?"

"당연하지. 얘들아, 우리 동창 연예인님 잔에 술이 없으시다. 얼른 채워 줘라!"

유나는 맥주가 가득 담긴 잔을 은재의 앞에 놓아 주었다.
그리고 건배를 외치자 기다렸다는 듯 친구들이 잔을 내밀었
다. 은재도 그들을 따라 잔을 내밀었으나, 연수는 허공만 쳐
다보고 있었다.

"야야, 서연수. 뭐하냐. 잔 안 들고."

유나의 외침에 그제야 연수가 헛기침을 내뱉으며 잔을 들
었다. 옆에 있는 은재의 술잔과 닿지 않기 위해 슬며시 잔을
뒤로 빼자 유나가 의미심장한 미소를 지으며 말했다.

"뭐야, 너 내외하냐?"

"뭔 소리야, 그건 또."

궁금한 듯 맞은편에 앉은 한 친구가 되묻자, 유나가 연수
의 눈치를 보며 대답했다.

"야, 연수가 주은재 죽어라 쫓아다녔잖아. 아직도 네 스케
치북에 주은재 그림 잔뜩 있었던 거 기억난다."

"맞다. 얘 학교 끝나면 주은재 만나러 가고 그랬었지."

"그래, 나도 기억나네. 주은재 때문에 학교 안 나온 적도
있었잖아."

"첫사랑을 오랜만에 만난 거네. 그러면?"

쏟아지는 친구들의 말에 유나는 손사래를 치며 고개를 흔
들었다.

"아냐, 얘네 우리 회사에 소문 퍼졌어. 그렇고 그런 사이

라고."

유나의 한마디에 모두의 시선이 모였다. 연수는 당황스런 얼굴로 유나를 바라봤다.

그녀는 5년 전 갑자기 연수가 연락을 끊은 이유에 대해 전혀 모르고 있었다.

"그런 거 아니야."

연수는 오해를 받고 싶지 않아 술잔을 테이블에 세게 내려놓으며 말했다.

"주은재랑 나, 아무 사이도 아니야."

조금은 화난 목소리에 잠시 정적이 흘렀다. 그러다 한 친구가 화젯거리를 바꾸며 분위기를 띄우기 시작하자 언제 그랬냐는 듯 호프집 안은 다시 시끌벅적해졌다.

연수는 한숨을 푹 내쉬며 남은 술을 비웠다. 그리고 자리에서 조용히 일어섰다.

"연수야, 어디 가?"

맞은편에 앉아 있던 인지의 물음에 연수는 화장실이라고 작게 대답한 후 밖으로 나왔다.

생각지도 못한 은재의 등장에 놀랄 수밖에 없었다. 학교에 다닌 기간이 3개월도 채 되지 않는 그가 동창회에 나올 거라고는 상상도 하지 못했다.

이곳에 나타난 은재의 마음을 알 수가 없었다. 딱히 동창들을 만나고 싶어서 온 건 아닐 것이다. 분명 자신을 만나기 위해 온 것이었다.

　최근 은재의 행동에 담긴 의미는 무엇일까. 동정? 아쉬움? 아니면…….

　머릿속이 복잡하게 돌아가던 그때, 호프집 문을 열고 정화가 나왔다.

　"연수야, 거기서 뭐해?"

　"아, 통화 좀……."

　"애들이 기다려. 얼른 들어가."

　정화가 화장실로 향하자 연수는 한숨을 쉬며 그냥 이대로 도망쳐 집으로 갈 것인지, 아니면 정면 돌파를 할 것인지 고민했다. 하지만 결정을 내리기도 전에 이미 발걸음은 호프집 안으로 다시 들어서고 있었다.

　연수는 은재의 옆자리가 아닌 정화의 자리에 가 앉았다. 그리고 옆에 앉은 인지에게 자연스럽게 말을 걸며 대화에 끼어들었다. 친구들의 대화에 집중하며 은재를 신경 쓰지 않으려고 했다.

　그때 민성이 은재의 술잔을 보며 큰 소리로 말했다.

　"주은재, 너 왜 술 안 마시냐?"

　"원래 술 별로 안 좋아해."

　"애가 아직 인생을 모르네. 형님이 오늘 술에 대해 제대로 알려 줄 테니까 잔 들어라, 어서!"

　은재가 술잔을 들자 연수의 시선이 그에게로 향했다. 술이

약한 그가 주량을 넘으면 어떤 일이 일어나는지 알고 있었기 때문에 신경이 쓰였다.

친구들과 건배를 나눈 은재는 망설임 없이 원샷을 했다. 깨끗하게 잔을 비우는 그의 행동에 친구들이 박수를 쳤다.

"뭐야, 싫어한다더니 잘 마시잖아."

쟤 저렇게 마시면…….

놀란 연수는 자신도 모르게 자리에서 벌떡 일어섰다. 그러자 의아한 시선들이 일제히 모였다. 은재만이 무덤덤한 얼굴로 올려다보고 있을 뿐이었다. 그녀는 그제야 실수했다는 것을 느끼곤 가만히 친구들을 등지고 앉았다.

바보 같아.

아직 그에 대한 관심을 떨쳐 내지 못한 자신이 원망스러웠다. 안 되겠다 싶은 생각에 연수는 입술을 꾹 깨물며 자리에서 일어났다.

"애들아, 나 이만 가 볼게."

"뭐? 야, 온 지 얼마나 됐다고 벌써 가."

"미안. 나중에 연락할게."

"야, 서연수!"

자신을 부르는 소리가 들렸지만 연수는 뒤를 돌아보지 않은 채 호프집을 나왔다.

역시 안 돼. 정면 돌파는 무리야.

바쁘게 돌아가는 머릿속을 정리하며 빠르게 걷던 연수의

손목을 누군가가 잡았다.

"서연수."

익숙한 낮은 음성에 온몸의 세포가 또다시 반응했다. 연수
는 입술을 꾹 깨물며 그를 보지 않으려 했지만 은재는 그녀
의 어깨를 잡아 돌려 세웠다. 금방이라도 울 것 같은 표정으
로 은재를 올려다보던 연수가 힘겹게 입을 열었다.

"너 자꾸 나한테 왜 이러는 거야? 내가 나타나지 말랬잖
아. 네가 예전에 돈 봉투 주면서 했던 말처럼 우리 남남으로
살자고, 제발!"

연수가 울부짖자 은재의 눈빛이 흔들렸다. 자신을 격하게
거부하는 그녀를 보니 마음이 쓰렸다. 하지만 놓아주지 않았
다. 연수의 어깨를 좀 더 강하게 쥔 그가 굳게 다문 입술을
열기 시작했다.

"싫어."

연수는 은재를 멍하니 올려다보았다. 왜 그러냐는 질문에
그는 지금까지 침묵으로 일관했었다. 그가 자신의 감정을 내
뱉은 것은 처음이었기에 그녀는 아무 말도 하지 못했다.

"나 이제 너 안 놔."

"……주은재."

"이렇게 너랑 마주 보기만 해도 설레서 미치겠는데, 내가
어떻게 널 놓을 수 있겠어."

흔들림이 없는 목소리에 연수는 그 말의 의미가 무엇인지

단박에 알 수 있었다.

믿기지 않았다. 믿을 수 없었다. 열일곱, 그녀가 그에게 처음 고백했던 날처럼 너무 갑작스러웠다.

그가 잡은 어깨를 천천히 놓아주자 연수는 도망치듯 그에게서 멀어져 택시에 올라탔다. 모든 것이 혼란스러웠다.

은재는 멀어지는 택시를 바라보며 짙은 한숨을 내쉬었다. 그때, 호프집에서 유나가 나왔다. 주변을 두리번거리던 그녀는 은재에게 중얼거리듯 물었다.

"뭐야, 연수 간 거야?"

"응, 갔어."

유나는 어두운 그의 얼굴을 보며 덤덤하게 물었다.

"대체 연수한테 무슨 짓을 한 거야? 널 피하는 걸 보니까 아예 안 볼 작정인 것 같은데."

얼마 전, 유나는 회사에서 은재를 오랜만에 만났다.

"그럼 그 소문의 서연수가 내가 아는 연수가 맞는 거야?"

회사 내에 '주은재의 여자'라고 소문이 난, 항상 광고기획팀장이 입버릇처럼 욕을 하던 디자인3팀 신입이 연수라는 것을 깨달은 유나는 환한 미소로 은재에게 말했다.

"그럼 뭐야, 결국 둘이……. 야, 진짜 잘됐다! 난 너희 둘 잘될 줄 알았다니까. 솔직히 네 행동으로 봐선 연수 좋아하는 것 같았어. 이제라도 잡았으니 다행이다."

들뜬 듯한 유나의 모습에 은재는 씁쓸한 미소를 지으며 대답했다.

"아니. 이젠 나 혼자 좋아해."

유나는 그의 말을 믿지 못했다. 열일곱 살 때부터 10년이 가까운 시간 동안 은재와 결혼하겠다고 입버릇처럼 말하던 연수의 마음이 돌아섰다는 것이 믿기지 않았기 때문이었다.

하지만 유나는 오늘 연수의 태도를 보고 확실히 알았다. 그녀가 진심으로 은재에게서 돌아서려 하고 있다는 것을.

은재를 한심하게 쳐다보던 유나는 그의 등을 손바닥으로 세게 내려쳤다.

"정말이지, 못된 놈이다. 그렇게 오랜 시간 기다리게 한 것도 모자라 돌아서려는 연수를 이제 와서 붙잡겠다고."

화가 풀리지 않았는지 그녀는 까치발을 들어 그의 뒤통수도 내려쳤다. 그러나 그는 그저 웃기만 할 뿐 아무 말도 하지 못했다. 유나가 내뱉은 말 하나하나가 모두 맞는 소리였다.

너무 오랜 시간을 기다리게 했다. 열일곱, 그때는 자신을 좋아해 주는 연수가 이해되지 않았고 그녀의 감정을 알고 싶지도 않았다. 그 후로도 쭉 그는 친구처럼, 연인처럼 곁에 있어 준 연수의 마음을 헤아리지 못했다.

은재는 씁쓸한 미소를 지으며 나지막한 목소리로 말했다.

"가야겠다."

"가려고?"

"있어야 할 이유도 없는데, 뭐. 들를 곳도 있고. 애들한텐 급한 일 생겨서 갔다고 둘러대 줘."

"내가 왜? 연수한테 상처 준 못된 놈이 뭐가 예뻐서."

툴툴거리는 유나의 말에도 그는 미소만 지을 뿐이었다.

"간다. 연락할게."

멀어지는 그의 뒷모습을 보던 유나가 무언가를 결심한 듯 크게 소리쳤다.

"야, 주은재! 연수한테 잘해. 그동안 걔가 너 때문에 쓴 시간만큼 너도 기다리고 노력하라고. 연수 힘들게 하거나, 울리는 날엔 너 정말 나한테 죽을 줄 알아! 알았어?"

유나가 주먹을 들어 보이자 은재는 피식 웃음을 터뜨렸다.

❖   ❖   ❖

"누나, 도착했어요."

도훈이 뒷좌석에 앉은 선영을 룸미러로 바라보며 말했다. 선영은 심호흡을 크게 내쉬며 감고 있던 두 눈을 떴다. 아직도

239

가슴과 목을 조이는 통증에 얼굴을 일그리며 고개를 숙였다.

"그냥 집에 가서 쉬는 게 낫지 않을까요?"

"됐어. 해야 할 일이 산더미인데 누워 있을 수는 없잖아."

"그래도……."

"의사도 스트레스성이라고 했지, 큰 병이라곤 안 했어."

도훈은 그녀의 고집에 한숨을 푹 내쉬며 차 문을 열어 주었다. 선영은 태연한 얼굴로 차에서 내려 회사로 들어갔다.

익숙하게 대표실로 들어간 그녀는 의자에 앉아 숨을 깊게 내쉬었다. SY엔터테인먼트는 처음엔 자신을 위한 1인 소속사였지만 점차 그 규모가 커져 현재 소속된 톱스타 수만 해도 스무 명이 넘어갔다.

선영이 지끈거리는 이마를 매만지며 책상 위에 놓인 결재 서류를 넘기려 할 때, 똑똑 하는 노크 소리와 함께 비서가 들어왔다.

"대표님, 주은재 씨 오셨는데요."

그의 이름에 선영은 자신도 모르게 입가에 미소를 그렸다. 하지만 비서의 뒤로 은재의 모습이 나타나자 미소를 지우고 무덤덤한 표정을 지었다.

두 사람만 남은 대표실 안엔 무거운 공기가 감돌았다.

"병문안은 안 오더니 회사 나오니까 얼굴을 보여 주네."

선영이 삐딱한 시선으로 은재를 바라보며 말했다. 잔뜩 화가 난 듯한 그녀의 태도에도 그는 미동조차 하지 않았다.

은재는 재킷 안주머니에서 흰 봉투를 꺼내 책상 위에 내려
놓았다.

"이게 뭐야?"

"소속사 계약 해지 위약금. 그리고 내가 아직까지 갚지 못
했던 돈. 이자까지 넉넉하게 넣었어. 이제 우리 관계, 이걸로
끝내자."

선영이 이해할 수 없다는 시선을 보냈지만 그는 아주 덤덤
했다.

"그게 지금 무슨 소리야?"

"레임 계약도 해지하려고 했는데, 그건 너랑 같이 계약한
거라 나 혼자서는 해지가 안 된다더라. 알아서 처리해 줬으
면 좋겠다."

"주은재 너 미쳤어?"

선영이 목소리를 높여도 은재는 단호하게 그녀를 바라볼
뿐이었다.

"지금 살고 있는 집도 나갈 거야. 그것도 소속사에서 마련
해 준 오피스텔이니까."

미쳤다. 미쳐도 아주 단단히 미쳤다.

은재가 모든 것을 포기하려는 이유를 알았기에 선영은 기
가 막혔다.

"넌 서연수한테 그저 죄인이야. 9년 동안 짝사랑했지만 배
신감만 준 나쁜 놈이라고."

은재는 쓰디쓴 웃음을 지으며 대답했다.

"알아."

"알면서……."

"그래서 더 안 놓으려고."

흔들림 없는 은재의 시선을 보며 선영은 불안감에 목소리를 더욱 높였다.

"네가 이 회사를 나간 후, 계속 일할 수 있을 거라고 생각해?"

"당연히 할 수 없겠지. 그래서 연예계 생활을 접을 생각이야."

"주은재!"

"난 더 이상 너한테 끌려다니는 짓, 하고 싶지 않아."

선영이 가만있지 않을 거라는 걸 예상했지만 자신이 가진 모든 것을 빼앗겨도 상관없었다.

이 모든 것을 가지기 위해 연수를 향한 제 마음을 모르는 척했다. 그녀에게 상처를 주며 홀로 지독한 사랑을 하게 했다. 이젠 모든 것을 놓아 버리고 연수만 바라보는 단 한 사람이 되고 싶었다.

할 말은 끝났다는 듯 돌아서서 대표실 문고리를 돌리는 은재의 뒷모습을 보며 선영은 불안에 떨었다. 어떻게 해서든 그를 잡고 싶었다. 하지만 이미 떠나 버린 그의 마음을 잡기엔 시간이 너무 흘러 버렸다.

"너 이대로 가면 서연수 그 애도 끝이야. 너뿐만이 아니라, 그 애도 내가 철저히 망가트려 버릴 거라고!"

칼날 같은 선영의 목소리에 은재는 문을 열다 말고 싸늘한 시선으로 그녀를 응시했다.

"나를 밟아 죽이고, 불구로 만드는 건 상관없어. 그런데 그 애는 안 돼."

화를 내는 은재의 모습에 선영은 말문이 막힌 듯 가만히 그를 바라보았다.

"만약 그 애 손끝 하나라도 건든다면 내가 널 가만두지 않을 거야."

은재는 그 한마디를 남기고 대표실을 나가 버렸다. 홀로 남은 선영의 눈가에 점점 눈물이 맺히기 시작했다. 입술을 꾹 깨물며 씁쓸한 실소를 내뱉는 동시에 눈물이 뺨을 타고 흘러내렸다.

❖   ❖   ❖

일요일 아침부터 시끄러운 소리에 연수는 인상을 찌푸리며 몸을 뒤척였다. 이불을 머리끝까지 덮으며 소음에서 벗어나려고 했지만 소리는 끊이질 않았다.

"아, 시끄러워."

어젯밤 폭탄 같은 은재의 말을 듣고 머리가 복잡해 잠을 제대로 잘 수가 없었다. 그가 던진 말의 의미는 분명히 알아들었지만 마음으로 받아들이기엔 아직 준비가 되지 않았다.

연수는 시끄러운 소리 사이로 맛있는 냄새가 풍겨 온다는 것을 깨달았다. 자리에서 일어나 방문 틈으로 거실 쪽을 살짝 바라본 그녀는 누군가가 왔다 갔다 하는 모습에 문을 부여잡고 긴장한 표정을 지었다.

"누구지?"

집 비밀번호를 아는 사람은 아무도 없었다. 설마 도둑인가 싶어 베개를 들고 조심스레 문 쪽으로 다가섰다.

꽤나 장신인 남자의 뒷모습에 오금이 저려 오려던 찰나 살짝 열려 있는 방문 쪽을 바라보는 그와 눈이 마주쳤다.

놀란 그녀는 그의 얼굴을 볼 틈도 없이 문 뒤로 몸을 숨겼다. 슬리퍼 끄는 소리가 점점 가까워지자 가슴이 미친 듯이 뛰기 시작했다.

"몇 신데 아직도 자는 거야?"

문 뒤에서 들려오는 낮은 목소리에 그녀는 베개를 움켜쥐고 강하게 남자의 머리를 강타했다. 그리고 고개를 들어 남자의 얼굴을 확인한 뒤 비명을 지르며 뒷걸음질 쳤다.

"너, 너 여기 어떻게 들어 왔어?"

주은재였다. 헝클어진 머리를 쓸어 올리며 한숨을 내쉬는 그의 모습에 연수는 경악할 수밖에 없었다.

"혹시나 해서 눌렀더니 열리던데."

"뭐?"

"0203."

연수는 자연스레 숫자를 읊는 그를 올려다보았다.

"예전 너희 집 비밀번호였잖아."

은재는 무심하게 말하고는 다시 부엌으로 가 가스레인지 위에서 끓고 있는 냄비 뚜껑을 열었다.

"아침 다 됐으니까 앉아."

그리고 찌개를 들고 와 식탁 위에 내려놓았다. 갖가지 반찬과 찌개, 두 개의 밥공기를 보던 연수는 그제야 정신을 차렸는지 헛웃음을 내뱉었다.

"너 지금 이게 뭐하는 짓이야?"

"뭐하긴. 아침밥 먹으려는 거지."

은재는 숟가락을 들어 찌개를 떠먹었다. 만족스러운 듯 고개를 끄덕인 그는 밥을 한 숟갈 뜨더니 무심히 연수를 올려다보았다.

"안 먹어?"

연수는 그의 뻔뻔한 행동에 미간을 찌푸렸다. 그리고 쿵쿵 발소리를 내며 침실로 들어가 휴대폰을 손에 들고 112를 눌렀다.

"어떤 분이 주거침입을 해서 신고를 좀 하려고요. 여기 주소가 인헌동······."

주소를 말하려던 찰나, 은재가 다가와 그녀가 들고 있던 휴대폰을 잽싸게 빼앗았다.

"잘못 걸었습니다. 네, 죄송합니다."

은재는 얼른 전화를 끊고 연수를 가만히 내려다보았다. 여전히 가시 돋친 시선으로 그를 바라보고 있던 연수가 손을 내밀었다.

"휴대폰 내놔."

"밥 다 먹고."

은재가 뒤돌아 다시 부엌으로 향하자 연수는 그를 쫓아가 억지로 손에 들린 휴대폰을 빼앗으려 했다. 하지만 그는 재빠르게 팔을 위로 올려 그녀의 손을 피했다. 작은 키가 아닌 그녀였지만 185cm인 그를 이길 수는 없었다.

어떻게든 휴대폰을 빼앗으려고 까치발을 든 채 안간힘을 쓰는 연수의 모습에 은재는 태연하게 미소를 지으며 말했다.

"포기하고 밥부터 먹지?"

"안 먹는다니까!"

연수는 소리를 빽 지르고 휴대폰을 빼앗기 위해 다시 한 번 까치발을 들었다. 그러다 바닥에 널브러져 있던 옷을 밟고 몸의 중심을 잃고 말았다. 휘청거리는 연수를 본 은재가 재빨리 그녀를 품에 안았다. 쿵 소리와 함께 그의 등이 바닥에 먼저 닿았다.

"윽……"

신음 소리를 내며 인상을 쓰는 은재와 달리 그의 가슴으로 떨어진 연수는 아픔을 느끼지 못했다. 당황스러워하며 얼른 몸을 일으킨 연수가 휴대폰을 손에 쥐었다.

"그러게 왜 남의 휴대폰을 빼앗아 가서는……."

그러나 그녀의 타박에도 인상을 찌푸린 은재는 여전히 바닥에 누워 일어나지 못했다. 연수가 고개를 갸웃거리며 그에게 다가갔다.

"야, 주은재."

발로 툭툭 다리를 쳤지만 그는 반응이 없었다. 설마 하는 마음에 연수는 몸을 굽혀 그의 어깨를 흔들었다.

"야, 괜찮아?"

그때, 은재가 연수의 손목을 덥썩 잡아챘다. 놀란 그녀가 엉덩방아를 찧으며 바닥에 주저앉자 그는 장난스런 미소를 지었다.

"밥 먹자."

"야!"

은재는 연수의 손을 잡고 자리에서 일어나 식탁 의자에 앉았다. 그리고 아무 일도 없었다는 듯 밥을 먹기 시작했다. 멍하니 그를 바라보던 연수가 한숨을 내쉬었다.

"주은재."

"응."

"너 계속 이럴 거야?"

"응."

"……그럼, 선영이는?"

바삐 움직이던 은재의 손이 잠시 허공에 멈추었다. 그러다 태연하게 다시 움직이며 말했다.

"이제 신경 안 써도 돼."

"어떻게 신경을 안 써. 너 원래……."

연수는 말을 다 잇지 못하고 한숨을 푹 쉬며 자리에서 일어났다.

"제발 그냥 가면 안 돼?"

"안 가."

애원하듯 말했지만 은재의 대답은 확고했다. 그런 그를 보는 연수의 두 눈은 금방이라도 눈물을 왈칵 쏟을 것만 같았다.

"이젠 절대 안 가. 네 옆에 있을 거야."

그의 시선은 흔들림이 없었다.

"서연수, 널 좋아하니까."

마치 열일곱, 연수가 그에게 했던 고백처럼.

순수했던 그 고백엔 한 치의 거짓도 없었다. 그저 마음 가는 대로 내뱉었던 고백이었다.

갑자기 떠오른 자신의 모습에 연수는 한쪽 가슴이 찡해지는 것을 느꼈다. 하지만 입술을 꾹 깨물며 양 주먹을 굳게 쥐었다. 그리고 열일곱 살의 그가 그랬던 것처럼, 그에게 모진 말을 내뱉었다.

"나는 너…… 안 좋아해."

좋아하지 않는다. 그렇게 말해야만 했다. 더 이상 그를 받아들일 힘이 남아 있지 않았다.

은재를 보면 자꾸만 5년 전 그때가 떠오르고, 바보 같았던 자신의 사랑이 떠올랐다. 그 긴 시간 동안 자신의 마음은 찢기고 닳아 형체를 알 수 없을 정도로 뭉개져 버렸다.

은재는 긴 한숨을 내쉬며 자리에서 일어났다. 그녀의 앞에 선 그가 입가에 미미하게 미소를 띠며 나지막한 목소리로 말했다.

"괜찮아, 좋아하지 않아도 돼. 나만 널 좋아하면 되니까."

은재는 밥은 꼭 먹으라는 말을 남기고 집을 나갔다. 고개를 돌린 연수는 사라진 그의 행적을 찾으려는 듯 현관문만 멍하니 바라보았다.

★

chapter 6

사랑이란
감정

연수는 알람 소리에 눈을 떴다. 창문 사이로 들어오는 햇살은 상쾌하고 맑았지만 그녀의 표정은 밝지 못했다.

요즘 들어 과거 은재와 함께했던 날들이 자주 꿈에 나왔다. 행복했던 과거가 그리움이 되어 그녀의 마음을 흔들었다.

보고 싶다. 문득 그런 생각이 들었을 때, 연수는 머리를 좌우로 흔들며 제 뺨을 양손으로 쳤다.

"돌았구나, 서연수."

과거에 얽매이지 말자.

다시 한 번 되새긴 그녀가 얼른 침대에서 일어나 욕실로 향했다. 세수를 하고 거실로 나오자 밖에서 사람들의 목소리가 들려왔다. 아무래도 비어 있던 옆집에 누군가가 이사를 오는 모양이었다.

냉장고를 연 연수는 얼마 전 은재가 해 주었던 아침 식사를 떠올렸다. 그날 먹지 못하고 냉장고에 넣어 두었던 찌개가 냄비째 그대로 있었다.

냄비 뚜껑을 열자 상한 냄새가 역하게 올라와 코끝을 찔렀다. 그녀는 결국, 한입도 먹지 못한 채 찌개를 버려야 했다.

연수는 아침을 먹지 않고 출근 준비를 한 뒤 집을 나섰다. 이삿짐센터 사람들이 왔다 갔다 하는 것이 보였다. 그녀는 분주한 그들을 피해 조심스레 엘리베이터 앞으로 가 버튼을 눌렀다.

열린 문틈으로 새로 이사 온 사람의 목소리가 들리자 연수는 고개를 갸웃거렸다. 그러다 문을 열고 집 밖으로 나오는 키가 큰 남자의 실루엣에 표정이 굳어졌다.

"설마……."

"그 짐들은 방으로 옮겨 주세요."

익숙한 목소리에 연수는 얼른 엘리베이터 옆으로 몸을 바짝 붙였다. 설마 했는데 확실해졌다. 은재였다.

그녀는 다급하게 엘리베이터 버튼을 여러 번 눌렀다.

"이제 출근해?"

엘리베이터가 오기를 바라며 초조한 얼굴로 층수를 바라보는데 뒤에서 은재의 목소리가 들려왔다. 놀라 뒤를 돌아보자 가볍게 손 인사를 하는 그가 서 있었다.

"너……."

"아, 나 오늘 여기로 이사 왔어."

무덤덤한 표정으로 옆집을 가리키며 말하는 그의 모습에 그녀는 헛웃음을 내뱉었다.

그때, 엘리베이터가 도착했다. 그것을 인지하지 못한 그녀는 다가오는 그를 피해 뒷걸음질 쳤다. 그러자 은재가 입가에 미소를 띠며 그녀의 어깨를 잡아 엘리베이터 안으로 밀어 넣었다.

"지각할라. 얼른 타."

친절하게 1층 버튼까지 눌러 주고 내린 그는 엘리베이터 앞에서 손을 흔들며 인사를 건넸다. 연수가 뭐라고 말하려던 찰나, 엘리베이터 문이 닫혔다. 그녀는 못 볼 것을 본 것처럼 어이없는 실소를 터트렸다.

그날 이후, 일부러 마주치지 않으려고 하는데도 그는 불쑥 불쑥 나타나 태연하게 인사를 건넸다. 그럴 때마다 무시하거나 화를 냈지만 그는 전혀 개의치 않는 듯했다.

오늘도 퇴근을 하고 돌아오는 길에 아파트 앞에서 은재를 마주쳤다. 담배를 피우고 있는 그를 보며 그녀는 이맛살을 구겼다.

"일찍 좀 다녀. 지금 몇 시인 줄 알아?"

"남이야 늦게 오든 말든 무슨 상관인데? 그리고 좋은 말로 할 때 당장 이사 가지?"

"너야말로 남이야 여기서 살든 말든 무슨 상관인데?"

연수는 씩 웃으며 장난스럽게 되받아치는 은재를 멍하니
바라보았다. 그러다 이럴 때가 아니라는 것을 인지하고는 쌩
하니 그를 지나쳐 1층에 머물러 있던 엘리베이터에 올라탔
다. 따라온 그가 같이 타려 했지만 매정하게 닫힘 버튼을 눌
렀다.

"담배는 또 언제부터 피우기 시작한 거야……."

걱정스럽게 중얼거리던 그녀는 이내 그의 생각을 하지 않
기 위해 고개를 저었다.

집에 도착해 씻기 위해 욕실로 들어서려던 그때 초인종 소
리가 울려 퍼졌다.

인터폰 화면에 은재가 보였으나 무시하고 욕실 안으로 들
어가 칫솔을 손에 들었다.

띵동, 띵동. 또다시 초인종 소리가 울렸다. 연수는 인상을
찌푸리며 칫솔을 입에 물었다.

애써 초인종 소리가 들리지 않는다고 최면을 걸며 양치질
을 시작했지만 멈추지 않는 소음에 결국 손을 멈출 수밖에
없었다.

"아, 정말!"

신경질을 내며 치약 거품을 대충 뱉고는 터벅터벅 걸어가
문을 열었다.

"뭐하는 짓이야, 오밤중에 사람들 다 깨울 일 있어?"

다짜고짜 소리치자 은재는 깜짝 놀랐는지 몸을 움찔거리며 뒤로 물러섰다. 그리고 무심한 말투로 말했다.

"혹시 망치 있어? 못 좀 박으려고 하는데 망치가 없네."

"……뭐?"

"망치 말이야. 망치."

툭툭 손으로 벽을 치며 망치질하는 제스처를 취하는 은재를 아니꼬운 표정으로 보던 연수가 문을 쾅 닫았다. 그리고 다시 욕실로 들어가려다 발걸음을 멈추고 현관문을 바라보았다.

잠시 시간이 멈춘 듯 서 있던 그녀는 구석에 있던 공구함에서 망치를 꺼내 들고 현관문으로 저벅저벅 걸어갔다.

초인종을 누르려던 그는 갑작스레 문이 열리자 들었던 손을 멈췄다.

연수가 퉁명스런 표정으로 그의 앞에 망치를 내밀었다.

"자."

만족스러운 듯 미소를 지으며 망치를 받아 든 그는 걸음을 옮기다 무언가 생각난 듯 박수를 쳤다.

"아, 생각해 보니 못도 없다."

그 말에 어이없다는 듯 헛웃음을 내뱉은 연수는 현관문을 쾅 닫아 버렸다.

똑똑, 다시 현관문 두드리는 소리가 들렸지만 그녀는 귀를 틀어막고 얼른 욕실 안으로 들어갔다.

"아우, 저거 진짜 바보 아냐?"

예전에도 가끔 엉뚱한 짓을 하긴 했었다.

아이스크림을 사러 편의점에 갔다가 뭘 사러 갔었는지 잊었다며 빈손으로 돌아온 적도 있었고, 집 비밀번호를 자주 잊어버려서 자신에게 물은 적도 많았다.

"저런 머리로 공부는 어떻게 잘했는지 이해가 안 가, 정말."

한숨을 푹 내쉬며 다시 양치질을 시작한 그녀의 입가에 웃음이 맺혔다.

변한 줄 알았는데 하나도 변하지 않았다. 그것이 이상하게 마음을 안심시켰다.

❖   ❖   ❖

은재가 옆집으로 이사 온 지 벌써 일주일이 훌쩍 지났다. 그는 끊임없이 초인종을 누르며 시답지도 않은 물건들을 빌려 달라 했고, 그럴 때마다 연수는 길길이 날뛰었다.

하도 화를 냈더니 요즘 들어서는 문자로 그녀를 괴롭게 만들고 있었다.

〈집에 사다리 있으면 빌려주라.〉

처음엔 누군지 몰라 '누구세요?' 라고 답장을 보냈다. 그러자 그는 기다렸다는 듯 자신의 사진을 보냈다. 회사에서 보고 얼마나 놀랐는지 하마터면 비명을 지를 뻔했다.

〈너 내 번호는 어떻게 알았어?〉
〈유나한테 물어봤지.〉

연수의 입에서 깊은 한숨이 새어 나왔다. 이렇게 엮일까봐 지금까지 모두와 연락을 끊고 살았는데 그동안의 노력이 헛수고가 됐다.

그날 이후로, 시도 때도 없이 그에게서 문자가 왔다. 간단한 인사부터 무언가를 빌려 달라는 문자까지. 답장은 하지 않았지만 그는 수시로 그녀의 휴대폰을 괴롭혔다.

"이 정도면 거의 스토커지."

휴대폰을 바라보며 연수가 한숨을 푹 내쉬자 운전을 하고 있던 재화가 조심스레 물었다.

"무슨 소리야?"

"아, 아니에요."

그녀는 어색하게 웃으며 휴대폰을 얼른 주머니에 집어넣었다.

집 앞에 차가 멈춰 서자 안전벨트를 풀고 차에서 내려섰다. 재화가 그녀를 보며 조수석 창문을 내렸다.

"내일 보자."

"네, 선배. 내일 봬요."

인사를 건넨 연수는 아파트 안으로 들어가 엘리베이터에 올라탔다. 시계를 보니 벌써 12시가 훌쩍 넘어가고 있었다.

팀 회식으로 인해 늦은 시간까지 술을 마신 연수는 조금 지친 얼굴로 어깨를 주무르며 13층에 멈춰 선 엘리베이터에서 내렸다.

터벅터벅, 문 앞으로 걸어가자 은재가 자신의 집 앞에 서서 담배를 피우고 있는 것이 보였다.

연수는 그를 보고 발걸음을 멈췄다. 희뿌연 연기를 내뱉던 그가 슬쩍 시계를 보며 미간을 좁혔다.

"회식했어?"

"알아서 뭐하게?"

가시 돋친 말투로 대답하곤 현관문 비밀번호를 눌렀다. 그러다 옆에서 느껴지는 인기척에 고개를 돌리니 비밀번호를 훔쳐보고 있는 은재의 얼굴이 보였다.

놀란 그녀가 뒷걸음질 치며 그를 아니꼽게 노려보았다.

"미쳤어?"

"1, 2, 3……. 설마 그다음 숫자가 4는 아니겠지?"

당혹감이 어린 시선으로 바라보자 은재가 풉 하고 웃음을 내뱉었다. 괜스레 기분이 상한 연수는 고개를 휙 돌리며 마지막 번호인 '4'를 눌렀다.

그러자 경쾌한 소리와 함께 문이 열렸다.

"바꿀 거야, 당장."

"왜? 다음엔 '2580' 하려고?"

정곡을 찔린 듯 그녀는 차마 그를 바라보지 못하고 문고리만 꾹 잡았다. 그는 그런 그녀의 행동에 또다시 웃음을 터트렸다.

단순하다. 고작 어렵게 생각해 낸 번호가 가운데 일렬 숫자라니. 예전에도 단순하다고 생각했지만 나이를 먹고 조금 변했을 줄 알았는데 아직도 여전했다.

단순하게 생각하고, 단순하게 한 사람만 쭉 좋아하던 서연수라는 사람이 변하지 않았다는 것에 왠지 모르게 기분이 좋아졌다.

"아니거든? 네가 절대 모를 만한 걸로 할 거야."

선전포고를 하듯 뒤돌아 소리치는 연수를 보며 은재는 입술을 꽉 깨물고 새어 나오려는 웃음을 참기 위해 애를 썼다. 그리고 집으로 들어가는 그녀의 뒷모습을 보며 말했다.

"내일 저녁에 시간 돼?"

연수는 아무 말 없이 은재를 올려다보았다.

"저녁이나 먹을까 하고."

"나한테 말하는 거야?"

"그럼 여기 너 말고 누가 있어?"

은재가 복도를 두리번거리며 어깨를 으쓱였다. 연수는 이맛살을 찌푸리며 그를 노려보다가 날이 선 말투로 말했다.

"우리 둘이 저녁을 왜 먹어?"

"음…… 이웃 된 기념으로?"

연수는 대꾸할 가치도 없다는 듯이 시선을 거두었지만 그는 굴하지 않고 말했다.

"내일 일찍 들어와."

낮게 울려 퍼지는 그의 음성에 연수는 대답하지 않고 집으로 들어가 버렸다. 거칠게 닫히는 현관문 소리에도 은재는 그 자리에 멈춰 선 채 한참을 움직이지 않았다.

안으로 들어간 연수 역시 신발장에 멈춰 선 채 가만히 숨을 죽이고 한동안 서 있었다.

❖   ❖   ❖

"연수야."

누군가가 어깨를 툭 건드리자 연수는 고개를 들어 뒤를 바라보았다. 커피 두 잔을 든 채 책상에 걸터앉아 배시시 웃고 있는 재화의 모습에 그녀는 당황한 표정을 지었다.

"자."

재화가 커피를 내밀자 연수는 주변을 살폈다. 혹여나 사람들이 둘의 사이를 오해할까 봐 걱정됐기 때문이었다. 하지만 사무실에는 아무도 없었다. 텅 빈 사무실을 의아하게 둘러보자 재화가 말했다.

"다들 회의하러 갔어."

"아……."

연수는 어색하게 웃으며 커피를 받아 들었다. 그가 손을 뻗어 그녀의 이마에 가져다 댔다.

"왜 그래요, 선배."

갑작스런 그의 행동에 놀란 그녀가 몸을 뒤로 내뺐지만 재화는 도망가지 못하게 의자를 다리로 고정시키고 다시 한 번 연수의 이마에 손을 댔다.

"열은 없는데."

재화가 고개를 갸웃거리자 그녀는 궁금증 가득한 시선으로 그를 올려다봤다.

"갑자기 왜 그래요?"

"오늘 너 이상해서. 불러도 멍 때리고 있고, 직원들이 회의하러 갔는지도 전혀 모르고."

연수는 애써 그의 시선을 피하며 커피 한 모금을 마셨다. 커피인 줄 알았는데 달짝지근한 맛이 입안을 맴돌았다.

"어? 핫초코다."

"너 커피 안 좋아하잖아."

"제가요?"

커피를 싫어한다는 소리를 누군가에게 한 적은 없었다. 예전에 있었던 작은 습관 하나까지도 다 바꾸고 싶었기 때문이었다.

은재를 떠난 후, 다른 사람이 되고 싶었기에 좋아하던 것을 싫어하고, 싫어하던 것을 좋아하려고 노력했다. 하지만 그 모든 것을 한순간에 바꿀 수는 없었다.

"네 표정에서 드러나. 너 커피 마시면 미간이 이렇게 되거든."

재화가 미간을 찌푸리며 커피를 마실 때 연수의 표정을 우스꽝스럽게 따라 하자 그녀는 작게 웃음을 터트렸다. 웃는 그녀를 바라보던 재화가 재킷 안주머니에서 무언가를 꺼내더니 연수의 눈앞에 그것을 흔들었다.

"와, 선배! 이거 어떻게 구했어요?"

얼마 전 지나가는 말로 보고 싶다고 했던 뮤지컬 티켓에 그녀의 표정이 밝아졌다.

"네가 보고 싶다며."

"진짜 이거 구하기 힘든 건데."

"오늘 거야. 퇴근하고 보러 가자."

그러겠다고 대답하려던 순간 머릿속에 문득 은재가 떠올랐다. 일찍 들어오라고 했던 그의 음성이 귓가에 울렸다. 연수는 애써 외면하며 재화를 향해 고개를 끄덕였다.

❖   ❖   ❖

은재는 침대에 누워 천장을 바라보고 있었다.

아무것도 하지 않은 채 눈만 끔뻑거리는 게 어색해 5분도 버티지 못하고 몸을 일으켰다. 그리고 아직 12시도 지나지 않은 시계를 보며 한숨을 푹 내쉬었다.

이렇게 아무것도 하지 않고 가만히 있는 건 처음이었다.

할머니가 편찮으신 뒤로 안 해 본 아르바이트가 없었다. 그러다 모델 활동을 시작하면서 몸은 바쁜 생활 패턴에 더욱 길들여졌다. 그랬기에 남들에게는 꿀 같은 휴식이 너무나도 낯설게 느껴졌다.

뭘 할까 고민하다 저녁에 연수와 먹을 메뉴를 정해야겠다 싶어 거실로 향했다.

테이블 위에 올려져 있는 포스트잇과 펜을 집어 들고 고민을 시작했다.

과거를 되짚어 보며 그녀가 좋아했던 음식을 떠올렸다. 딱히 가리는 음식이 있는 것은 아니었다. 회나 초밥 같은 건 없어서 못 먹을 지경이었고 햄버거, 피자 등 고칼로리 음식도 매우 좋아했다.

"아, 맞다. 술."

술은 한번 마시기 시작하면 멈추지 못하고 끝까지 달렸다. 술 때문에 티격태격했던 예전 모습이 떠올라 그의 입가에 희미하게 미소가 생겼다.

연수에게 어떤 와인을 좋아하는지 묻기 위해 휴대폰을 든 그는 휴대폰 전원을 켜자마자 걸려 온 도훈의 전화에 이내 표정을 굳혔다.

어젯밤부터 계속 전화가 오는 바람에 꺼 두었는데. 그는 한숨을 내쉬며 통화 버튼을 눌렀다.

"왜."

─형, 왜 이렇게 전화를 안 받아요!

"내가 너랑 할 말이 뭐가 있다고."

─같이 일한 기간이 몇 년인데 전화도 못 해요?

은재는 도훈이 버럭 소리를 지르자 휴대폰을 귀에서 조금 떼어 냈다. 그리곤 마른세수를 하며 소파에 몸을 기댔다.

"뭔데. 할 말이."

─형, 그냥 회사로 다시 돌아오면 안 돼요?

"이미 얘기 끝났어."

─선영 누나가 일방적으로 계약 파기했다고 소송 준비하고 있단 말이에요. 형, 누나 회사랑 등지고 활동할 수 있을 거라고 생각해요? 불가능한 거 아시잖아요!

"알아."

─알면서 왜 그래요. 이대로 연예계 생활 끝내실 거예요?

연기도, 모델 일도 재밌었다. 진심으로 이 일을 평생 직업으로 삼고 싶다는 생각까지도 했다. 하지만 제게 그 기회를 준 것은 연수였다.

"소송하고 싶으면 하라고 그래. 난 상관없으니까."

은재는 그 말을 끝으로 전화를 끊었고, 그대로 휴대폰 배터리를 분리했다. 그리고 소파에 누워 인상을 찌푸렸다.

"와인 물어봐야 하는데."

휴대폰 전원을 켠 이유가 그거였는데 다른 전화나 받고 꺼버리다니. 그는 한숨을 푹 내쉬며 장을 봐야겠다는 생각으로 몸을 일으켰다.

❖   ❖   ❖

—전원이 꺼져 있어 음성 사서함으로 연결되며…….

전화기 너머로 들려오는 소리에 도훈은 한숨을 쉬었다. 그리고 옆에 앉아 있는 선영을 향해 고개를 절레절레 흔들었다.

선영은 알고 있었다. 소송을 건다고 해서 눈 하나 깜짝할 은재가 아니라는 것을.

그녀는 손에 들고 있던 자료를 바라보았다. 그리고 앞에 서 있는 도훈에게 그것을 내밀었다.

"소송 걸어."

"지, 진짜요?"

서류들을 받아 든 도훈이 그녀의 표정을 살폈다. 표정의 변화가 없는 것을 보니 확고하게 마음을 굳힌 것 같았다.

선영이 진심으로 은재를 좋아했다는 것을 도훈은 알고 있

었다. 물론 은재는 다른 시선으로 그녀를 보고 있는 것 같았
지만.

"진짜로 소송 겁니다?"

다시 한 번 묻는 도훈의 말에 선영은 아무런 대답도 하지
않았다. 그녀를 한참 바라보던 그는 문을 열고 대표실 밖으
로 나갔다.

닫히는 문소리에도 선영은 고개를 들지 않고 조용한 휴대
폰만 빤히 바라봤다.

❖   ❖   ❖

"10분 남았네. 이제 들어갈까?"

팸플릿을 보던 재화가 연수에게 말했다. 하지만 그녀는 그
말을 듣지 못했는지 가만히 휴대폰만 바라보고 있었다.

재화가 어깨를 툭 치자 그제야 그녀가 고개를 들고 그를
바라보았다.

"들어가자. 시간 다 됐어."

"아, 네."

극장 출입문 쪽으로 발걸음을 옮기면서도 그녀는 휴대폰
에서 시선을 떼지 못했다.

연수는 혹시나 은재가 자신을 기다리고 있을까 봐 걱정이
됐다. 문자 한 통이라도 남겨 둘까 생각하다가 괜히 선심을

베푸는 것 같아 망설여졌다.

휴대폰을 만지작거리며 극장 안으로 들어서자 안내원의 목소리가 들렸다.

"공연에 방해가 될 수 있으니 휴대폰은 미리 꺼 주시기 바랍니다."

휴대폰을 들고 있던 연수는 안내원의 말에 어색하게 웃었다. 입술을 잘근 씹으며 고민하다 결국 은재의 번호를 눌렀다. 그때 경쾌한 음과 함께 휴대폰 전원이 꺼져 버렸다.

"어?"

"뭐해? 빨리 가자."

하루종일 손에 쥐고 놓지 않았으면서 정신이 어디에 가 있던 건지 배터리가 얼마 남지 않았다는 것조차 눈치채지 못했나 보다.

연수는 할 수 없이 꺼진 휴대폰을 주머니에 집어넣고 재화의 뒤를 따라 자리를 찾았다.

공연은 기대했던 것만큼 재미있었다. 하지만 이상하게 마음이 불편했다.

처음부터 공연보다는 연수의 반응에 신경이 가 있던 재화는 어두운 표정의 그녀를 보며 고개를 갸웃거렸다.

두 사람은 무대 연출과 배우들의 연기에 대해 이야기하며 극장을 나섰다.

극장 입구에서 그가 전원을 꺼 두었던 휴대폰을 켜자, 마치 기다렸다는 듯이 전화가 울리기 시작했다.

"여보세요."

병원 전화번호였다. 빨리 와 달라는 간호사의 다급한 목소리에 재화는 희미하게 미소를 지었다.

"어머니가 또 저를 불러 달라 하시던가요?"

—아, 아니에요. 이번엔 정말…….

간호사의 긴박한 목소리에 재화가 발걸음을 우뚝 멈췄다. 연수는 경직된 그의 표정에서 뭔가 좋지 않은 일이 일어났다는 것을 느꼈다.

"네, 알겠습니다. 곧 가겠습니다."

전화를 끊은 그가 마른세수를 하며 한숨을 푹 내쉬자 연수가 조심스럽게 물었다.

"무슨 일 있어요?"

그가 애써 어색하게 미소를 지었다.

"어머니 상태가 안 좋아지셨대."

담담한 어투로 말했지만 목소리는 미미하게 떨리고 있었다. 그가 걸음을 재촉하자 연수도 급히 뒤를 따라갔다. 주차장에 도착한 그가 떨리는 손으로 문고리를 잡자 연수가 재화의 팔을 붙잡았다.

"선배, 잠시만요."

연수는 그를 조수석 쪽으로 데려갔다.

"제가 운전할게요."

"무슨 소리야. 시간도 늦었는데 집에 가야지."

연수는 고개를 절레절레 흔들며 먼저 운전석에 자리를 잡았다. 그는 잠시 머뭇거리다가 흔들림 없는 연수의 표정에 마지못해 조수석에 올라탔다.

가는 내내 그는 한숨을 쉬며 시계만 바라보았다. 그에게서 느껴지는 불안함과 초조함에 그녀의 마음도 점점 조급해졌다.

병원에 도착하자마자 재화는 뒤도 돌아보지 않고 건물 안으로 들어섰다. 차를 주차한 연수도 그를 따라 병원 안으로 뛰어 들어갔다.

"선배."

연수가 수술실 앞에 멍하니 서 있는 그를 불렀다. 그녀의 모습을 본 그가 긴 한숨을 내쉬며 수술실 앞 간이 의자에 주저앉았다.

수술실 앞에 앉아 있는 그의 축 처진 어깨를 보자 왠지 모를 익숙함을 느꼈다.

어느새 재화가 어렸을 적 은재의 모습으로 바뀌어 가고 있었다.

수술을 마치고 나온 재화의 어머니는 중환자실로 옮겨졌다. 재화는 그제야 정신을 차리고 한숨을 돌리며 연수를 바라보았다. 그러다 문득 새벽 3시가 넘어가고 있다는 사실을 깨닫고 놀란 표정을 감추지 못했다.

"연수야, 미안. 시간이 벌써⋯⋯."

"아니에요. 괜찮아요. 어차피 내일 출근도 안 하는데."

"데려다줄게."

"아니에요. 저 진짜⋯⋯."

손사래를 치며 거절했지만 재화는 연수의 팔을 세게 잡고 병원 밖으로 걸음을 옮겼다. 연수가 인상을 찌푸리며 재화를 불러 세웠다.

"선배, 잠깐만요!"

그제야 손아귀의 힘을 알아차린 건지 놀란 재화가 얼른 연수의 팔을 놓아주었다.

"아, 미안."

정신이 없었다. 새벽까지 연수를 병원에 있게 한 것도 미안했고, 어머니에 대한 걱정도 가시지 않은 상황이었다.

항상 침착하고 여유 있던 그가 마른세수를 하며 한숨을 내쉬자 연수는 결심이라도 한 듯 입술을 꾹 깨물었다. 그리고 양손을 올려 그의 두 뺨을 경쾌한 소리가 날 정도로 세게 내려쳤다.

짝 소리와 함께 얼얼한 느낌이 양 볼에 전해졌다. 재화는 이게 뭔 일인가 싶어 놀란 얼굴로 연수를 바라보았다. 그녀는 여전히 그의 뺨에 양손을 댄 채였다.

"전 괜찮으니까, 선배 얼른 가서 한숨 자고 와요. 아침에 다시 면회 가야 하니까 아무 생각 말고 푹 자요. 피곤해서 졸음운전 하면 안 되니까 차는 여기다 두고 택시 타고 집에 가요. 내 말 알아들었죠?"

단호한 연수의 말투에 재화는 어안이 벙벙한 얼굴로 고개를 끄덕였다. 그러자 그녀는 입가에 미소를 지으며 두 뺨에서 손을 떼어 냈다.

하지만 그녀의 미소는 오래가지 못했다. 자신의 손 모양대로 빨개진 그의 뺨 때문이었다.

"어떡해……."

"어?"

재화는 연수의 반응에 고개를 갸웃거리며 근처에 세워져 있던 차의 백미러로 자신의 모습을 바라보았다. 뻘겋게 달아오른 뺨을 보고 조금 당황했지만 연수가 안절부절못하자 어쩐지 웃음이 새어 나왔다.

"네 덕에 정신 번쩍 들고, 좋네."

재화는 붉어진 뺨을 쓰다듬으며 점점 평정심을 찾는 듯했다. 그래도 연수는 여전히 걱정스런 시선으로 그를 바라보았다.

"괜찮아. 금방 가라앉을 거야."

"잠시만요."

연수는 후다닥 안내 데스크 앞으로 달려가 자판기에서 오렌지 주스 하나를 뽑아 들고 그에게 돌아왔다.

"선배."

뺨에 주스를 대자 차가움에 놀란 그가 살짝 뒷걸음질 쳤다.

"가라앉게 뺨에 대고 있어요."

"진짜 괜찮은데, 뭘 이런 것까지 사 와."

차가운 주스가 달아오른 뺨의 열기를 식혀 주었다.

"갈게요. 선배."

연수가 힘내라는 듯 주먹을 꽉 쥐어 보이자 재화는 작게 미소를 지으며 손을 흔들었다.

택시에 올라탄 연수는 몸을 뒤로 기대며 두 눈을 감았다. 온몸이 가라앉는 것처럼 스르르 녹아내리는 기분이었다. 혹여 수술이 잘못될까 노심초사하느라 잔뜩 긴장한 탓이었다.

그런데 이런 느낌이 이상하게 낯설지 않았다. 두 눈을 뜨고 몸을 슬쩍 일으킨 그녀의 머릿속에 오랫동안 잊고 있던 기억이 떠올랐다.

"주스……."

은재의 할머니가 급하게 수술실에 들어갔던 날, 커피를 못 마시는 자신을 위해 그가 캔 음료 하나를 뽑아 왔었다. 그때 그는 그녀의 뺨에 차가운 주스를 가져다 댔었다.

혹시 무의식적으로 그날 일을 떠올렸던 건가?

오늘 재화에게 했던 행동 하나하나가 왠지 그날을 상기시키는 것 같아 자신이 바보처럼 느껴졌다.

사람들은 시간이 흐르면 사랑이 식는다고 하던데 자신은 오히려 더욱 진하게 은재가 그리웠다. 그와 있었던 작은 기억 하나까지도 잊지 못하고 머릿속에 새겨 두었다.

"다 왔습니다. 손님."

택시 기사의 말에 연수는 정신을 차리고 허겁지겁 택시비를 지불했다.

꽤 쌀쌀한 새벽바람에 몸을 움츠리며 발을 움직이는데 코끝에 매캐한 담배 냄새가 느껴졌다. 뿌연 연기를 따라 시선을 돌리니 아무 말 없이 자신을 바라보고 있는 은재가 눈에 들어왔다.

오랜 시간 이곳에서 그녀를 기다리고 있었음을 증명이라도 하듯 그의 발밑에는 담배꽁초가 이리저리 돌아다니고 있었다. 연수는 아무 말도 하지 못한 채 그를 바라봤다.

은재는 낮은 한숨을 쉬었다. 연락도 되지 않고 집에도 돌아오지 않는 연수에게 혹시 무슨 일이 생겼나 싶어 지옥 같은 시간을 보냈다.

회사 앞에 찾아가기도 하고, 동창회에서 만난 친구들에게 전화까지 했지만 그녀의 행방을 알 수 없었다. 그런데 지금 너무 태연하게 그녀는 그의 앞에 서 있었다.

분명 그녀를 기다리는 동안 화가 머리끝까지 났었는데, 이렇게 아무렇지도 않은 모습을 보니 안심이 돼서 입가에 허탈한 미소가 지어졌다.

다행이다. 아무 일도 없어서. 무사히 돌아와서 참 다행이다.

마음속으로 다행이라는 말을 반복하며 은재는 조용히 아파트 안으로 들어갔다.

❖   ❖   ❖

창문 사이로 들어오는 따사로운 햇볕이 잠을 깨웠다. 부스스한 머리를 긁적이며 시계를 보니 오후 1시가 훌쩍 넘어가고 있었다.

새벽 늦게 집에 돌아와 씻고 누웠지만 바로 잠에 들지 못하고 뒤척이다 날이 밝아져 오는 것을 보고서야 겨우 선잠에 들었었다.

욕실에 간 그녀는 거울로 보이는 초췌한 자신의 모습에 작게 웃음을 터트리곤 칫솔을 들었다. 양치질을 시작하는데 문득 어제 아무 말 없이 자신을 보고 돌아서던 은재가 떠올랐다.

"날 기다린 게 아니었나……."

그가 무슨 생각을 하는 건지 도통 알 수가 없었다. 요 몇 달 사이 그의 행동은 머릿속을 혼란스럽게 만들었다. 그 생각을 하니 또다시 머리가 지끈거리기 시작했다.

모르겠다. 아무리 이해하려고 해도 모르겠어.

씻고 욕실을 나선 연수는 부엌 쪽으로 걸음을 옮겼다.

"완전 텅텅 비었네."

냉장고 문을 열어 본 연수는 장을 봐야겠다는 생각을 하며 나갈 채비를 했다. 부스스한 민낯을 가리기 위해 검은색 모자를 눌러쓴 채 장바구니를 들고 현관문을 나섰다. 열린 현관문 사이로 환한 햇볕이 들어올 거라 예상했는데 검은 그림자 하나가 보였다.

"어……?"

놀란 연수가 뒷걸음질 치며 앞을 바라보았다. 무표정하게 서 있던 은재가 그 모습에 작게 웃음을 내뱉으며 입을 열었다.

"어떻게 하면 이 문을 열어 주려나 고민 중이었는데……."

은재를 마주한 연수는 살짝 이맛살을 모았다. 새벽엔 말없이 가 버렸으면서 지금은 입가에 미소를 짓고 있었다.

그는 닫히려는 문틈 사이로 손을 넣어 그녀의 팔목을 잡았다.

"뭐, 뭐야?"

당황한 연수가 몸을 뒤로 빼며 달아나려 하자 은재는 억지로 팔을 잡아당겨 그녀를 집 밖으로 끌어냈다.

"갈 데가 있어."

은재는 그녀를 끌고 아파트 밖으로 나왔다. 이미 시동이 걸려 있는 차에 다가선 그가 조수석 문을 열었다.

"타."

연수는 그를 한 번 노려보고는 차를 지나쳐 발걸음을 돌렸다. 그러자 그가 그녀의 손목을 억지로 잡아끌며 조수석 앞으로 데려왔다.

"야, 이거 안 놔?"

"어제 저녁 약속, 펑크 낸 대가야."

"난 승낙한 적 없거든?"

억지로 조수석에 연수를 밀어 넣은 은재는 운전석에 앉아 차를 출발시켰다. 연수는 제멋대로인 은재를 바라보다 포기했다는 듯 한숨을 푹 쉬며 창밖으로 시선을 돌렸다.

"어제 왜 늦은 거야?"

"남이사. 늦게 오든 말든 무슨 상관인데?"

"순순히 말해 주는 게 하나도 없네."

씁쓸하게 웃으며 혼잣말처럼 중얼거리는 은재의 모습에 연수는 창밖을 향해 있던 시선을 그에게로 돌렸다. 그러다 눈이 마주치자 괜히 민망해져 헛기침을 하며 목소리를 높였다.

"대체 어딜 가는 거야?"

"글쎄, 네가 말 안 해 주니까 나도 말해 주기 싫어졌어."

"뭐?"

어이없다는 듯한 연수의 표정에 은재가 장난스럽게 웃으며 말했다.

"어때? 당하는 사람의 기분이."

연수는 신경 쓰지 않는 척 고개를 창밖으로 돌렸다.

"할머니한테 가려고."

할머니라는 말에 그녀의 눈이 휘둥그레졌다.

"할머니? 너희 할머니 말하는 거야?"

"그럼 우리 할머니 말고 누가 있어."

"할머니 퇴원하셨어? 이제 괜찮으신 거야?"

"하나씩 물어라, 하나씩."

연수가 입가에 미소를 매달고 흥분 가득한 목소리로 묻자 은재도 작게 웃음을 지었다. 다시 만난 이후로 밝은 모습을 보기 힘들었던 그녀가 할머니 얘기에 예전처럼 환하게 미소를 짓고 있었다.

그래. 그래야 서연수지.

은재는 밝은 그녀의 모습에 흐뭇한 시선을 보냈다. 반대로 연수는 자신이 너무 들뜬 걸 느끼고 아차 싶었다. 흥분된 감정을 다잡기 위해 심호흡을 한 번 하고는 차분한 목소리로 말했다.

"할머닌 우리 관계와 상관없으니까. 그러니까⋯⋯."

"알아. 그래서 데려가는 거야."

우리 사이와 할머니는 관련 없으니까.

말없이 운전에 집중하는 은재를 보며 연수는 더 이상 토를 달지 않았다.

그녀는 창밖을 바라보며 할머니와 함께했던 추억들을 되뇌었다.

밝은 성격의 할머니는 사람들과 어울려 지내는 걸 좋아하셨다. 그래서 은재의 친구라고 찾아온 연수도 친손녀처럼 대해 주셨다.

할머니에게 찾아가 은재의 이야기를 하면 무뚝뚝한 놈이라 인간미가 없다며 그녀의 편을 들어 주곤 했다.

"잘 지내고 계시려나……."

5년 만에 할머니를 볼 생각에 가슴이 두근거렸다.

"할머니 선물 사야 하는 거 아냐?"

연수의 말에 그는 말없이 차 뒷좌석을 가리켰다. 뒤를 돌아보자 그곳엔 할머니가 제일 좋아하는 붉은색 카네이션 꽃다발이 놓여 있었다.

할머니는 은재가 태어나서 처음으로 선물해 준 것이 카네이션이라 특별하고 소중한 꽃이라고 종종 말을 했었다.

"할머니, 좋아하시겠다."

카네이션을 드리면 어린아이처럼 좋아하셨던 할머니가 떠올라 연수의 입가에 미소가 절로 지어졌다. 하지만 얼마 지나지 않아 차가 도착한 곳이 어딘지 깨달은 그녀의 얼굴은 단단하게 굳어져 있었다.

"내리자."

은재는 짧은 한마디와 함께 꽃다발을 들고 차에서 내렸다.

하지만 연수는 차마 내릴 엄두도 못 내고 가만히 창밖만 바라봤다. 그러자 그가 조용히 조수석 문을 열어 주었다.

"서연수."

은재의 목소리는 차분했다. 이미 감정이 무뎌진 것처럼. 하지만 5년 전 봤던 할머니의 그 모습이 마지막이었다는 생각에 연수는 눈시울을 붉혔다.

떨어지지 않는 발걸음을 이끌고 납골당 안으로 들어섰다. 그곳에는 할머니와 은재가 나란히 서서 환하게 웃고 있는 사진이 놓여 있었다.

사진을 보자마자 연수는 참았던 눈물을 흘리며 고개를 푹 숙였다. 은재는 말없이 그런 연수의 모습을 바라보고 있었다.

2010년 오늘. 그러니까 5년 전, 연수가 모습을 감춰 버린 지 일주일이 채 지나지 않아 할머니도 은재의 곁을 떠나고야 말았다.

"요즘 연수가 안 보이네."

연수가 모습을 감춘 지 사흘째 되던 날이었다. 매일 찾아오던 연수가 보이지 않자 할머니가 창밖을 보며 혼잣말처럼 중얼거렸다.

은재는 사교성 좋은 연수를 예뻐하던 할머니에게 그녀가 사라졌다는 말을 쉽사리 할 수 없었다. 수술을 앞두고 있었기에 혹여 충격을 받을까 걱정스러웠다.

"싸우기라도 한 거니?"
"……잘 모르겠어."

은재는 자신의 집 앞에서 본 연수의 마지막 얼굴을 문득
떠올렸다. 그녀의 그 눈빛이 무엇을 의미하는지 정확히 알
수 없었다.

"3일 뒤에 수술인데 안 떨려?"

은재가 애써 화젯거리를 돌리며 묻자 할머니는 세상만사
다 귀찮다는 표정으로 대답했다.

"떨리고 자시고가 어디 있겠니. 명이 되면 사는 거고, 아니면
가는 거고……."
"그런 소리 하지 마."
"허이고, 조금만 지나 봐라. 할머니 뒤치다꺼리 지겨워할 거
다."
"그런 일은 절대 없을 거야."

평생 자신의 곁에 있어 주길 바랐다. 할머니에게 받은 사

랑을 조금이라도 되돌려 주고 싶었다.

할머니는 부모에게 버림받았을 때 유일하게 곁에 있어 준
사람이었다. 그가 다섯 살 때, 이혼을 하고 각자 재혼해 새
가정을 꾸린 부모는 그를 모른 척했다. 그런 그에게 손을 내
밀어 준 건 할머니였다.

풍족하지 않아도 좋았다. 그저 할머니만 곁에 있어 준다면
그것으로도 행복했다.

하지만 그 행복은 오래가지 못했다. 연로하신 할머니가 쓰
러지자 은재는 병원비를 마련하기 위해 닥치는 대로 일을 했
다.

다른 생각을 할 수 없을 정도로 바빴던 그때, 연수가 나타
났다.

"좋아해."

그는 밝고 모자란 것 없어 보이는 그녀가 마음을 표현하는
것이 달갑지 않았다. 누군가를 좋아한다는 마음을 가지는 것
은 사치라고 생각했다.

중요한 것은 할머니의 건강이었다. 그렇기에 연수가 매달
려도 눈길조차 주지 않았다.

그런데 그녀는 그럼에도 서슴없이 다가왔다. 싫은 소리를
해도 물러나지 않았다.

"언제나 옆에 있어 줄게. 네가 힘들 때 항상 위로해 줄게. 그러니까, 나한테 기대. 은재야."

온종일 할머니만 생각하던 그의 시간에 연수가 스며들었다. 싫은 척 툴툴거렸지만 그도 늘 연수를 생각했다. 오랫동안 옆에 있다 보니 표정만 봐도 그녀가 뭘 원하는지 알 수 있었다.

그렇게 그도 모르는 사이 연수는 그에게 중요한 사람이 되어 가고 있었다.

"이번이 마지막이 될 겁니다. 그리고 솔직히 이번 수술, 권유하고 싶지는 않네요. 성공할 가능성이 너무 희박합니다."

의사는 자꾸만 악화되는 할머니의 몸 상태에 대해 포기하라는 듯 말했지만 그는 유일한 가족을 허무하게 보낼 수 없었다.

그러나 아무리 열심히 발버둥 치며 일을 해도 병원비는 점점 감당하기 힘들어졌다.

"너의 가족, 너의 미래, 내가 다 도와줄 수 있어."

달콤한 악마의 속삭임이 들려온 것은 그때였다. 할머니를 살릴 수 있는 방법이 생겼다.

"그 대신 그 어떤 여자도 네 옆에 있어선 안 돼. 그게 서연수라 면 더더욱."

그는 결국 자신의 뒤를 항상 지켜 주던 연수를 돌아보지 않으며 이기적인 선택을 했다.

언제나 곁에 있어 주겠다고 한 건 그녀였고, 자신이 굳이 잡지 않아도 항상 곁에 있을 거라 믿었다. 하지만 그건 욕심 이자 착각이었다는 것을 그녀가 사라지고 나서야 알게 되었 다.

첫날, 은재는 무엇 때문인지는 몰라도 그녀가 금방 돌아올 거라고 믿었다. 그리고 그다음 날엔 그녀가 옆에 있어 주겠 다는 약속을 저버렸다는 생각에 울리지 않는 휴대폰을 붙잡 고 화를 냈다.

하지만 그 후로 어디에서도 그녀의 흔적은 찾을 수 없었 다.

"내 옆에 계속 있어야 해. 어디 가지 말고."
"그게 이 할미 마음대로 되는 거면 벌써 그렇게 했지."
"마음대로 되지 않더라도, 그래도 내 옆에 있어 줘."

결국 연수가 떠난 지 사흘째 되던 날, 그녀를 찾는 것을 포기했다.

그래. 자신의 옆에 있는 게 힘들었겠지. 어쩌면 잘된 일이야.

그녀의 마음을 받아 주지 못할 바에야 차라리 낫다고 그렇게 생각하며 자신을 위로했다.

연수가 사라진 지 일주일 뒤, 할머니도 은재의 곁을 떠났다.

이미 딱딱하게 굳어 버린 은재의 마음엔 그 누구도 들어올 수 없었다. 그리고 모든 걸 잃은 그의 옆엔 선영이 자리를 잡고 있었다.

은재는 자신도 결국 부모를 닮아 이기적인 사람이라고 생각했다.

이기적이었기에 안 될 것을 알면서도 힘들어하는 할머니를 붙들고 있었고, 이기적이었기에 자신을 그토록 위해 줬던 연수를 버렸다. 그리고 모르는 척 귀와 눈을 감고 선영의 옆에 있었다.

5년이 지난 지금도 그는 여전히 이기적인 사람이었다.

❖   ❖   ❖

차 안으로 돌아온 두 사람은 한동안 말이 없었다. 창밖을 바라보는 연수의 두 눈엔 슬픔이 가득했다. 은재는 차의 시동을 걸며 오랜 침묵을 흐트러트렸다.

"밥 먹으러 가자. 뭐 먹을래?"

"……생각 없어."

말이 끝나기가 무섭게 연수의 배에서 허기에 목마른 소리가 울려 퍼졌다. 그녀는 놀라 제 배를 움켜쥐었고, 은재는 운전대에 얼굴을 박으며 함박웃음을 지었다.

"근처에 콩나물 국밥 맛있게 하는 집 있는데 갈래?"

은재는 연수가 대답 없이 고개를 돌리자 그것을 긍정의 의미로 받아들이고 말없이 차를 몰았다.

얼마 뒤, 국밥집에 도착한 둘은 나란히 마주 앉아 김이 모락모락 나는 국밥을 바라보고 있었다.

"먹자."

은재는 가만히 국밥만 내려다보는 연수의 손에 숟가락을 쥐어 주었다. 그리곤 아무 말 없이 국밥을 먹기 시작했다.

그를 가만히 바라보던 연수가 입을 열었다.

"할머니는 어쩌다가 돌아가신 거야?"

"수술하던 도중에."

"장례식은 잘 치렀고?"

"응."

"……많이 울었니?"

자신도 모르게 튀어나온 그 물음에 연수는 놀라 손으로 입을 막았다. 은재는 작게 웃으며 고개를 저었다.

"아니."

눈물이 나지 않았다. 왜 그랬는지 모르겠지만 울 수가 없었다. 울면 그대로 무너져 다신 일어설 수 없을 것 같은 느낌이었다.

할머니가 돌아가셨던 그날을 떠올리던 은재는 쓸쓸한 미소를 짓다 이내 다시 숟가락을 들어 국밥을 먹기 시작했다. 곧이어 연수도 말없이 숟가락을 움직였다.

5년 만에 같이 식사를 하는 두 사람 사이엔 낮은 침묵이 함께했다.

저녁 6시가 넘어서야 두 사람은 집 앞에 도착했다. 은재는 지하 주차장으로 가기 전, 조수석 문을 열어 그녀를 내려 주었다. 자신의 앞을 지나가는 차를 보던 연수는 한숨을 내쉬다 아파트 안으로 들어섰다.

그때 누군가가 구두 소리를 내며 다가오는 것이 느껴졌다. 선영이었다. 연수는 시선을 돌려 차가운 표정의 선영을 마주했다.

여기는 대체 어떻게 알고 온 거지?

연수가 미간을 찌푸리자 선영이 헛웃음을 지었다.

"결국 배알도 없이 은재를 용서해 준 거야?"

날이 선 선영의 말에 연수는 단호하게 대답했다.

"그런 거 아니야."

"아니면 왜 네가 은재 차를 타고 오는 건데?"

한 걸음, 한 걸음 다가오는 선영을 보며 연수는 한숨을 내쉬었다.

"어떻게 오해하든 상관 안 하는데 난 쟤 용서할 생각도 없고, 용서하지도 않았어. 그러니까 주은재 내 앞에서 더 이상 알짱거리지 않게 데려가."

"이미 주은재가 네 소유물이라도 된 것처럼 말하네? 잡은 고기라 이거야?"

"말을 그렇게 꼬아 들으면 기분이 좋아?"

"아니, 기분 더러워. 그런데 네가 지금 그렇게 말하고 있잖아. 난 필요 없는데 주은재가 내 앞을 알짱거린다, 그러니까 너나 가져가라."

어쩌다 우리가 이렇게 되어 버린 걸까?

연수는 선영을 쳐다보고 있는 것조차도 괴로웠다. 항상 자신을 위해 주던 착했던 그녀의 모습이 아른거렸기 때문이다.

"선영아."

"내 이름 부르지 마. 나 네 친구 아니야."

연수는 이미 알고 있었다. 친구로 생각한 것은 자신 혼자였고, 함께 있던 내내 선영은 자신을 증오했다는 것을.

"네가 알던 서선영은 처음부터 존재하지 않았어."

그 말이 너무나 차갑고 무서워서 현실이 아니었으면 했다. 하지만 선영의 차가운 말투와 싸늘한 모습은 생생하게 가슴 속에 각인되고 말았다.

"그래. 처음부터 넌 내 친구가 아니었지."

그날 이미 뼈저리게 느꼈음에도 자꾸만 선영에게서 예전의 모습을 찾으려 애썼다. 입술을 꾹 깨물며 연수는 간신히 감정을 추슬렀다.

그때 누군가가 그녀의 팔을 꽉 잡으며 두 사람 사이에 끼어들었다.

"여긴 무슨 일이야."

은재는 싸늘하고 낮은 음성을 내뱉으며 연수를 자신의 뒤로 숨겼다.

"내가 분명히 말했을 텐데, 서선영."

선영은 말없이 입술을 깨물었다.

그녀도 그의 옆에서 5년을 함께했는데 매정하게 버려졌다.

그 누구보다 높은 곳에 있을 수 있도록 만들어 주고, 그를 위해서라면 뭐든지 해 줬는데.

"……나쁜 새끼."

선영은 손을 들어 은재의 뺨을 거세게 내려치곤 뒤도 돌아보지 않고 멀어졌다. 흐르는 눈물을 보이지 않기 위해 그녀는 주먹을 꽉 쥔 채 빠른 걸음을 걸었다.

290

도훈은 초조한 듯 핸들을 손가락으로 톡톡 두드리며 창밖으로 선영의 모습을 찾기 바빴다.

얼마나 시간이 흘렀을까, 마침내 선영의 모습이 보이자 그는 기다렸다는 듯 운전석에서 내려 그녀에게 다가갔다.

"형한테 제안했어요? 어쩔 거래요? 우리랑 다시 일한대요?"

쪼르르 다가와 질문을 해 대는 도훈의 모습에 선영은 아무 말도 하지 못했다. 그녀가 멍하니 문을 바라보고 서 있자 도훈은 얼른 밴의 문을 열어 주었다.

"한대요, 안 한대요?"

선영은 여전히 아무런 대답도 하지 않은 채 밴에 올라탔다. 도훈은 그런 그녀의 반응에 한숨을 푹 쉬고는 운전석에 올라타며 구시렁거렸다.

"내가 이럴 줄 알았어. 또 누나 성격대로 막 퍼붓고 왔죠? 아니, 일단 잡아야 한다니까요? 경쟁사에서 낚아채기라도 하면 어쩌려고 그래요."

이쯤 되면 시끄럽다고 화를 냈을 텐데 평소답지 않게 선영이 조용하자 도훈은 답답한 듯 차를 몰았다.

선영은 두 눈을 감고 몸을 뒤로 기댔다. 자꾸만 은재가 연수의 손을 잡았던 모습이 아른거렸다.

젠장. 낮은 욕을 내뱉은 그녀가 몸을 일으켰다. 화를 삭이

기 위해 낮게 숨을 내쉬며 주머니에서 휴대폰을 꺼내 든 그
녀는 이내 통화 버튼을 눌렀다.

곧 중년 남성의 목소리가 들려오자 환한 미소를 띠며 입을
열었다.

"안녕하세요, 김 감독님."

운전을 하던 도훈은 김 감독과 통화를 하는 그녀를 씁쓸한
표정으로 힐끔거렸다.

"네, 그때 뵙겠습니다."

전화를 끊은 선영의 입가엔 더 이상 미소가 남아 있지 않
았다. 차 안을 가득 채운 낮게 깔린 공기가 그녀의 마음을 대
변해 주고 있었다.

❦   ❦   ❦

은재가 대기실 문을 벌컥 열고 안으로 들어서자 웅성거리던
소리가 순식간에 잦아들었다.

얼마 전 드라마 시청률 40%라는 대기록을 세운 그가 오디션
장에 나타나자 사람들은 의아한 눈빛을 주고받았다.

은재 정도의 급이라면 오디션을 보지 않아도 물밀듯 캐스
팅 제의가 들어오는 게 정상이었다.

하지만 선영의 소속사를 나온 그에겐 그 어떤 연락도 오지
않았다. 짐작하던 일이었기에 당사자인 은재는 동요하지 않

았지만 내막을 모르는 사람들은 오디션을 보러 온 그를 이해하지 못했다.

은재는 사람들의 시선을 뒤로하고 한쪽 구석에 앉아 휴대폰을 꺼내 들었다. 소송을 한다던 선영은 아직까지 잠잠했고, 오히려 그 잠잠함이 그를 더 불안하게 만들었다.

어수선한 대기실 안으로 스태프가 들어와 말했다.

"조금 이따가 오디션 시작할 겁니다. 오디션 심사 위원은 감독님과 작가님, 그리고 이번 작품의 여주인공인 서선영 씨입니다."

선영의 이름을 들은 사람들이 술렁거리기 시작했다. 최고참 배우도 아니고 고작 서른의 여배우가 심사를 보는 건 드문 일이었다.

그리고 그중 제일 당황스러워하는 사람은 은재였다. 자신이 이 영화의 오디션을 본다는 사실은 또 어떻게 알았을까.

설마 이런 방법으로 자신을 막을 거라곤 생각하지 못했다. 거기다 김 감독은 능력은 있었지만 선영이 싫어하는 부류였다. 술과 여자를 좋아하고 촬영 때마다 여배우들에게 치근덕대는 탓에 평판이 좋지 않았다.

은재는 조용히 마른세수를 하며 어떻게 해야 하나 고민했다.

오디션이 시작되자 사람들이 하나둘씩 대기실을 나섰다. 슬슬 사람들이 줄어들 때쯤, 한 스태프가 은재의 이름을 불렀다. 그는 아무런 대답 없이 자리에서 일어나 오디션장으로 향했다.

터벅터벅, 긴 복도를 따라 걸어 들어간 곳에는 김 감독과 주 작가, 그리고 선영이 일렬로 앉아 있었다.

김 감독은 은재를 보고 허탈하게 웃음을 지었다.

"이게 누구야. 주은재 씨 아냐?"

힐끗 선영의 눈치를 본 감독이 특유의 비아냥거리는 말투로 말을 이었다.

"이런 곳에서 주은재 씨를 볼 거라곤 상상도 못 했는데. 세상은 역시 예상대로 흘러가는 법이 없어. 그렇지, 주 작가?"

주 작가가 작게 웃음을 지으며 맞장구를 쳤지만 선영은 아무런 말도 하지 않았다. 잠시 후 그녀는 은재를 향해 차가운 시선을 보내며 흔들림 없는 목소리로 말했다.

"오디션, 시작하죠."

오디션장을 나선 은재는 화장실로 들어갔다. 온몸을 감싸던 긴장이 풀리자 절로 한숨이 새어 나왔다.

연예계 생활을 하면서 늘 선영의 도움을 받았기 때문에 오디션을 본 것은 이번이 처음이었다. 지금까지 평탄하게 살아온 자신의 무능력함에 씁쓸한 미소가 지어졌다.

"……나쁜 새끼."

은재는 며칠 전 선영이 했던 말을 떠올렸다. 자신은 선영에게도, 연수에게도 좋은 사람이 되지 못했다. 지금까지 자신만 생각하느라 몰랐던 것들이 이제야 보이기 시작하자 마음에 괴로움이 가득 차올랐다.

한참 뒤 지하 주차장으로 내려간 은재는 자신의 차 앞에 서 있는 선영을 보고 걸음을 멈추었다. 땅만 보고 멍하니 서 있던 선영은 인기척에 고개를 들고 그를 바라보았다.

"네가 캐스팅되는 일은 절대 없을 거야."

"알아."

"그리고 다른 누구도 널 캐스팅하지 않을 거야. 넌 이 세계에서 점점 잊혀지겠지."

은재는 가만히 선영을 바라보다 수척해진 그녀의 모습에 입을 열었다.

"밥은 먹고 다니는 거야?"

선영의 입에서 헛웃음이 새어 나왔다.

"넌 지금 이 상황에서 그런 말이 나와? 네 걱정이나 해."

"김 감독이랑 진짜 같이 일할 거야?"

"주은재."

"하지 마. 이 영화 안 할 테니까 괜히 나 때문에 김 감독이랑 일하지 않아도 돼."

"지금, 나 동정하니?"

"동정이 아니라 걱정을 하는 거야."

선영에게 다가간 은재가 어깨에 조심스레 손을 올렸다. 어깨에 따스한 온기가 느껴지자 선영은 자신도 모르게 눈시울을 붉혔다.

어깨를 두어 번 토닥인 은재는 차를 타기 위해 몸을 돌렸다. 선명한 그의 발소리가 주차장에 울려 퍼지자 선영은 뒤돌아 울먹이는 목소리로 말했다.

"5년 동안 네 옆에 있었던 사람은 나야."

차에 올라타려던 은재는 금방이라도 울 것 같은 표정으로 자신을 바라보는 선영을 보며 낮게 한숨을 내뱉었다.

"서연수만 네 옆에 있었던 게 아니라고. 나도 네 옆에 있었어. "

"알아……."

"아무것도 바라지 않을게. 그냥 지금까지 그랬던 것처럼 내 옆에 있어 주면 안 되는 거야?"

선영의 눈가에서 눈물이 툭 떨어져 내렸다. 은재는 그녀가 눈물을 흘리는 것을 처음 보았다. 항상 강했던 그녀가 하찮은 자신 때문에 무너져 내리고 있었다.

"미안해."

은재는 그 말과 함께 뒤도 돌아보지 않고 차에 올라타 주차장을 빠져나갔다.

선영은 쉽게 눈물을 보이는 사람을 이해하지 못했다. 약한 모습을 보이면서 동정을 얻으려고 하는 사람들 같았기 때문이었다. 그래서 울지 않으려고 했지만 사랑 앞에선 반사적으로 눈물이 흘렀다.

자리에 주저앉아 무릎에 얼굴을 파묻은 선영은 미안하다는 은재의 말이 귓가에 맴돌자 눈을 감았다.

"내가 듣고 싶은 말은 그게 아니라고."

처음엔 연수의 옆에 누군가가 있는 것이 싫어 빼앗으려고 했다. 하지만 정신을 차리고 보니 은재를 사랑하고 있었다. 언제부터인지도 모르겠다. 5년 동안 그가 너무 당연한 듯이 옆에 있었기에.

❖   ❖   ❖

저녁 6시, 하늘엔 벌써 어둠이 깔리고 있었다. 은재는 레임 건물 맞은편에 차를 세웠다. 그리고 무작정 연수가 퇴근하길 기다렸다.

"나올 시간이 됐는데."

그는 혼잣말을 중얼거리며 손목에 찬 시계를 보았다. 그러다 차 조수석에 놓여 있는 꽃다발을 내려다보며 씩 미소를 지었다.

태어나서 처음으로 연수를 위해 직접 꽃을 샀다.

뭘 주면 좋아할까 고민하다가 꽃을 사기로 결정했다. 매번 봄이 되면 꽃을 보고 예쁘다며 좋아했던 연수의 모습이 떠올랐다.

10분 정도 지났을 때 하나둘 퇴근하는 사람들 틈 사이로 연수가 모습을 드러냈다. 차를 돌려 그녀의 앞으로 가려던 은재는 뜻밖의 불청객을 발견하고 미간을 좁혔다.

"또 같이 있네."

연수는 밝은 표정으로 재화와 함께 걷고 있었다.

기분이 상한 듯 한숨을 내쉬던 은재는 차창 너머로 두 사람의 모습을 물끄러미 바라보았다. 무슨 이야기를 나누는지는 알 수 없었지만 연수는 아주 해맑은 미소를 짓고 있었다.

저렇게 밝게 웃는 연수의 얼굴은 오랜만에 본 것 같았다. 예전엔 항상 얼굴에 웃음을 띠고 있었는데 다시 만난 후로는 그런 모습을 보기 힘들었다.

항상 자신을 졸졸 따라다니며 웃던 연수의 모습이 생각나자 은재는 씁쓸한 미소를 지었다.

마음 같아선 그녀를 잡아 세워 자신의 차에 태우고 싶었지만 저 미소가 연기처럼 사라질 것이 분명했기에 그럴 수 없었다.

'내가 없으면 넌 다시 행복해질 수 있을까?'

문득 떠오른 생각에 은재는 무거운 한숨을 내쉬며 고개를 숙였다.

그저 연수에게 받은 만큼이라도 되돌려 줄 수 있다면 그것으로 충분하다 생각했다. 하지만 오히려 자신의 행동이 그녀를 더 괴롭게 하는 것 같아 자꾸만 망설여졌다.

은재는 두 눈을 감은 채 자신을 채찍질하듯 등받이에 머리를 쿵쿵 내려쳤다. 그리고 낮게 욕을 내뱉으며 또다시 한숨을 쉬었다.

❖　　　❖　　　❖

재화와 함께 간 곳은 유명 호텔의 레스토랑이었다. 얼마 전 어머니가 수술을 받을 때 옆에 있어 준 답례를 하겠다며 데려온 것이었다.

연수는 입구에 들어서자마자 놀라 뒷걸음질 쳤지만 재화는 그녀의 손을 놓지 않았다.

"아니, 무슨 고마움의 표시를 이런 곳에서 해요."

연수는 가시방석에 앉은 듯 불편한 표정으로 재화를 바라봤지만 그는 개의치 않고 음식을 주문했다.

괜찮다고 하는데도 한사코 답례를 하겠다고 하기에 마음이 불편해서 그러는가 싶어 밥 한 끼를 얻어먹고 털어내려고 했다. 이런 곳에 올 거라고는 전혀 생각하지도 못했다.

"선배, 우리 그냥 삼겹살 먹으면 안 되는 거예요?"

연수가 징징거렸지만 재화는 그저 웃기만 했다. 웨이터가 건네준 메뉴판을 쓰윽 훑어본 연수는 어마어마한 가격에 입을 쩍 벌렸다.

"선배한테 매번 받는 것만 같아요. 전 딱히 해 준 것도 없는데……."

"왜 해 준 게 없어. 어머니 수술실 앞에서 밤새 같이 있어 줬잖아."

"그건 당연히 했어야 하는 일이고요. 선배가 나였어도 그렇게 했을걸요?"

재화는 그 말에 피식 웃기만 할 뿐 뭐라 반박하지 않았다. 연수에게 무슨 일이 생긴다면 당연히 자신도 그녀의 곁을 떠나지 않을 것이다.

그는 연수를 가만히 바라보았다. 요즘 들어 연수의 얼굴이 좋지 않아 걱정이 되었다. 이유는 굳이 듣지 않아도 알 수 있었다.

주말에 그녀의 집을 찾아갔을 때 은재와 함께 있는 것을 봤다. 연수는 아직도 과거에서 벗어나지 못한 것이 분명했다.

계속해서 과거를 떨치지 못한다면 다시 은재를 받아들일지도 모른다는 불안감에 재화는 계획을 앞당겼다.

"그럼 이제부터라도 해 주는 건 어떨까?"

재화의 말을 이해하지 못한 연수가 의아한 시선으로 그를 바라보았다.

"이제부터라도 해 줘. 내 옆에서."

얼마 지나지 않아 연수는 그 말의 뜻을 이해할 수 있었다. 재화의 따스한 미소에 연수는 차마 그를 똑바로 보지 못하고 시선을 낮게 깔았다.

재화가 자신을 좋아하고 있다는 것을 알았기 때문에 몇 번이고 그의 도움을 거절했다. 자꾸만 다가오려는 재화를 밀어내고 또 밀어내려 했지만 외로움에 자신도 모르게 그를 붙잡고 있었다.

"선배……."

"좋아해. 처음 만났던 순간부터, 좋아했어."

대학교 신입생 환영회에서 얌전히 앉아 술을 홀짝이던 연수의 모습이 아직도 기억 속에 생생했다. 남들보다 늦게 학교를 들어온 탓인지 그녀는 누구보다 열심히 공부를 했다. 그 모습이 예쁘고 사랑스러웠지만 한편으로는 애를 쓰는 것 같아 안쓰럽기도 했다.

서연수라는 여자를 알고 싶었다. 학교엔 왜 늦게 입학하게 되었는지, 과거에는 무엇을 했는지 호기심이 생겼다. 그리고 어느 순간부터 그녀가 좋아졌다.

연수가 그렇게 애를 쓰고 공부해야 했던 이유를 최근에 알게 된 재화는 더욱더 그녀의 옆에 있고 싶었다.

"그동안 네가 나에 대한 마음이 생기길 기다렸는데, 더 이상 길어지면 안 될 것 같아서."

"……저한테 조금만 시간을 줄래요?"

연수가 꼭 다물고 있던 입을 힘겹게 열자 재화는 담담하게 고개를 끄덕였다. 때마침 주문했던 음식이 나왔고, 그는 아무 일도 없었다는 듯 화제를 넘겼다.

연수는 그런 그를 빤히 바라보았다. 누구보다 자신을 위해주는 재화라면 괜찮을지도 모른다는 생각을 한 적이 있었다. 그런데 막상 다가가려고 하면 불안해졌다.

정말 괜찮은 것일까? 정말 그를 좋아하고 있는 것일까?

그 물음의 끝에는 항상 아니라는 대답이 기다리고 있었다.

머릿속에는 한 사람뿐이었다. 지금도 그의 얼굴이 아른거렸다. 자신에게 영영 잊지 못할 상처를 주고 간 주은재가……

차를 타고 오는 내내 두 사람은 아무 말도 하지 않았다. 갑작스런 고백에 어색한 기류만 흐를 뿐이었다.

재화는 연수의 집 앞에 차를 멈춰 세우며 조심스레 입을 열었다.

"들어가."

"네, 선배도요."

"대답은 천천히 해도 돼. 기다릴 수 있으니까."

말없이 고개를 끄덕이며 차에서 내린 연수는 재화의 차가 멀어지는 것을 보며 한숨을 쉬었다. 그의 차가 완전히 시야에서 사라진 뒤에야 아파트 안으로 들어와 엘리베이터에 올라탔다.

머릿속이 복잡했다. 아니, 사실 복잡할 것도 없었다. 재화를 받아들이면 되는 거였다. 딱 한 가지, 결정을 망설이게 되는 이유라면…….

"이제 와?"

엘리베이터 문이 열리자 들려오는 은재의 목소리에 연수는 고개를 들었다.

그래, 주은재 때문이겠지.

"선물."

은재는 등 뒤로 숨기고 있던 꽃다발을 내밀었다.

하지만 연수는 받을 생각조차 하지 않고 물끄러미 그를 바라보았다.

"꽃은 잘 몰라서, 그냥 이것저것 예뻐 보이는 걸로 골라 봤어."

은재가 어서 받으라는 듯 꽃다발을 살짝 흔들었다. 연수는 그의 시선을 피하며 차가운 말투로 대답했다.

"필요 없어."

은재는 집 안으로 들어가려는 연수를 막아섰다.

"너, 꽃 좋아했잖아."

"좋아한 적 없어."

"거짓말."

"거짓말 아냐."

연수의 목소리는 차갑고 싸늘했다.

은재는 몇 시간 전에 재화와 웃으며 퇴근을 하던 그녀의 모습을 떠올렸다.

작게 한숨을 내쉬며 이마를 만지작거리던 은재는 그녀의 손을 잡아 꽃다발을 들려 주었다.

"그래도 이건 선물이니까……."

"싫다니까 자꾸 왜 이래!"

은재의 손을 거칠게 뿌리치자 꽃다발이 바닥을 나뒹굴었다. 흩어진 꽃잎들 사이로 꽃 내음이 퍼지며 코끝을 간질였다.

두 사람은 가만히 떨어진 꽃다발을 바라봤다. 매몰차게 버려진 저 꽃도, 자신들의 상황도 처량했다.

은재는 몸을 숙여 망가진 꽃다발을 들었다. 그리고 애써 입가에 미소를 지었다.

"꽃이 싫으면 다음엔 다른 것으로 준비해 볼게."

아무렇지도 않다는 듯 그가 연수를 바라보았다. 그 시선에 연수는 입술을 꾹 깨물었다.

"아, 너 잘 때 인형 안고 자면 잠이 잘 온다고 그랬었지. 다음에는 그럼……."

"주은재, 제발 그만해! 너 이러는 거 이제 정말 싫어."

울먹이는 목소리로 연수가 소리치자 은재는 하던 말을 멈추고 멍하니 그녀를 바라보았다.

마주한 연수의 눈에 눈물이 그렁그렁 맺혀 있는 것을 본 그가 천천히 다가섰다.

"오지 마."

은재는 두 눈을 끔뻑이며 말없이 우는 연수의 눈물을 닦아 줄 수 없었다. 온몸으로 자신을 거부하는 연수를 보자 마음이 갈기갈기 찢기는 것 같았다.

"너와의 과거, 모두 다 잊고 싶어."

울먹이는 연수의 목소리가 복도를 울렸다.

"은재야."

많이 좋아했지만 이제 그를 끊어 내고 싶었다.

"고백 받았어."

누구에게 고백을 받았는지 은재는 알 수 있었다.

"그 고백, 받아들이려고."

목소리가 미미하게 떨렸지만 연수는 은재에게 반드시 말해야 한다고 생각했다.

"그 사람, 다정하고 착하고 무엇보다 나를 정말 좋아해 주는 사람이야."

떨쳐 내야 한다. 그래야 완전히 그를 잊고 살아갈 수 있다.

"너는?"

짧은 한마디에 바닥을 바라보고 있던 연수가 고개를 들었다. 자신을 똑바로 보는 그의 시선에 빨려 들어갈 것 같았지만 이대로 피해 버린다면 완전히 떨쳐 내지 못할 것 같아 눈을 마주했다.

"좋아해."

좋아했다.

"그 사람을 아주 많이."

지금 앞에 있는 너를, 아주 많이.

"그래서 그 사람과 같이 있고 싶어. 그러니까, 이제 제발……."

"그래. 알겠어."

우리 이제 그만하자. 제발 더 이상은 서로에게 아픔이 되지 말자.

은재는 떠나 달라 말하는 연수의 모습을 보고 싶지 않아 먼저 대답을 했다.

"……고마워."

연수는 뒤도 돌아보지 않고 집 안으로 들어섰다. 거친 현관문 소리와 함께 홀로 복도에 남은 은재는 아무것도 할 수 없었다.

행복한 결말은 기대하지 않았다. 연수에게 자신이 주었던 나쁜 기억을 조금이나마 지워 주고 싶었다. 하지만 자신이 곁에 머물수록 그녀는 힘들어하고 괴로워했다.

그것을 알면서도 이기심 때문에 그녀의 곁에 있었다는 것을 깨닫자 모든 것이 끝났다는 생각이 들었다.

❖   ❖   ❖

은재는 마지막 짐을 챙기며 한숨과 함께 구부렸던 허리를 폈다. 그리고 휑한 집 안을 둘러보며 미미한 미소를 머금었다.

짐들을 언제 다 정리하나 싶었는데 생각보다 너무 빨리 끝나자 아쉬움에 상자를 매만졌다.

연수의 옆에 있었던 그 짧은 시간 동안 그녀의 태도에 아프기도 하고, 잠깐의 미소에 기쁘기도 했지만 이젠 떠나야 했다.

그때 조용한 집 안에 초인종 소리가 울렸다. 문을 두드리는 소리와 함께 선영의 목소리가 들려왔다.

"나야."

안 그래도 한 번쯤은 선영을 만나야 한다고 생각하고 있었기에 은재는 문을 열고 차가운 시선으로 그녀를 보았다. 선영은 아무 말 없이 그에게 서류 봉투 하나를 내밀었다.

"마지막 기회야, 주은재. 돌아와."

씁쓸하게 웃은 은재는 서류 봉투를 보지도 않은 채 다시 선영에게 내밀었다. 흔들림 없는 은재의 시선을 본 선영은 그가 돌아올 생각이 전혀 없다는 것을 알 수 있었다.

돌아오지 않는 은재를 철저하게 망가트리고 싶었지만 마음대로 되지 않았다. 그가 보고 싶어서 견딜 수 없었기에 자존심을 버리고 찾아왔다.

그가 내민 서류 봉투를 무시하고 집 안으로 들어온 그녀는
이삿짐들을 보고 미간을 잔뜩 찌푸렸다.

"이게 뭐야?"

"떠나려고."

"떠난다고? 너 설마 서연수랑 끝난 거야?"

선영의 물음에 은재는 말없이 부엌으로 가 냉장고에서 캔
맥주 두 개를 꺼냈다.

"마실래?"

"말 돌리지 말고 대답해. 끝난 거냐고."

은재는 핏 웃음을 지으며 소파에 앉아 맥주를 한 모금 마
셨다.

"그래, 끝났어."

그 대답에 선영은 다급하게 은재의 옆에 앉아 팔짱을 꼈
다.

"네가 왜 떠나. 재기해서 나랑 연예계 활동 같이하면 되는
거잖아."

"못 해."

은재의 대답은 단호했다. 연수의 마음을 저버리고 선택한
연예계 활동이었는데, 그녀에게서 버림받았다는 이유로 돌
아갈 수는 없었다.

아무도 없는 곳으로 가 엉망이 된 마음을 추스르고 싶었
다.

"안 돼. 못 가. 절대 못 가."

선영이 은재의 팔에 매달렸다. 이제야 연수와 완벽히 헤어진 그를 이대로 보낼 수는 없었다.

"그냥 내 옆에 있어, 제발."

은재가 손을 떼어 내려 할수록 그녀는 그의 팔을 더욱 꽉 붙잡았다. 그는 한숨을 내쉬며 선영을 바라보았다.

"그만하자, 서선영."

"싫어, 가지 마. 예전처럼 내 옆에 있어. 아무것도 하지 말고 그냥 내 옆에만 있으라고. 네가 날 사랑하지 않아도 좋아. 그냥 옆에만 있어 주면 돼. 정말이야. 제발……."

은재는 긴 한숨을 내쉬며 자리에서 일어섰다.

"이제 돌아가."

은재가 방 안으로 들어가려 하자 선영이 뒤에서 그의 허리를 안았다.

"내가 잘못했어. 이젠 연수 안 괴롭힐게. 내가 연수에게 했던 짓들 다 보상할게. 다신 그 애한테 거짓말도 안 할게. 그러니까, 그러니까……."

선영의 입에서 나온 거짓말이라는 단어에 은재는 의아한 기색으로 뒤돌아 그녀를 마주했다.

"거짓말이라니 그게 무슨 소리야?"

선영은 당황한 얼굴로 어색하게 미소 지으며 고개를 흔들었다.

"아, 아니야. 아무것도. 나 이만 스케줄 있어서 가 봐야겠……."

"말해. 네가 연수한테 한 거짓말이 대체 뭐야."

은재는 옴짝달싹 못하게 선영의 어깨를 강하게 잡고 재차 물었다. 그러자 그녀가 작은 목소리로 조심스럽게 입을 열었다.

"너랑 내가 사귀는 사이라고 했어."

은재의 눈썹이 미세하게 움찔거렸다. 연수가 그런 거짓말을 믿었다는 것이 이해되지 않았다. 그때 문득 5년 전에 있었던 일이 머릿속에 섬광처럼 떠올랐다.

"아까부터 계속 스토커가 따라오고 있어. 애인인 척 좀 해 줘. 은재야."

선영의 제안에 대답을 하러 갔을 때였다. 갑작스레 달려와 안긴 그녀는 스토커가 따라온다는 말과 함께 그에게 입을 맞췄다.

그때는 대수롭지 않게 생각하며 넘어갔었다. 연수에게 그녀가 스토커에 시달리고 있다는 말을 들은 적이 있었기에 의심하지 않았다.

"설마, 너 그때 스토커……."

은재는 그날 밤에 연수가 찾아왔었다는 것을 그제야 떠올렸다.

"너 나한테 할 말 없어?"

흐릿했던 기억들이 점점 선명해졌다. 그날 연수의 말과 표
정, 그리고 행동 하나하나가 뇌리를 스쳤다. 선영은 혼란스
러워 하는 은재를 향해 한 발짝 다가섰다.

"오지 마."

경멸하듯 바라보는 은재의 시선에 선영은 아무 말도 할 수
없었다.

"은재야……."

변명을 하기 위해 입을 떼는 선영을 본 은재는 말없이 뒤
돌아 방으로 들어갔다. 굳게 닫힌 방문을 두드리는 소리가
들렸지만 그는 더 이상 그녀를 마주할 자신이 없었다.

분명 선영의 거짓말로 인해 벌어진 일이었다. 그러나 연수
를 그렇게 만든 건 자신이라는 생각이 들었다. 그날 연수를
잡고 무슨 일이냐고 묻지 않은 것이 후회됐다.

"은재야, 문 좀 열어 봐. 내, 내가 다 설명할게. 그러니까 제
발 이 문 좀 열어 봐."

방문 너머로 들려오는 선영의 목소리에 은재는 두 눈을 감
고 그대로 자리에 주저앉아 귀를 막아 버렸다. 아무것도 듣
고 싶지 않았다. 모든 것이 다 꿈이었으면 하는 간절한 바람

뿐이었다.

❖   ❖   ❖

퇴근 시간이 되자 디자인3팀 직원들은 하나둘 모습을 감췄다.

오늘도 끝까지 자리를 지키는 사람은 연수였다. 마지막 시안까지 살펴본 그녀는 기지개를 쭉 펴며 뭉친 어깨를 풀었다.

그때 살며시 느껴지는 따스한 기운에 연수가 고개를 돌렸다. 재화가 미소를 지으며 그녀를 바라보고 있었다.

"어? 집에 안 갔어요?"

"애인님께서 아직 회사에 계시는 걸 뻔히 아는데 혼자 집에 어떻게 갑니까?"

재화가 장난스럽게 말을 되받아치자 연수는 밝게 웃음 지었다.

"내일도 볼 텐데 피곤하게 뭐하러 다시 와요."

"혼자 저녁 먹기 싫어서. 같이 밥 먹을 사람이 필요해서 애인을 만들었는데, 오늘이 딱 그날이네요."

"조금만 기다려요. 거의 다 끝났으니까."

연수가 재화에게서 시선을 떼고 다시 서류로 고개를 돌리자 그도 얼굴을 들이대며 그녀의 손에 들린 시안을 훑어보았다.

"문제없어 보이네."

"대충 보면 안 되죠. 꼼꼼히 봐야 두 번 손 안 가잖아요."

열중하는 연수를 빤히 바라보던 재화가 씩 웃으며 그녀의
볼에 짧게 입을 맞췄다. 놀란 연수가 당혹감 가득한 시선으
로 바라보자 그가 헛기침을 하며 아무 일도 없었다는 듯 말
했다.

"빨리 끝내고 얼른 밥 먹으러 가자."

연수가 작게 웃음을 터트리자 민망한 듯 그는 시선을 피하
며 탕비실로 향했다.

연수는 재화의 입술이 스친 뺨을 매만졌다. 놀라긴 했지
만 설레거나 두근거림 같은 건 전혀 없었다. 한참 뺨을 만지
며 탕비실을 바라보던 연수는 애써 생각을 지우기 위해 다시
서류를 살피기 시작했다.

❖   ❖   ❖

퇴근을 한 두 사람이 향한 곳은 고급 한정식집이었다. 연
수는 간단하게 요기만 하자고 졸랐지만 재화는 예약을 했다
며 억지로 그녀를 끌고 갔다.

"선배, 요즘 돈 막 쓰는 거 아니에요?"

"몰랐구나. 나 원래 돈 쓰는 거 엄청 좋아해."

"선배!"

재화는 귀를 틀어막으면서도 눈으로 메뉴판을 훑었다.

"선배, 나 이런 거 너무 부담스러워요."

잔뜩 골이 난 말에 재화는 그녀의 이마를 살짝 검지로 밀었다.

"내가 먹고 싶어서 그래. 여기 진짜 맛있는 집이거든."

엄지를 척하니 올리며 장난스럽게 말을 이어 가는 그를 보며 연수는 허탈한 웃음을 내지었다.

음식이 나오자 두 사람은 이런저런 이야기를 하며 밥을 먹기 시작했다.

오늘 있었던 미팅에서 외주 대표가 마음에 들지 않았다고 불만을 토로하는 재화의 모습에 연수는 풉 하고 웃음을 터트렸다.

"왜 웃어?"

"아니, 선배가 누구 뒷담화 하는 거 처음 봐서요."

"나도 사람인데, 싫은 사람은 욕도 하고 그래."

"그래도 지금까지 그런 모습 보여 준 적 없었잖아요. 요즘 들어 새로운 선배의 모습을 많이 보는 것 같아요."

"그런가? 네가 진짜 내 사람이라 생각하니까 그런가 봐."

'내 사람'이라는 말이 얼떨떨해 연수는 살짝 얼굴을 굳혔다. 아직 재화를 받아들이지 못한 마음 때문인지 이상하게 괴리감이 느껴졌다.

"선배, 저 화장실 좀요."

어색한 표정을 들키지 않기 위해 자리에서 일어난 연수는 화장실 쪽으로 걸음을 옮겼다. 그러다 반대편에서 다가오는 여자를 발견하고 굳어 버린 듯 자리에 멈춰 섰다.

"대표님, 오늘 저녁만으로 끝내실 거 아니죠?"

"당연하지. 2차, 3차도 쏠 테니까 마음껏 마셔."

회식을 온 것인지 몇몇 연예인과 선영이 함께 걸어오고 있었다. 멍하니 바라보던 연수는 결국 선영과 눈이 마주치고 말았다.

놀란 그녀는 얼른 고개를 돌려 화장실로 들어갔다.

"봤으려나……."

거울 앞에 선 연수는 불안한 표정으로 중얼거렸다. 이런 곳에서 선영과 부딪혀 말씨름을 하고 싶지 않았다. 더 이상 엮이고 싶지 않았다.

한숨을 쉬며 손을 씻기 위해 물을 틀려는 순간, 선영이 모습을 드러냈다.

"세상이 진짜 좁긴 좁네. 여기서 널 만날 줄은 몰랐는데."

옆으로 다가온 선영이 거울을 보며 흐트러진 머리를 매만졌다.

"그 팀장이라는 사람이랑 온 거야?"

연수는 한숨을 내쉬며 거울을 통해 선영을 바라보았다.

"그래."

"진짜로 그 사람이랑 사귀는구나?"

"어떻게 알았어?"

"어떻게 알긴. 팀장이란 사람이 너 좋아하는 건 이미 알고 있었는데, 뭐. 그런데 너 정말 진심인 거야?"

진심이냐는 물음에 연수는 아무런 대꾸도 하지 못했다.

진심이 아니었다.

재화와 같이 있어도 설레지 않았고, 입맞춤을 해도 아무런 감정이 느껴지지 않았다.

선영은 연수가 아무 말도 하지 않자 작게 코웃음을 쳤다.

"결국, 아니면서 괜한 사람 기대만 하게 만들고 있네."

"……네가 상관할 일 아니잖아."

"그래. 내가 상관할 일이 아니지."

연수는 더 이상 상대하기 싫다는 듯 몸을 돌렸다.

"서연수, 잠깐만."

"왜 또. 할 말 남았어?"

짜증스런 시선으로 바라보자 선영은 작게 한숨을 내쉬었다.

"아니야, 됐어."

알 수 없는 표정을 짓던 선영은 연수를 지나쳐 갔다. 연수는 멀어지는 그녀를 의아한 시선으로 바라보다 작게 숨을 들이쉬었다.

"다 왔다."

재화가 연수의 집 앞에 차를 멈춰 세웠다. 연수는 멍하니 있다 그의 말소리에 놀라 몸을 움찔거렸다.

"벌써 다 왔어요?"

화장실을 다녀온 뒤로 연수의 행동이 영 수상했다. 오는 내내 멍하니 창밖만 바라보는 모습에 재화는 한마디도 건네지 못했다.

"무슨 일 있어?"

"네? 무슨 일요?"

연수가 의아한 듯 되묻자 재화는 아무것도 아니라는 듯 고개를 저었다.

"잘 들어가."

"네, 선배도요."

연수가 웃으며 안전벨트를 풀고 차에서 내리려 했다. 하지만 이상하게도 안전벨트가 풀리지 않자 당황한 얼굴로 재화를 바라보았다.

"선배, 이거…… 안 풀리는데요?"

"아, 가끔 말썽이더니 또 그러네. 잠깐만."

재화가 끈을 조금 느슨하게 만들고 버튼을 꾹 누르자 안전벨트가 풀어졌다. 웃으며 고개를 들던 연수는 조금이라도 움

직이면 입술이 닿을 만한 거리에 흠칫 놀라 이내 웃음기를
거뒀다.

재화가 조심스럽게 연수에게 다가갔다. 서로의 숨결이 느
껴질 정도로 가까워지자 연수는 두 눈을 질끈 감으며 고개를
돌렸다.

차 안의 공기가 무거워졌음을 느낀 연수는 그제야 자신이
실수했다는 것을 깨달았다.

"……미안."

재화의 말에 연수는 입술을 깨물고 미안한 표정으로 그를
바라보았다.

"서, 선배……."

"얼른 들어가. 늦었다."

아무 일도 없었던 것처럼 그가 웃으며 말했다. 연수는 결
국 도망치듯 차에서 내려 아파트 안으로 발걸음을 돌렸다.
엘리베이터 앞에 선 그녀는 마른세수를 하며 고개를 푹 숙였
다.

"결국, 아니면서 괜한 사람 기대만 하게 만들고 있네."

화장실에서 들었던 선영의 말이 떠올랐다.

그는 좋은 사람이기에 시간을 가지고 노력한다면 좋아할
수 있을 거라고 고민 끝에 결론을 내렸었다. 하지만 잘못된

결론이었을지도 모른다는 생각이 들었다.

엘리베이터에서 내린 그녀는 복도에 가만히 멈춰 섰다. 그리고 은재의 집 현관문을 바라보았다. 그날 이후로 단 한 번도 그를 만날 수가 없었다.

말도 없이 가 버린 걸까?

연수는 조심스레 초인종 위에 엄지를 올려놓았다. 한참을 고민하던 끝에 손을 내린 그녀는 한숨을 내쉬며 몸을 돌리려 했다. 하지만 움직이지 못했다. 그가 뒤에 서 있었기 때문이다.

"무슨 일이야?"

낮은 음성이 울리자 연수는 당황하며 말을 더듬었다.

"그, 그냥 요즘 통 안 보이는 것 같아서."

"새집 정리 때문에 집에 있을 시간이 없었어."

"벌써 이사할 집, 구했어?"

은재는 희미한 미소를 머금으며 고개를 끄덕였다. 그 뒤로 두 사람은 아무런 말이 없었다. 그가 정말 떠난다는 생각을 하자 연수는 마음이 서걱거리는 것을 느꼈다.

"그, 그럼 나 들어가 볼게."

얼른 이 자리를 떠야겠다는 생각에 연수는 자신의 집 앞으로 걸어갔다.

"서연수."

나지막한 은재의 목소리를 듣자 가슴이 울렸다. 흔들리면 안 된다고 생각했지만 심장은 그녀를 배신하듯 뛰었다.

"한 번만 안아 볼 수 있을까?"

조심스러운 부탁에 연수는 뒤돌아 그를 바라보았다. 그리고 잠시 머뭇거리다 천천히 고개를 끄덕였다. 그러자 그가 기다렸다는 듯 그녀를 품에 꼭 안았다.

은재는 가만히 품에 안은 그녀를 느꼈다. 익숙한 향과 체온, 그리고 빠르게 뛰는 가슴이 자신을 향해 가지 말라고 외치는 것 같았다.

하지만 그것을 애써 외면하며 말했다.

"잘 있어."

귓가에 울리는 은재의 목소리가 슬프게 느껴져 연수는 왈칵 눈물을 터트릴 뻔했다.

"잘 가."

풋풋했던 첫사랑이자 길고 지독했던 사랑아, 이젠 정말 안녕.

연수는 그 말을 끝으로 집으로 들어가 버렸다.

닫힌 문을 등지고 선 채 그녀는 애써 빠르게 뛰는 심장을 추슬렀다.

그 후로 연수는 은재를 볼 수 없었다.

장난스러운 은재의 문자와 전화도 더 이상 받을 수 없었고, 주차장에서도 그의 차를 볼 수 없었다.

그리고 끊임없이 소식을 알려 주던 텔레비전과 인터넷에

서도 그의 행적을 찾을 수 없었다.

　은재는 원래부터 존재하지 않았던 사람처럼 사라져 버렸다.

★

chapter 7

———

그럼에도
불구하고

소중한 사람이 사라졌는데도 세상은 멀쩡히 돌아갔다. 밥을 먹고, 일을 하고, 다른 누군가를 만나면서 웃고 행복해하기도 했다.

5년 전에도 그랬다. 은재가 없는 삶은 얼마 못 가 무너질 거라 생각했다. 하지만 세상은 아무렇지 않게 돌아갔다. 공부를 하고, 대학을 졸업하고, 취직까지 했다. 거기다 다정한 애인까지 생겼으니 뭐 하나 부족한 게 없었다.

그런데 이상하게 허한 마음은 가라앉지 않았다. 가슴에 구멍이라도 뚫린 것 같은 아주 형편없는 기분이었다.

"연수 씨, 홍보팀에 이 서류 좀 전해 줄래요?"

우진의 말에 연수는 서류를 들고 홍보팀으로 발걸음을 옮겼다.

벌써 은재가 사라진 지 6개월째였다. 브라운관에서도 자취를 감춘 그는 사람들의 기억 속에서 사라져 갔다.

홍보팀 문 앞에 다다랐을 때, 갑작스럽게 안에서 나오는 선영을 마주했다. 두 사람 사이에 잠시 조용한 침묵이 흘렀다.

선영은 애써 태연한 표정을 지으며 연수를 못 본 척 걸음을 옮겼다. 또각또각, 그녀의 구두 소리가 얼마 가지 않아 멈췄다.

"서연수."

연수는 작은 한숨을 쉬며 그녀를 마주했다. 선영은 무언가를 말하려다 입술을 꾹 깨물며 망설였다. 그러다 조심스럽게 입술을 뗐다.

"혹시 은재한테 연락 온 적 있어?"

뜻밖의 물음에 연수는 의아한 시선으로 그녀를 올려다보았다. 왜 은재의 연락을 자신에게 묻는 건지 이해가 가지 않았다. 함께 생활하고 있는 것은 그녀이면서.

"그럴 리가 없잖아."

담담한 목소리에 선영은 작은 헛웃음을 내뱉다 말없이 멀어졌다.

연수는 갑작스런 불안감을 느꼈다. 은재에겐 가족이나 친구가 존재하지 않았다. 같이 있을 사람이라곤 선영뿐인 그가 그녀에게마저 연락을 끊었다는 건 완벽히 혼자라는 뜻이었다.

"여기서 뭐해?"

갑작스러운 목소리에 연수는 화들짝 놀라며 자신의 어깨를 툭툭 치는 재화를 올려다보았다. 사색이 된 그녀를 본 재화가 빠르게 얼굴을 굳혔다.

"왜 그래? 무슨 일 있었어?"

"아, 아뇨. 좀 놀라서. 미팅 일찍 끝났네요?"

"응, 설득하는 데 오래 걸릴 줄 알았더니 생각보다 긍정적인 반응이더라고. 넌 왜 여기 서 있었던 거야?"

"아, 이것 좀 홍보팀에 전달하려고요."

연수는 잠시 잊고 있었던 서류를 흔들어 보이며 말했다.

서류를 전달하고 연수는 재화와 나란히 디자인3팀 사무실로 향했다.

"오늘 저녁, 우리 집에 가서 먹을래?"

"선배 집에요?"

"왜, 싫어?"

"아니, 그게 아니라…… 평소엔 밖에서 먹었으니까."

"맛있는 거 해 줄게. 장 봐서 가자."

연수가 어색하게 미소 지으며 고개를 끄덕이자 재화는 그런 그녀가 귀엽다는 듯 머리를 쓰다듬어 주었다. 그의 크고 따뜻한 손이 머리를 부드럽게 스쳤지만 그녀의 마음까지는 따스함이 닿지 못했다.

연수는 소파에 앉아 리모컨을 들고 텔레비전 채널을 이리저리 돌렸다. 그러다 한숨을 푹 내쉬며 음식 준비를 하는 재화를 바라보았다.

"도울 일 없어요, 선배?"

"거의 다 됐어요, 아가씨."

뭔가 옆에서 도와야 덜 민망할 텐데 재화는 부엌에 발도 못 들이게 하고 있었다. 연수는 고개를 돌려 거실을 훑어보았다. 재화의 분위기와 비슷한, 심플하면서도 모던한 스타일의 인테리어였다. 새삼 대학 시절, 그가 잘사는 집안의 아들이라는 소문이 떠돌던 것이 생각났다.

"연수야."

고개를 돌리자 그가 바로 앞에 서서 그녀를 내려다보고 있었다. 놀란 연수가 움찔거렸지만 그는 씩 웃으며 그녀의 팔을 잡고 부엌으로 향했다.

식탁에는 먹음직스런 파스타와 샐러드가 놓여 있었다. 음식점에서 사 온 게 아닐까 의심될 정도로 파스타는 겉모습은 물론 맛도 뛰어났다.

저녁을 다 먹고 난 후 연수는 설거지를 하겠다며 고무장갑을 꼈다. 재화가 못마땅하다는 듯 그녀를 쳐다보았지만 그녀는 애써 그의 시선을 무시하며 설거지에 집중하려 했다.

"선배."

하지만 재화가 가만히 있지 않고 자꾸만 주변을 어슬렁거리자 연수가 짜증 섞인 목소리로 그를 불렀다. 그 모습에 살짝 웃은 재화는 가까이 다가와 그녀에게 얼굴을 들이밀었다. 그리고 뒷걸음질 치려는 연수의 양팔을 꽉 잡아 도망가지 못하게 했다.

연수는 조금씩 가까이 다가오는 재화의 얼굴에 고개를 옆으로 돌려 버렸다.

뚝뚝, 고무장갑에서 물이 떨어지는 소리와 함께 잠깐의 정적이 흘렀다. 그녀는 그에게서 아무런 반응이 없자 천천히 고개를 돌렸다. 그는 이미 멀어진 뒤였다.

"너무 늦었다. 남은 설거지는 내가 할 테니까 그냥 두고 나와."

재화는 조금 화가 난 듯한 목소리로 말하곤 자신의 방으로 들어갔다. 연수는 그를 바라보며 한숨을 푹 내쉬었다.

벌써 사귄 지 6개월이 흘렀지만 그가 스킨십을 시도할 때마다 여전히 피하기만 하고 있었다. 그것이 그에게 큰 상처를 준다는 것을 알고 있었지만 어쩔 수 없었다.

재화를 좋아하고 싶었다. 평생 이 정도로 자신을 위해 주는 사람을 만나기 어렵다는 것을 알고 있었다. 하지만 마음대로 되지 않았다.

겉옷을 입고 방에서 나온 재화가 현관문 쪽으로 걸음을 옮기자 연수도 외투와 가방을 들어 그의 뒤를 따라나섰다.

연수는 말없이 운전하는 그를 힐끗 보며 가방을 든 두 손을 꽉 움켜쥐었다.

"선배, 미안……."

"하지 마."

재화의 말에 연수는 더 이상 말을 잇지 못했다.

"네가 미안하다고 하면 지금 내가 느끼는 이 감정이 진짜가 되어 버리잖아."

입안을 맴도는 미안하단 말을 삼키며 연수는 재화를 바라보았다. 화가 난 그의 모습을 보는 건 처음이었다. 화를 풀어 주고 싶었지만 어떻게 해야 될지 몰랐다.

차가 멈추자 연수는 안전벨트를 풀며 재화를 응시했다.

"들어가 볼게요."

"응."

재화는 눈길조차 주지 않은 채 대답했다. 핸들을 붙잡고 있는 그의 손에 힘이 들어가는 것이 보였다. 연수는 애써 모른 척 시선을 돌리며 차에서 내렸다. 그리고 멀어지는 차를 보며 미간을 찌푸렸다.

"바보, 멍청이……."

대체 왜 그러는 거야. 언제까지 저 사람에게 상처를 줄 생각이야.

연수는 하얀 입김을 내뱉으며 한숨을 푹 내쉬었다.

무거운 발걸음을 움직여 집 앞에 도착한 그녀는, 멍하니 고개를 돌려 은재의 집을 바라보다 6개월 전 그와 했던 작별 인사를 떠올렸다.

"잘 있어."

"잘 가."

은재가 했던 마지막 인사는 아직도 귓가에 머물러 있었고, 그를 안았을 때 느꼈던 온기도 여전히 남아 있었다. 시간이 흐르고 눈앞에서 사라지면 잊혀진다는 말은 거짓이었을까.

연수는 두 눈을 감고 손으로 얼굴을 감쌌다. 온갖 복잡한 감정이 온몸을 휘감으며 그녀를 괴롭혔다. 설렘, 슬픔, 화남, 행복이 뒤엉켜 심장을 가시처럼 찔렀다.

"제발…… 서연수."

정신 차려. 제발, 흔들리지 마. 네가 사랑해야 할 사람은 그 사람이 아냐.

몇 번이고 같은 말을 반복하며 복잡한 마음을 추스르던 찰나, 휴대폰이 울렸다. 그녀는 처음 보는 번호에 혹시나 하는 마음으로 통화 버튼을 눌렀다.

"여보세요."

휴대폰 너머로 귀에 익숙한 목소리가 들려왔다.

—나야, 서연수.

선영이었다. 갑작스런 그녀의 전화에 연수는 당황스러운 감정을 감추지 못했다.

"내 번호는 어떻게 알았어?"

—지금 궁금한 게 그거야?

"뭐?"

—전화한 이유를 궁금해해야 되는 거 아니야?

연수는 작게 한숨을 내쉬며 현관문을 열었다.

"그래, 전화한 이유가 뭔데?"

—내일 우리 회사로 와. 할 얘기가 있어.

"난 할 얘기 없는데."

—내가 있어. 그러니까 와.

"그 말 듣고 싶지 않다고, 내가."

—싫어도 와. 은재에 대한 이야기니까.

연수는 은재의 이름을 듣고 머뭇거렸다. 그것을 눈치챘는지 선영은 담담한 목소리로 말을 이었다.

—내일 저녁 8시까지 와. 내가 너한테 주는 처음이자 마지막 기회야. 다음은 없어.

선영은 자신이 할 말만 하고 전화를 끊었다. 연수는 그녀의 말을 곱씹으며 한숨을 쉬곤 집 안으로 들어섰다.

은재를 완전히 잊을 생각이라면 선영을 만나러 가지 않는 게 맞았다. 그녀는 캄캄한 거실로 걸음을 옮기며 어둠 속으로 완전히 몸을 숨겨 버렸다.

연수는 한숨을 내쉬며 고개를 들어 대표실이라는 글자가 새겨져 있는 문을 가만히 바라보았다.

　　"들어가세요. 대표님 곧 오실 거예요."

　　비서가 대표실 문을 열어 정중하게 안내하자 연수는 조심스럽게 안으로 들어섰다. 커다란 사무실 안에 혼자 남은 연수는 제 머리를 쓸어 올리며 소파에 걸터앉았다.

　　오지 않으려고 했었다. 만나 봤자 안 좋은 상황만 되풀이될 것 같았다. 그러나 마음대로 되지 않았다. 은재에 대한 이야기를 들어야만 이 불안함이 사라질 것 같은 기분에 이곳에 발을 들이고 말았다.

　　그때, 대표실 문이 열리며 선영이 모습을 드러냈다.

　　선영은 연수를 바라보며 입가에 미소를 머금었다.

　　"역시, 왔네."

　　그리고 연수의 반대편 소파에 앉아 그녀를 바라보았다.

　　두 사람은 서로를 바라보기만 할 뿐 먼저 말을 꺼내지 않았다. 연수는 무거운 분위기를 참지 못하고 선영에게 말했다.

　　"할 말 있다며. 언제까지 그렇게 입 다물고 있을 거야?"

　　"생각 중이야. 어디서부터 말을 해야 할까. 그리고 내가 지금 입을 열면 정말 후회하지 않을 자신이 있나."

선영은 미묘한 감정이 가득 섞인 얼굴로 연수를 응시하다 이내 말을 이어 갔다.

"그런데 후회할 것 같다. 평생."

"그럼 하지 마."

"아니, 그래도 할 거야. 그래야……."

'내가 은재 앞에 떳떳이 설 수 있을 것 같아.'

선영은 주먹을 꽉 쥐며 깊은 한숨을 내쉬었다. 30여 년 동안 가면을 쓰고 살아온 그녀에게 자신의 속마음을 드러내는 것은 너무도 힘든 일이었다. 하지만 오늘은 꼭 진실을 말해야 했다.

"넌 내가 부러운 적이 있었어?"

"갑자기 무슨 소리야?"

"난 네가 항상 부러웠어."

"뭐?"

"나보다 잘하는 것도, 가진 것도 없는데 모두가 널 좋아하는 게 싫었어. 노력 없이 사랑받고, 주목받는 아이였잖아, 너."

"대체 무슨 말을 하고 싶은 거야?"

연수는 뜬금없는 선영의 말을 이해할 수 없었다.

"누구에게나 친절해야 한다, 틈을 보이지 말아라, 상냥한 모습을 보여 줘라. 그렇게 교육 받았어, 난. 네가 본 우리 부모님, 인자하고 다정해 보이지만 사실 그렇게 좋은 사람들

아니야."

선영의 부모는 남들 앞에선 더없이 착한 천사의 모습을 하고 있었지만 뒤에선 그녀를 무섭게 단련시켰다. 그런 부모님의 가르침을 따라 피나는 노력을 해도 따라갈 수 없는 한 사람이 있었다.

"네가 내 앞에 나타나기 전까지 난 완벽했어. 그런데 네가 나타난 후로 갑자기 내 세상이 변했어. 그래서 너에게 거짓말을 하고 은재를 빼앗았어."

"……거짓말이라니?"

"은재가 마지막까지 그 이야기는 안 했나 보네."

선영은 무거운 한숨을 내쉬며 이마를 만졌다.

작은 거짓말이었다. 그냥 보여 주고 싶었다. 연수가 가질 수 없는 걸 자신은 가질 수 있다고 말이다. 그런데 그 일이 이렇게 커져 자신을 힘들게 할 줄은 상상조차 하지 못했다.

"나랑 은재랑 사귄다는 거 거짓말이야. 우리는 5년 전에도 지금도, 사귄 적 없어."

"뭐?"

"그때 네가 봤던 것들, 모두 다 일부러 만든 상황이야. 내가 은재한테 딜을 했거든. 은재가 널 좋아한다는 것을 알아채고, 너한테서 소중한 것을 빼앗기 위해 은재의 가족과 미래, 내가 모두 다 책임진다고 했어. 그리고 조건을 걸었지. 그 어떤 여자도 옆에 두지 말라고."

선영은 잠시 숨을 죽이다 천천히 말을 이어 갔다.

"아마 은재는 그 뒤로 너에게 고백할 마음을 접었을 거야. 넌 굳이 고백을 하지 않아도 옆에 있을 사람이고, 은재한텐 가족과 미래가 더 중요했으니까. 은재도 내가 너한테 거짓말을 했다는 건 떠나기 직전에야 알았어. 그런데 너한테 말을 안 한 걸 보면 자신의 잘못이 더 컸다고 생각했나 봐. 그 등신 같은 놈은."

선영은 이를 꽉 깨물며 얼마 전에 만났던 은재를 떠올렸다.

"주은재."

그가 눈을 깜빡이자 선영은 그제야 안도의 한숨을 내쉬었다.

"너 바보야? 이 지경이 될 때까지 왜 맞고만 있어?"

선영이 흥분하며 소리를 빽 지르자 사람들의 시선이 쏟아졌다. 도훈은 놀라 얼른 커튼을 치며 주변의 시선을 차단시켰다.

"누나, 목소리 좀 낮춰 주세요. 사람들이……."

"6개월 동안 그렇게 사람 피를 말려 놓고 진짜……."

선영은 입술을 꾹 깨물고 천천히 은재의 모습을 훑어보았다. 여기저기 맞아서 멍든 얼굴을 보자 울컥 화가 치밀어 올랐다.

"오피스텔로 가자. 네 오피스텔 아직 처분 안 했으니까."

두 눈을 끔뻑이던 은재는 몸을 일으켜 팔에 꽂혀 있는 링거 바늘을 뽑았다.

"그럴 필요 없어."
"주은재."
"그만하고 가."
"네가 이 꼴을 하고 있는데 내가 어떻게 가!"
"날 이렇게 만든 건 너야, 잊었어?"

선영은 아무 말도 할 수 없었다. 그는 원망 가득한 눈초리로 그녀를 보다 이내 고개를 돌렸다.

"미안해. 그런데, 다신 찾아오지 마. 부탁이야."

그는 그 말을 남기고 조용히 응급실을 나섰다.

완전히 다른 사람이 되어 버린 그를 보며 그녀는 연수에게 모든 것을 밝혀야 한다고 생각했다.

"은재한테 가. 난 죽어도 아니래. 네가 있어야 한대."

세상에서 누구보다 멋있었던 은재의 모습을 다시 보고 싶었다. 그러기 위해선 연수가 필요했다.

물론 언젠가 모든 것을 털어놓은 오늘을 후회하겠지만 그를 되돌려 놓는 것이 우선이라 생각했다.

연수는 5년 전 자신이 본 두 사람의 모습이 거짓이었다는 말이 믿어지지 않았다. 자신에게 끝까지 사실을 말하지 않은 은재에게 배신감을 느꼈다. 오해라고 말했다면 이렇게 모든 것이 뒤틀리진 않았을 텐데, 그가 너무나도 원망스러웠다.

"그게 다 사실이야?"

"사실이야."

"정말 네가 꾸민 일이라고?"

선영이 담담하게 고개를 끄덕이자 연수는 헛웃음을 터트렸다.

"넌 정말 내가 생각하던 것보다 더 이해할 수 없는 애구나."

"이해 같은 거 안 바래. 난 더 이상 은재가 망가지지 않기를 바랄 뿐이야."

"나한테 미안한 감정은 눈곱만큼도 없어?"

허공으로 시선을 돌리는 선영을 보며, 연수는 그녀의 사과를 들을 수 없을 거라는 생각을 했다.

"그래. 사과하지 마. 미안해하지도 마. 나도 널 평생 증오하고 미워하면서 살 거니까."

화를 억누르며 자리에서 일어서는 연수를 보고 선영이 덤덤하게 물었다.

"주은재한테 갈 거지?"

연수는 비릿한 미소를 지으며 대답했다.

"은재 이름 함부로 부르지 마. 역겨우니까."

그렇게 그녀는 선영에게서 등을 돌렸다.

은재를 5년 동안 미워하고 원망했다. 다시 만나서도 모진 말을 너무나 많이 했다. 하지만 그는 미안하다는 말만 할 뿐 변명조차 하지 않았다.

어쩔 수 없는 선택이었다고, 자신을 이해해 달라고 한마디라도 했다면 이런 사이까지는 되지 않았을까.

이마를 손으로 감싸며 복도에 주저앉았을 때 누군가가 다가왔다.

"서연수 씨."

연수는 고개를 들어 천천히 앞을 바라보았다.

"은재 형 매니저였던 김도훈이라고 합니다. 다름이 아니라 선영 누나…… 아니, 대표님께서 이 주소를 서연수 씨께 꼭 좀 전해 달라고 하셔서요."

그는 조심스럽게 쪽지 하나를 연수의 손에 쥐어 주었다.

"은재 형이 있는 곳이에요. 먼 곳에 가 있을 줄 알고 지방을 샅샅이 뒤졌는데 겨우 간 곳이 여기더라고요."

연수는 쪽지를 가만히 바라보았다. 너무나도 익숙한 주소, 은재가 할머니와 함께 살던 곳이었다. 그가 그곳에 있다는 생각에 입술 사이로 작은 웃음이 새어 나왔다.

연수는 숨을 고르고 천천히 자리에서 일어나 발걸음을 떼어 냈다.

"좋아해, 주은재."

열일곱, 그에게 처음 고백했던 그날처럼, 연수는 그렇게 그에게 달려가기 시작했다.

❖　　　❖　　　❖

은재는 불도 켜지 않고 방 안에 들어가 침대에 쓰러지듯 몸을 뉘었다. 천천히 두 눈을 감자 가느다란 팔이 자신의 허리를 감싸는 것이 느껴졌다.

"은재야."

귓가에 들리는 익숙하고 그리운 목소리에 천천히 고개를

돌리자 침대에 걸터앉아 자신을 바라보고 있는 연수가 보였다.

"서연수."

은재는 천천히 연수의 이름을 불렀다. 그러자 그녀가 입가에 미미한 미소를 머금었다.

그는 손을 뻗어 그녀의 뺨에 손을 가져다 댔다. 따스한 온기가 느껴질 줄 알았는데 아무것도 느껴지지 않았다. 그때 연기처럼 그녀의 모습이 사라졌다. 그는 허공에 올렸던 손을 내렸다. 그리고 씁쓸한 미소를 지으며 작은 한숨을 내쉬었다.

6개월 내내 눈앞에 연수가 나타났다. 집 안 어느 곳에 있어도 그녀는 항상 곁에 있었다. 하지만 손을 뻗으면 그녀는 온데간데없이 사라져 버렸다.

그제야 깨달았다. 그녀의 모습은 자신이 만들어 낸 허상이라는 것을. 지금 그녀는 다른 사람 곁에 있다는 것을.

그는 몸을 일으켜 부엌으로 가 냉장고에서 캔 맥주를 꺼냈다. 그리고 조용히 의자에 걸터앉아 맥주 한 캔을 순식간에 비워 냈다.

"너 술 못 마시잖아."

캔을 입에서 떼어 내자 또다시 연수의 목소리가 들려왔다.

걱정스런 얼굴로 자신을 바라보는 그녀의 시선에 그가 웃으며 대답했다.

"이제 네 술 상대 정돈 해 줄 수 있을 것 같은데."

말이 떨어지기 무섭게 연수가 사라지자 은재는 허탈한 미소를 지었다.

두 눈을 떴을 때 방 안은 여전히 어둠이 짙게 깔려 있었다. 머리가 깨질 듯한 두통을 느끼며 천천히 몸을 일으킨 그는 한숨을 내쉬곤 주변을 둘러보았다.

어제 마셨던 맥주 캔이 놓여진 방 안에는 술 냄새가 진하게 배어 있었다. 은재는 홀린 듯 자리에서 일어나 겉옷과 모자를 챙겨 들고 밖으로 나갔다.

진눈깨비가 내리고 있었다. 은재는 흩날리는 눈을 보며 조심스럽게 손을 내밀었다. 손바닥에 떨어진 눈들은 마치 연수의 허상처럼 닿자마자 사라졌다.

고개를 드니 자신을 안쓰럽게 바라보고 서 있는 연수의 모습이 보여 그는 피식 웃음을 지었다.

"밖에 나와서까지 이러면 진짜 곤란한데."

제대로 미친 게 맞구나.

그는 얼른 시선을 돌려 편의점으로 향했다. 모자를 조금 더 눌러쓰며 캔 맥주 몇 개를 집어 계산을 마쳤다. 그리고 밖을 나서려다 유리벽 너머로 연수와 시선을 마주했다. 금방이라도 울 것 같은 그녀의 표정에 그도 눈시울을 붉혔지만 얼른 시선을 거두고 편의점을 빠져나왔다.

과거 연수와 자주 가던 한강 공원으로 향했다. 연수는 이곳에서 술을 마시는 것을 좋아했었다. 연수가 항상 걸터앉았던 계단에 앉아 맥주를 꺼내 들었다. 한 모금을 마시려고 할 때 옆에서 인기척이 느껴졌다.

"술이네."

익숙한 목소리. 계속 자신을 쫓아다니던 그 목소리가 이번엔 더욱 또렷하게 들려왔다. 고개를 돌리자 자신을 바라보고 있는 연수가 눈에 들어왔다.

"너 술 못 마시잖아."

그는 허탈한 웃음을 지으며 캔 맥주를 꽉 쥐었다.

"자꾸 같은 말 하지 마. 너 어제도 그제도, 한 달 전에도 그 말 했었어."

중얼거리며 정신을 차리기 위해 두 눈을 감았다 떴지만 연수는 사라지지 않았다. 자신을 바라보는 그녀의 눈빛이 너무 슬퍼서 가슴이 미어지는 것 같았다.

"그런 표정 짓지 마."

"······은재야."

"네가 그런 표정 지으면, 사라질 걸 알면서도 자꾸 안아주고 싶단 말이야."

연수의 두 눈이 촉촉이 젖어 들었다.

은재가 시선을 피하며 맥주를 마시려고 하자 연수가 그의 양 볼을 감싸 안았다. 따스한 기온이 그녀의 손에서 전해져 왔다.

은재가 흔들리는 눈빛으로 연수를 바라보았다. 그녀의 눈가에 맺혀 있던 눈물이 발그스름해진 뺨 위로 흘러내렸다.

"은재야……."

울먹이는 그녀의 목소리에 가슴이 아파 손을 뻗어 눈물을 닦아 주고 싶었다. 그러나 그러면 또다시 사라질 것 같아 움직일 수가 없었다.

"넌 왜…… 내 앞에서 자꾸 울어."

은재는 조심스레 손을 올려 천천히 그녀의 뺨에 흐르는 눈물을 닦아 냈다. 그녀가 사라질 거라고 생각하며 두 눈을 감았지만 손에서 느껴지는 온기는 여전했다. 그는 눈을 떠 앞을 바라보았다.

"은재야."

항상 사라져 버리던 연수가 그대로 있었다.

"……거짓말."

생생하게 느껴지는 그녀의 온기에 정신이 바짝 든 은재는 들고 있던 캔 맥주를 떨어트렸다. 눈가에 맺혀 있던 눈물이 기다렸다는 듯 뺨을 타고 흘렀다.

"진짜, 너야……?"

떨리는 목소리로 묻자 연수가 고개를 끄덕였다. 그는 조심스럽게 그녀의 뺨에서 손을 떼고 작은 한숨을 쉬었다.

"나 여기 있는 거 어떻게 알았어?"

"선영이가 알려 줬어. 그리고 다 말해 줬어."

은재의 표정이 일그러졌다.

"무슨…… 말?"

연수는 흔들리는 시선으로 그를 바라보다 무거운 입을 열었다.

"네가 날 떠난 이유."

당황한 얼굴로 연수를 바라보던 은재가 자리에서 일어나려 했다. 그러자 연수가 차가운 그의 손을 꽉 잡으며 따라 일어났다.

"나 좀 봐 봐."

은재는 고개를 들지 못했다. 이유가 어찌 되었든 연수에게 상처를 준 자신을 용서할 수 없었다.

"……미안해."

그것밖에 할 말이 없었다. 고개를 들지 못하는 그를 보며 연수는 입술을 꾹 깨물었다. 그녀가 앞으로 한 걸음 다가오자 그는 살짝 뒤로 물러났다.

"오지 마."

경고하는 듯한 은재의 말을 무시하며 연수가 한 걸음 더 앞으로 다가섰다. 그는 고개를 흔들며 울먹이는 목소리로 말했다.

"……오지 마, 제발."

은재의 두 뺨에 눈물이 흐르자 연수는 그의 품에 뛰어들어 안겼다. 그리고 더 이상 도망가지 못하게 그의 허리를 꽉 껴안았다.

"가지 마."

연수가 울먹이며 힘겹게 입을 열었다.

"가지 마. 제발."

열일곱, 불안하게 흔들렸던 그를 보며 다짐했던 그 말이 머릿속에 떠올랐다.

"알아. 괜찮아, 안 좋아해도. 나만 널 좋아하면 되니까."

네가 날 좋아하지 않아도 괜찮다고, 그래도 널 좋아할 거라고 했는데.

"언제나 옆에 있어 줄게. 네가 힘들 때 항상 위로해 줄게. 그러니까, 나한테 기대. 은재야."

힘들 때 항상 기대라고 해 놓고선 이렇게 혼자 두고 가 버려서.

연수는 고개를 들어 은재를 바라보았다. 마르고 쇠약해진 얼굴을 조심스럽게 쓰다듬었다.

"사랑해. 주은재."

5년 동안 마음속에 꽁꽁 숨겨 두었던 그 말을 다시 꺼냈다. 마주한 두 사람의 시선은 서로에게 닿아 있었다.

은재는 연수의 목덜미를 감싸 안으며 조심스레 그녀의 입술을 파고들었다. 서로의 숨결과 체온이 입술 끝으로 전해졌다.

아주 오래전, 이곳에서 나눈 아무것도 모르던 입맞춤과는 달랐다. 지금, 두 사람은 서로의 마음이 어디를 향하는지 분명히 느끼고 있었다.

★

chapter 8

모든 행복이
너로부터
시작되려 한다

연수는 부스스한 머리를 긁적이며 침대에서 몸을 일으켰다. 그리고 주변을 둘러보다 자신의 집이 아닌 것을 깨닫고 이맛살을 찌푸리며 어젯밤 일을 떠올렸다.

"아, 맞다."

이내 입가에 미소를 지으며 침대에서 일어난 연수는 옷장 문을 열어 은재의 체취가 가득한 옷들을 바라보았다.

"크다."

그의 큼지막한 티셔츠와 바지를 입은 그녀가 거실로 나갔다.

맛있는 냄새에 고개를 돌려 부엌을 바라보자 무언가를 열심히 만들고 있는 은재의 모습이 보였다.

"꿈이…… 아니야."

신기했다. 하루에도 몇 번이고 그와 함께 있는 상상을 했는데, 지금 그것이 현실이 되어 있었다.

연수는 살금살금 은재의 뒤로 다가가 그의 허리를 감싸 안았다.

"아, 깜짝이야."

은재는 몸을 움찔거리며 뒤돌아섰다. 그리고 자신을 놀라게 한 연수를 보며 웃음을 내뱉었다.

"잘 잤어?"

나긋나긋하고 다정한 그의 목소리에 연수가 고개를 끄덕였다.

"그런데 너……."

고개를 갸웃거리던 그가 시선을 천천히 아래로 내렸다.

"너…… 바지 내려갔어."

놀란 연수는 밑을 내려다보곤 괴성을 지르며 자리에 주저앉았다.

은재가 피식 웃음을 터트리자 연수는 원망스러운 눈빛으로 그를 올려다보며 말했다.

"보지 마!"

"뭘 보지 마. 이미 다 본 건데."

"그, 그래도 보지 마!"

"이제 와서 내외하긴."

은재는 웃음을 참으며 다가와 연수를 번쩍 안아 들고는 방에 들어가 침대에 앉혔다.

"뭐하는 거야?"

의아한 목소리로 묻자 그가 옷장에서 허리에 끈이 달린 트레이닝 바지를 꺼내 내밀었다.

"그 바지 나한테도 헐렁거리는데 하필 골라도 그런 걸 고르냐."

"그런 걸 내가 알 리 없잖아."

은재는 미미한 미소를 지으며 그녀의 다리를 바지 속에 조심스럽게 집어넣었다. 그리곤 그녀의 허리를 가뿐하게 들어 일으켜 세운 후 단단히 끈으로 리본을 묶어 주었다.

"자, 이제 내려갈 일 없을 거야."

연수는 통통 제자리에서 뛰며 내려가지 않는 바지를 확인하고는 미소를 지었다.

"그러네."

"그럼 밥 먹으러 갈까?"

은재가 이끄는 대로 부엌으로 가 식탁 의자에 앉은 연수는 반찬을 하나하나 나르는 그를 빤히 바라보았다.

"봐도 봐도 신기해."

"뭐가?"

"네가 내 앞에 있는 게."

은재는 말없이 피식 웃으며 조용히 밥공기를 그녀의 앞에 내려놓았다.

연수는 이때다 싶어 그의 양 볼을 꼬집었다. 갑작스런 행동에 그가 이맛살을 찌푸렸다.

"뭐야."

"아파?"

"아프지, 그럼 안 아프겠냐."

"역시 꿈이 아니구나."

기분 좋게 웃는 연수를 보며 은재도 따라 웃었다.

아침 식사를 하는 내내 두 사람은 눈이 마주칠 때마다 미소를 지었다.

"그만 웃어."

은재가 애써 담담한 어투로 말하자 연수는 헛웃음을 내뱉으며 받아쳤다.

"자기는 꼭 안 웃는 사람처럼 말하네."

"내가?"

"지금 네 입꼬리가 이렇게 실룩거리고 있거든?"

"아닌데."

웃음을 참기 위해 입술을 깨물고 모르는 척 고개를 갸웃거리는 은재를 보며 연수가 어이없다는 듯 실소를 내뱉었다.

자리에서 일어난 그녀가 가까이 다가가 양 볼을 또다시 꼬집으려 하자 그가 가냘픈 그녀의 손목을 양손으로 움켜쥐었다.

"하지 마. 진짜 아프다고."

"어라, 안 놔?"

"네 손 진짜 매워."

은재는 꼬물꼬물 움직이며 빠져나가려는 그녀를 귀여운 듯 바라보았다. 그러다 그녀의 품에 얼굴을 묻고 중얼거렸다.

"······좋다."

나른하게 울려 퍼지는 은재의 음성이 귓가를 간질였다.

연수는 허공에 머문 두 손으로 그의 머리를 조심스럽게 쓰다듬었다. 손가락 사이로 빠져나가는 머리카락의 느낌이 꼭 강아지 털처럼 부드러웠다.

두어 번 머리를 쓰다듬자 은재가 고개를 들어 그녀를 바라보았다. 또렷하고 그윽한 두 눈에 빨려 들어갈 것만 같았다.

은재는 조심스럽게 연수의 입술에 입을 맞추었다. 따뜻하게 감싸는 그의 입술에 녹아드는 기분이었다.

그는 조금씩 깊게 파고들다 어느새 그녀의 입안을 탐닉하기 시작했다. 은재가 숨을 쉴 틈조차 주지 않고 입안 여기저기를 핥자 연수는 정신이 몽롱해져 다리에 힘이 풀렸다. 그러자 그는 자연스럽게 그녀를 자신의 무릎에 앉혔다.

잠시 숨 쉴 수 있게 시간을 준 그는 다시 옅은 미소를 지으며 입을 맞추었다.

정신없이 서로에게 집중하고 있을 때, 갑작스럽게 휴대폰

벨소리가 울렸다.

놀란 연수는 두 눈을 번쩍 뜨며 은재의 가슴을 밀어냈다.
그리고 재빠르게 일어나 총총걸음으로 방 안에 들어섰다.

밀쳐진 은재는 아쉽다는 듯 입술을 내밀며 그녀의 뒤를 따
랐다.

"야, 너 하다 말고……."

장난스럽게 투덜거리던 그는 그녀의 손에 들린 휴대폰 화
면에 떠 있는 '재화 선배'라는 글자를 보고 표정을 굳혔다.

멍하게 휴대전화를 바라보던 연수는 이내 통화 버튼을 눌
렀다.

"……선배."

낮게 가라앉은 그녀의 목소리에는 여러 감정이 섞여 있었
다. 휴대폰을 꼭 쥔 손에 단단히 힘이 들어갔다.

—지금 너희 집 앞인데 초인종을 눌러도 답이 없어서…….
자고 있었어?

"아, 그게……."

—네가 좋아하는 샌드위치 사 왔어. 이른 시간에 갔는데
도 다 팔려서 두 개밖에 없더라고.

재화의 밝은 목소리에 연수는 아무런 대답도 하지 못했다.

—그제는 내가 미안했어.

뭐가 미안하다는 것일까. 잘못은 전적으로 자신에게 있는
데. 좋아하지도 않으면서 그를 이용했다.

"미안해요, 선배."

입술만 달싹이던 연수가 힘겹게 말을 내뱉었다. 휴대전화
건너에서 그의 깊은 한숨 소리가 들려왔다.

❖   ❖   ❖

연수는 집 근처 카페로 들어서 구석에 앉아 있는 재화를
단번에 찾았다. 선뜻 다가서지 못하고 머뭇거리자 그가 옅은
미소를 지으며 그녀의 이름을 불렀다.

"연수야."

재화의 앞에 마주 앉은 연수는 고개를 들지 못했다.

조금의 시간이 흐른 후, 그는 차를 한 모금 마시고 조심스
레 찻잔을 내려놓았다.

"그 사람, 만났니?"

연수가 고개를 끄덕이자 재화는 한숨을 쉬었다.

연수의 마음이 자신에게 향하지 않는다는 것을 알면서도
그녀를 옆에 두려고 했다. 언젠가는 은재를 잊고 자신을 봐
주리라는 조금 거만한 생각도 했었다.

옆에 있어 주고 싶었다. 아픔에 휩싸여 제자리걸음만 하고
있는 그녀를 이끌어 주고 싶었다. 하지만 아무리 노력해도
그녀는 작은 틈도 내주지 않았다.

"잘됐네."

사귀고 나서도 자신이 다가갈 때마다 피하는 연수의 모습
에 원망도 했었다.

대체 왜 그 사람을 잊지 못하는 거야. 그 사람은 너에게
상처만 줬잖아.

재화는 입술 끝에서 새어 나오는 말을 삼키고 또 삼켰다.
그 말을 내뱉으면 연수가 자신을 영영 보지 않을 것만 같았
다. 하지만 그 말을 입에 담지 않아도 결국은 끝나게 될 운명
이었다.

여전히 고개를 들지 못하는 연수를 보며 재화가 말했다.

"고개 좀 들어. 회사에서도 이렇게 나랑 눈 안 마주치고
있을 건 아니지?"

장난 섞인 말투에 연수가 조심스럽게 고개를 들어 재화를
바라보았다. 그는 입가에 옅은 미소를 짓고 있었다. 그 모습
에 더욱 미안해진 연수는 입술을 꾹 깨물었다.

"헤어져도, 우리 사이는 예전과 변함없을 거야. 난 선배로
서, 상사로서 여전히 널 대할 거야. 그러니까 너도 날 그렇게
대해 줬으면 좋겠다."

"네, 선배……."

연수의 대답이 떨어지자 재화는 허한 한숨을 내뱉으며 자
리에서 일어섰다.

"나 간다. 회사에서 보자."

밝은 목소리로 마지막 말을 남기고 그는 카페 밖으로 발걸

음을 돌렸다. 혼자 남은 연수는 마른세수를 하며 두 눈을 감 았다.

재화에게 상처를 주고 싶지 않았다. 너무도 착한 사람이라 서, 얼마나 자신을 좋아하는지 알기 때문에 평생 고마워하며 그의 곁에 있고 싶었다.

하지만 고마움이 사랑이 될 수는 없었다.

김이 모락모락 날 정도로 따뜻했던 차가 완전히 식을 때 까지 그녀는 자리에서 일어나지 못했다.

연수는 축 처진 어깨로 문을 열고 집 안에 들어섰다. 그러 다 소파에 앉아 있는 은재를 보곤 이맛살을 찌푸렸다.

"너 왜 여기 있어?"

은재가 고개를 삐딱하게 들고 아니꼽게 쳐다보자 연수는 고개를 갸웃거렸다.

뭐가 저렇게 골이 난 거지?

연수는 도통 감이 오지 않아 멍하니 은재를 바라봤다. 그 러자 그가 자신의 옆자리를 툭툭 쳤다.

연수가 의아한 얼굴로 다가서자 그가 잽싸게 그녀의 팔을 잡아 소파에 눕히고 위에 올라탔다.

"뭐야, 갑자기."

연수가 당황한 채로 은재를 바라보자 그가 입술을 삐죽거 리며 대답했다.

"아주 중요한 순간에 남자 전화를 받고 나가 버리면 내 기분이 좋을까, 안 좋을까?"

연수는 그제야 재화의 전화가 오기 전, 은재와 진한 입맞춤을 하고 있었다는 사실을 떠올렸다. 그녀가 웃음을 참으며 달래듯이 말했다.

"그래서, 서운했어?"

"당연하지."

말이 끝남과 동시에 은재는 연수의 입술에 입을 맞췄다. 그녀는 자연스레 입을 벌려 그의 혀가 들어올 수 있는 공간을 만들어 주었다.

그가 그녀의 목덜미를 움켜쥐고 깊게 입속을 헤집었다.

숨이 가빠지고 정신이 몽롱해질 때쯤, 경쾌한 초인종 소리가 집 안에 울려 퍼졌다. 놀라 자리에서 벌떡 일어나던 연수가 은재의 코를 이마로 들이박았다.

그가 코를 움켜쥐고 괴로워하는 사이, 연수는 인터폰을 확인하고 후다닥 현관문으로 달려갔다.

급하게 문을 열고 나가자 인심 좋은 미소를 짓고 있는 옆집 아주머니가 서 있었다.

"안녕하세요. 무슨 일이세요?"

애써 당황하지 않은 척 연수가 미소를 짓자 옆집 아주머니가 떡을 내밀었다.

"그게, 친정어머니께서 떡을 보내서 나눠 드리려고 왔어요."

"아, 감사합니다. 잘 먹겠습니다."

"에이, 뭘요. 맛있게 드세요."

떡을 받아 든 연수는 현관문을 닫으며 한숨을 푹 쉬었다.

"어휴, 놀래라."

거실로 다시 들어서자 축 처진 어깨를 하고 고개를 숙인 채 앉아 있는 은재의 모습이 보였다. 연수는 작게 웃음을 터트렸다.

"뭐야, 또 서운해서 그러는 거야?"

그의 곁에 다가가 어깨를 감싸 안고 시선을 마주하기 위해 고개를 숙이던 그녀는 그제야 바닥에 떨어지는 핏방울을 발견했다.

"은재야, 너 피……."

연수가 놀라 그의 얼굴을 조심스레 들었다. 아까 이마로 찧은 그의 코에서 피가 흘러내리고 있었다.

"헉, 너 괜찮아?"

"아파, 엄청……."

연수는 휴지를 뽑아 얼른 은재의 코를 틀어막았다.

간신히 응급 처치를 끝낸 그녀는 코를 만지작거리며 인상을 쓰고 있는 그를 향해 피식 웃음을 내뱉었다.

"자기가 박아 놓고 웃는 건 무슨 심보야?"

퉁명스러운 목소리로 은재가 말하자 연수는 애써 웃음을 참으며 입을 열었다.

"아니, 웃기잖아. 우리가 뭔가를 하려 할 때마다 방해꾼이 나타나니까."

"난 하나도 안 웃기거든."

아쉬움이 담긴 목소리로 중얼거린 그가 슬금슬금 상체를 기울였다. 연수가 살짝 미간을 찌푸리며 물었다.

"설마, 계속 이어 가시려고?"

"왜, 그러면 안 돼?"

장난기 어린 미소를 지으며 은재가 연수의 입술 위로 가까이 다가섰다. 그녀는 피식 웃으며 고개를 좌우로 흔들었다.

점점 다가오는 그의 입술에 눈을 감으려던 찰나, 무언가가 그녀의 얼굴 위로 떨어져 내렸다.

놀라 감았던 눈을 뜨자 이번엔 반대쪽 코에서 피가 흘러내리는 것이 보였다.

"은재야, 너 또 피……."

연수는 놀란 마음에 얼른 은재를 밀어냈다. 그는 코 밑을 손으로 문지르곤 살짝 짜증이 난 듯 입술을 깨물었다.

"아씨……."

"어떡해……. 괜찮아?"

연수는 울상을 지으며 다시 휴지를 뽑아 반대쪽 코를 틀어막았다.

어이없는 상황에 이번에는 은재의 입에서도 웃음이 새어 나왔다. 연수가 따라서 웃자 은재는 언제 웃었냐는 듯 미간을 찌푸렸다.

"웃지 마. 이게 다 너 때문이잖아."

"왜 나 때문이냐? 옆집 아주머니 때문이지."

"아오, 정말……."

은재는 꽤나 상심한 듯 고개를 푹 숙였다. 그러다 갑자기 고개를 번쩍 들며 말했다.

"우리 여행 갈까?"

"……뭐?"

"아무도 우리를 방해하지 못하는 곳으로."

공항 밖으로 나온 연수는 환한 미소를 지으며 하늘을 올려다보았다.

처음 밟는 제주도 땅에 발을 동동 구르며 좋아하는 그녀를 보고 은재가 피식 웃음을 지었다.

"그렇게 좋아?"

"그럼 좋지. 난생처음 오는 여행인데."

두 사람이 함께 여행을 온 것은 이번이 처음이었다.

은재는 들뜬 연수의 어깨에 팔을 두르곤 주차장 쪽으로 걸음을 옮겼다. 그리고 렌터카에 올라타 시동을 걸었다.

차디찬 바람에 코끝이 빨개졌지만 연수는 창문을 열고 밖을 바라보는 데 집중했다.

도로 옆으로 펼쳐진 바닷가를 바라보자 시원한 바다 내음에 속이 뻥 뚫리는 것 같았다.

좋아하는 사람과 함께하는 여행에, 행복해서 이대로 시간이 멈췄으면 했다.

펜션에 도착한 두 사람은 소파에 나란히 앉아 서로를 바라보며 웃음을 터트렸다.

"이제 정말 우리 둘뿐이지?"

"응, 이제 우리 둘뿐이야."

연수는 은재의 무릎에 머리를 뉘였다. 그러자 그가 그녀의 긴 머리카락을 손으로 쓸어내렸다.

"이런 날이 오게 될 줄은 생각도 못 했는데, 신기하다."

연수의 말에 은재는 입가에 미소를 지었다. 자신도 이런 날이 올 것이라곤 상상하지 못했다.

지난 5년 동안 아무런 목표와 생각 없이 시간을 보냈다.

연수가 사라진 후 모든 것을 잃은 공허한 기분이었다. 그 감정의 이유가 세상을 떠난 할머니 때문이라고만 생각했다. 그러나 연수를 다시 만나고 나서야 할머니 때문만은 아니었다는 사실을 깨달았다.

"만약에 내가 그때 할머니를 편안히 보내 드렸다면 말이야. 우리가 이렇게 긴 시간을 돌진 않았겠지?"

"글쎄."

연수는 조심스레 고개를 돌려 은재를 바라보았다. 그리고 손을 올려 그의 뺨을 손으로 감쌌다. 따뜻한 온기가 손바닥에 감돌았다.

"만약 아무것도 하지 못하고 할머니를 보냈다면 넌 아마 살지 못했을 거야. 그냥 그대로 모든 걸 포기했겠지. 너한테 할머니는 그런 존재니까."

인정하기 싫었지만 선영이 없었다면 할머니의 수술은 꿈도 꾸지 못했을 거라고 연수는 생각했다.

만약 그녀가 아니었다면 은재는 할머니를 살리지 못한 자신의 무능력함을 평생 자책했을 것이다.

"……미안해."

"뭐가?"

"네가 나 때문에 겪은 일 모두 다."

은재는 미안한 감정을 담은 눈빛으로 연수를 바라보았다. 그때, 연수가 몸을 일으켜 그를 똑바로 바라보았다. 그리곤 주먹을 쥐고 그의 머리에 장난스럽게 꿀밤을 한 대 때렸다.

"그러니까 앞으로 나한테 잘하란 말이야."

장난스런 연수의 말에 은재가 짧게 입을 맞췄다. 쪽 하는 소리와 함께 입술을 떼며 그가 그녀의 어깨를 잡아 뒤로 밀었다.

소파에 누운 연수의 위로 은재가 조심스럽게 자리를 잡았다. 두 눈을 끔뻑거리던 연수가 무덤덤한 표정으로 물었다.

"뭐하는 거야?"

"네 말대로 너한테 잘하려고 그러지."

"이게?"

고개를 갸웃거리는 연수의 입술에 은재는 다시 짧게 입을 맞췄다. 그리곤 속삭이듯 물었다.

"……싫어?"

"아니, 그건 아닌데……."

말이 끝나기도 전에 그는 진한 입맞춤을 퍼부었다. 깊숙이 입안으로 들어오는 혀에 그녀는 몽롱해지는 것을 느끼며 그의 옷깃을 움켜쥐었다.

조용한 방에는 두 사람의 짙은 숨소리만 가득했다.

은재가 살짝 입술을 떼어 내자 연수는 말을 하려 입을 달싹였다. 하지만 그는 다시 진한 입맞춤으로 그녀의 말을 막았다.

순간 같은 긴 시간이 흐르고 연수는 살짝 은재의 어깨를 밀어냈다. 그러자 그가 가느다란 시선으로 그녀를 바라보며 몸을 천천히 일으켰다.

그때, 꾸르륵거리는 소리가 조용한 공간 안을 울렸다.

당황한 연수가 민망한 듯 동공을 굴리며 시선을 피하자 은재가 핏 하고 웃음을 터트렸다.

"그, 그래서 배고프다고, 밥부터 먹자고 말하려 했는데 네가 멈추질 않으니까……."

은재는 웃음을 참기 위해 입술을 꾹 깨물며 자리에서 일어나 연수의 손을 잡았다.

"나가자."

"어딜?"

"장 보러."

마트 지하 주차장에 차를 세우는 은재를 마음에 들지 않는 듯 바라보던 연수는 고개를 내저으며 그에게 가까이 오라는 손짓을 했다.

그는 고개를 갸웃거리며 안전벨트를 풀고 연수의 가까이 얼굴을 들이밀었다.

연수는 조수석 서랍을 열어 검은색 마스크를 꺼내 그의 얼굴을 가렸다. 그리고 후드 모자를 머리에 씌우며 끈을 단단히 조였다.

"됐다."

연수가 만족스럽게 웃자 은재는 룸미러를 통해 자신의 모습을 보며 이맛살을 찌푸렸다.

"이러고 가라고?"

"아, 잠깐."

다시 서랍을 연 연수가 선글라스까지 꺼내더니 그에게 씌워 주며 만족스럽게 웃었다.

"이러면 아무도 못 알아볼 거야."

은재는 한숨을 깊게 쉬더니 모자와 마스크를 벗었다. 그러자 연수가 입술을 삐죽거리며 소리쳤다.

"왜 빼."

"이러고 다니는 게 더 튀거든? 그냥 평소처럼 다니는 게 나아."

"그러다 내일 신문에 대문짝만 하게 열애설 나면 어쩌려고 그래?"

"그럼 더 좋지. 너랑 어디든 다닐 수 있잖아."

"미쳤네. 미쳤어."

개의치 않고 차에서 내린 그는 그녀의 어깨에 팔을 두르며 기분 좋게 웃어 보였다. 그러나 연수는 팔을 떼어 내고는 아니꼽게 그를 바라보았다.

"마트에서 스킨십 금지."

"왜?"

"알아보는 사람이 있을 수도 있잖아."

은재는 한숨을 푹 쉬다 후드 모자를 다시 뒤집어쓰고 연수의 어깨에 팔을 둘렀다. 하지만 연수는 그래도 마음에 들지 않는지 어깨로 은재의 팔을 쳐 내며 말했다.

"마스크도 써."

그가 주섬주섬 주머니에서 마스를 꺼내 쓰자 연수는 그제야 만족한 얼굴로 그의 팔을 제 어깨에 둘렀다.

"이제 가자."

기분 좋게 미소 짓는 연수를 바라보며 은재도 피식 웃음을 터트렸다.

그와 나란히 카트를 밀던 연수가 주변을 두리번거리며 무덤덤한 목소리로 물었다.

"메뉴는?"

"음, 바비큐?"

"좋다. 꼬치도 해 먹자. 파랑 당근이랑 채소들도 끼워서."

"고기만 끼워. 고기."

은재의 말에 연수가 고개를 휙 돌렸다.

"너 아직도 채소 안 먹어?"

그는 못 들은 척하며 과일로 시선을 옮겼다.

입맛이 까다로운 그는 가리는 음식도 많았다. 특히 채소는 입에도 대기 싫어했다.

"안 돼. 이제부터 무조건 먹어."

"뭐?"

"서른이나 먹었는데 아직도 편식하는 거 창피하지 않아?"

"원래 식성은 쉽게 바뀌는 게 아냐."

"바꾸는 게 좋을걸? 안 그러면 오늘 밤 소파에서 자게 될 거니까."

은재는 딸기를 집던 손을 멈추고 연수를 바라보았다. 그러나 그녀는 카트를 밀며 멀리 걸어가고 있었다.

강아지처럼 연수의 뒤를 졸졸 따라간 은재가 그녀의 어깨를 매만지며 말했다.

"장난으로 한 말이지?"

"진심인데?"

냉담한 연수의 말투에 잠시 걸음을 멈췄던 은재가 다시 쪼르르 따라오며 물었다.

"그럼 소파에서 같이 잘까?"

그녀가 걸음을 멈추고 싸늘하게 그를 응시했다.

"편식하기만 해. 아무것도 없어. 키스는커녕 손도 안 잡아 줄 거야."

까딱 잘못했다가는 여기까지 와서도 혼자 밤을 지내게 될 것 같아 은재는 조용히 미간을 구겼다.

마트에서 재료를 산 두 사람은 차에 올라탔다. 은재는 룸 미러를 통해 뒤에 놓인 많은 채소들을 바라보았다.

어렸을 때 할머니가 그의 편식을 고치기 위해 몇 번 억지로 입에 채소를 넣어 준 적이 있었다. 하지만 그럴 때마다 헛구역질을 하며 뱉어 냈었다.

은재는 바짝 마른 입술을 질끈 물었다.

"뭐해, 출발 안 하고?"

연수의 담담한 말투에, 그는 즐거울 줄만 알았던 여행에 크나큰 시련이 닥쳐오는 것을 느꼈다.

은재는 고기를 구우며 연수를 힐끗 쳐다보았다. 그녀는 콧

노래를 흥얼거리며 노릇노릇하게 익은 꼬치를 뒤집고 있었
다.

"은재야, 고기 다 익었어?"

"응, 다 익어 가."

꼬치와 고기가 한 상 맛있게 차려졌다. 두 사람은 마주 앉
아 서로를 바라보았다. 그때 연수가 꼬치 하나를 들어 그에
게 내밀었다.

"어서 먹어."

살짝 짓는 연수의 미소에 살벌함을 느끼며 그가 마른침을
삼켰다. 그리고 꼬치 가장 맨 위에 꽂혀 있는 당근을 바라보
았다.

그가 애처로운 눈빛을 보냈지만 그녀는 전혀 동요하지
않았다.

"꼭 먹어야 해?"

"응. 꼬치에 있는 채소도 다 먹어야 해."

은재의 얼굴이 새파랗게 질렸다. 하지만 먹지 않으면 이대
로 여행의 하이라이트가 재로 변해 날아갈 거라는 느낌이 들
었다.

"알겠어. 먹을게. 그 대신 조건이 있어."

"조건?"

"채소 하나씩 먹을 때마다 뽀뽀해 줘."

비장한 얼굴로 말하는 은재를 보고 웃음을 터트릴 뻔한

연수는 겨우 참으며 고개를 끄덕였다.

"좋아."

연수는 자리에서 일어나 은재의 옆에 앉았다.

"먹는다."

은재는 애써 담담하게 당근을 입속에 집어넣었다. 그리고 맛을 느끼지 않기 위해 숨을 참으며 꿀꺽 삼켰다.

당근을 삼킨 그가 웃으며 고개를 돌리자 그녀가 입술에 살짝 입을 맞춰 주었다.

"하나 성공."

은재는 으스대듯 목에 힘을 주었다.

나이를 먹으면서 입맛이 변한 건지 어렸을 때처럼 채소를 먹는다고 헛구역질이 올라오진 않았다.

몇 번의 입맞춤이 오가자 어느새 꼬치엔 당근 하나만 남아 있었다. 끝이 보이자 연수를 바라보며 어깨를 으쓱한 은재는 마지막 당근까지 입에 넣었다.

그 모습을 본 연수가 입을 맞추려고 하자 그가 손으로 그녀의 입술을 막았다.

의아한 시선으로 바라보는 연수를 향해 그가 말했다.

"마지막은 내가."

그리곤 깊게 연수의 입술을 탐닉했다. 마치 쓰디쓴 약을 먹은 뒤 달콤한 사탕을 먹는 것처럼.

저녁 식사를 끝낸 뒤, 두 사람은 소파에 나란히 앉아 맥주를 마셨다. 연수가 맥주를 마시는 은재를 신기한 듯 바라보자 그가 어깨를 으쓱했다.

"왜 그렇게 쳐다봐?"

"신기해서. 네가 술을 마시다니."

은재가 맥주를 한 모금 들이켜며 나지막한 목소리로 말했다.

"6개월 내내 들었던 소리네."

"6개월 내내?"

"응, 매번 나타나서 같은 걸 물었어."

은재는 맥주를 테이블 위에 올려놓고 연수의 무릎에 누웠다.

"밥은 먹었는지, 잠은 잘 잤는지, 술은 언제부터 그렇게 많이 마셨는지, 뭐 그런 거. 네가 그렇게 물으면 나도 모르게 손을 뻗었어."

은재는 연수를 올려다보며 그녀의 뺨에 손을 댔다.

"그럼 넌 온데간데없이 사라졌어."

연수는 뺨에 닿은 은재의 손 위로 자신의 손을 올렸다. 따스한 손의 온도가 서로에게 전달됐다.

"이젠 안 사라져. 지금 네 옆에 있는 난 진짜니까."

은재는 조심스레 몸을 일으켜 세웠다. 그리고 연수의 목덜미를 잡고 천천히 그녀에게 다가갔다.

서로의 숨결이 닿는 거리. 연수는 은재를 바라보며 조심스럽게 입을 맞췄다. 그러자 그가 기다렸다는 듯 그녀의 입술 안을 여기저기 헤집어 놓기 시작했다.

두 사람의 타액이 뒤엉키고 숨소리가 거칠어졌다. 은재는 가만히 입술을 떼고 연수를 바라보았다.

"이젠 무슨 일이 있어도 헤어지지 말자."

작게 중얼거리는 은재의 말에 연수는 미소를 머금으며 고개를 끄덕였다.

"사랑해."

낮게 울려 퍼지는 듣기 좋은 목소리가 연수의 귓가를 간질였다.

그는 다시 연수의 목을 끌어안으며 입술을 집어삼켰다.

긴긴 시간을 돌아왔다. 너무 멀리 떨어져서 더 이상 만날 수 없을 거라고 생각했지만 끝내 다시 만나게 되었고 사랑을 시작했다. 서로를 그리워했던 것만큼 뜨겁고 격렬하게.

❖　　　❖　　　❖

누군가가 볼을 꾹꾹 누르는 느낌이 들어 연수는 인상을 찌푸리며 눈을 떴다.

바로 앞에서 씩 미소를 짓고 있는 은재가 보였다.

연수가 고개를 돌리려고 하자 그는 그녀의 머리를 움켜쥐고 짧게 입을 맞추며 중얼거렸다.

"굿모닝."

연수는 픽 웃음을 지으며 시계를 봤다. 아직 새벽 4시밖에 되지 않은 걸 확인한 그녀가 그의 품으로 파고들며 말했다.

"뭐야, 더 잘래."

"너 진짜 괜찮겠어?"

"뭐가?"

두 눈을 감은 채 계속해서 품속으로 파고들자 은재가 그녀의 머리를 쓰다듬으며 말했다.

"오늘 월요일인데."

그 말에 연수는 당혹감이 가득한 얼굴로 자리에서 벌떡 일어섰다. 그리고 침대 밑에 널브러진 옷을 빠르게 입으며 소리질렀다.

"그걸 이제 말하면 어떡해! 미쳤나 봐."

"걱정 마. 7시 비행기 표, 예매해 뒀으니까."

"정말?"

"내가 다 준비해 놨어."

은재가 으스대듯 말하자 연수가 폴짝 뛰어와 그에게 안기며 온 얼굴에 입을 맞추었다.

"역시 주은재. 고마워, 내 애인."

연수는 웃으며 욕실로 향했다. 멀어지는 그녀를 보던 은재의 입가에도 이내 미소가 피어났다.

375

시간에 맞춰 비행기에 올라탄 두 사람은 안도의 한숨을 내쉬며 서로를 바라보았다.

"나 정말 오늘이 월요일인 줄 꿈에도 생각 못 했어."

"나 없었으면 어쩔 뻔했어."

"그러게."

연수는 기분 좋은 미소를 지으며 은재의 팔에 팔짱을 꼈다. 그리고 그의 어깨에 얼굴을 기대고 손을 잡으려 했다.

그러다 들려오는 사람들의 수군거리는 소리에 움찔거리며 행동을 멈추었다.

"저 사람, 주은재 아니야?"

"누구?"

"저기, 여자랑 팔짱 끼고 있는 저 남자."

연수가 굳은 표정으로 팔짱을 빼자 은재가 어리둥절한 표정을 지었다.

"왜 그래?"

"얼른 선글라스 써."

"뭐?"

"선글라스 쓰라고."

그녀가 다급한 목소리로 말하자 그제야 그가 주위를 두리번거렸다. 그리고 사람들의 시선을 의식하며 얼른 선글라스를 썼다.

"주은재 맞네."

"선글라스 쓰니까 확실하네."

그는 낮게 욕을 내뱉으며 고개를 숙였다.

"큰일 아니야?"

"괜찮아. 설마 기사 나겠어?"

"손은 좀 놓고 가는 게 좋지 않을까?"

"이래야 빨리 가. 얼른 택시부터 타자."

비행기에서 내린 두 사람은 헐레벌떡 짐을 챙겨 게이트를
향해 뛰었다. 재킷으로 얼굴을 가린 연수는 은재의 손에 끌
려가다시피 했다.

게이트 문이 열리자 갑작스레 터지는 플래시에 연수는 인
상을 찌푸렸다. 그리고 잔뜩 깔린 카메라와 기자들에 놀라
휘둥그레진 눈으로 주변을 살폈다.

"이것 참……."

은재는 당황한 듯 중얼거리며 연수와 맞잡은 손에 더욱 힘
을 주었다.

여기저기에서 쏟아지는 기자들의 질문 세례에 그는 어색
하게 미소 지으며 그녀를 자신의 뒤로 숨겼다.

❖   ❖   ❖

두 사람은 결국 열애설 기사의 주인공이 되었다.

6개월 동안 별다른 활동을 하지 않았음에도 불구하고 그의 연애에 대한 사람들의 관심은 뜨거웠다.

연수는 은재의 만류에도 불구하고 출근을 강행했다.

공항에서 일반인들이 몰래 사진을 찍은 바람에 그녀의 얼굴은 이미 인터넷 사이트 이곳저곳에 퍼져 있었다.

"안녕하세요."

조심스레 디자인3팀 사무실 문을 열고 들어서자, 둥글게 모여 이야기를 나누고 있던 직원들이 그녀를 보자마자 귀신이라도 본 듯 눈을 크게 떴다.

"정말 주은재랑 사귀는 거예요?"

해리의 질문에 연수가 당황하며 어색하게 미소 짓자 우진이 가까이 다가왔다.

"아니죠? 연수 씨, 우리 팀장님이랑 사귀는 사이죠?"

"아, 저……."

초롱초롱하게 빛나는 해리와 우진의 시선에 뭐라고 대답을 해야 할지 몰라 망설이던 그때, 뒤에서 헛기침 소리가 들려왔다.

"좋은 아침입니다. 다들."

생글생글 웃으며 인사를 건네는 재화의 모습에 팀원들은 당황하며 서로의 눈치를 살폈다.

"아침 회의 준비하죠?"

"아, 네. 그래야죠."

"10분 뒤에 바로 시작할게요. 아, 그리고 서연수 씨는 나 좀 봐요."

연수는 재화의 뒤를 따라 조용히 팀장실에 들어갔다. 아무 말 없이 문 앞에 서 있는 그녀를 보며 그는 얕게 한숨을 내뱉었다.

"누가 잡아먹어? 왜 그렇게 서 있는 거야."

평소처럼 부드러운 그의 목소리에 연수는 미안함을 느꼈다.

재화와 헤어진 지 얼마 되지도 않아 공개적으로 열애설이 났으니 그에게 정말 못 할 짓을 했다는 생각이 들었다.

"선배, 정말 죄송해요."

연수는 입이 열 개라도 할 말이 없다는 듯 입술을 깨물며 고개를 숙였다. 그러자 재화는 가까이 다가오더니 콩 하고 그녀의 이마를 때렸다.

"그런 모습 보이면 내가 더 마음이 아픈데. 날 생각해서라도 아무 일 없었던 것처럼 대해 주면 안 될까?"

이렇게 착한 그에게 상처를 줬다는 미안함에 연수는 눈시울을 붉혔다. 그리고 눈물을 꾹 참으며 애써 미소 지었다.

"네, 선배."

만족스럽다는 듯이 웃은 재화는 자연스럽게 연수의 어깨 위에 손을 올리려다 행동을 멈췄다.

"일단 오늘은 사람들한테 아무 말도 하지 마. 기자들이 아직 네 신상에 대해선 자세히 모르는 것 같더라. 만약 상황이 악화되면 그때 다시 얘기하자."

연수는 고개를 끄덕이곤 팀장실에서 나왔다.

회의 준비를 하던 해리와 우진의 시선이 느껴졌지만 모르는 척하며 자리로 갔다.

❖   ❖   ❖

재화의 말처럼 기자들이 아직 정확한 정보를 알진 못했는지 회사 앞에 모여들거나 하진 않았다.

정신없는 하루를 보낸 연수는 한숨을 내쉬며 현관문을 열고 집 안으로 들어섰다. 그리고 앞치마를 입고 국자를 들고 있는 은재를 멍하니 바라보았다.

"어, 왔어?"

자신의 집인 것마냥 자연스레 인사하는 그를 보며 연수가 헛웃음을 내뱉었다.

"너 뭐야. 집에 간 거 아니었어?"

"기자들이 진을 치고 있어서 들어갈 수가 없더라고."

"그럼 연락을 했어야지! 아주 여기가 자기 집인 줄 알아."

연수가 발을 구르며 소리치자 그가 국자를 내밀며 씩 웃었다.

"먹어 봐."

연수는 입을 삐죽거리다 이내 그가 내민 국물을 맛보았다. 짜지도 싱겁지도 않게 간이 잘 배어 있는 해물탕이었다.

"맛있다."

은재는 연수의 대답에 만족스러운 듯 웃었다.

두 사람은 식탁에 마주 앉아 저녁 식사를 함께했다.

조용히 밥을 먹던 연수는 은재를 힐끗 보며 조심스럽게 입을 열었다.

"그런데 너 어떻게 할 거야?"

"뭘?"

"열애설 말이야."

"시간이 지나면 잠잠해지겠지. 지금 내가 활동을 하는 것도 아니니까."

"그래서 가만히 있을 거야?"

"그래야지. 공식적으로 인정하면 너한테도 피해가 갈 거야."

연수가 고민이 가득한 얼굴로 밥을 깨작거리자 은재는 손을 뻗어 그녀의 이마를 검지로 툭 밀었다.

"밥그릇에 코 박겠다. 걱정하지 마. 열애설은 누구나 나는 건데, 뭐."

"그러게 내가 손은 잡지 말자니까."

은재는 툴툴거리는 연수를 귀엽다는 듯 바라보았다. 그러다 자리에서 일어나 그녀를 번쩍 안아 들었다. 놀란 연수가 발버둥 쳤지만 개의치 않고 소파로 향했다.

은재가 다가와 입을 맞추자 놀란 연수는 그의 어깨를 밀어내며 소리 질렀다.

"야, 아직 밥 다 안 먹었어!"

"밥은 나중에."

"주은재!"

"그러게 누가 귀여운 표정 지으래?"

손가락으로 연수의 코를 톡 건드린 은재가 다시 입을 맞추려고 했다. 그러자 연수가 재빨리 손을 뻗어 그의 입술을 막았다.

"우리 씻고 나서 하자, 응?"

달래는 듯한 연수의 말에도 그는 단호히 고개를 저었다. 다시 다가가려는 그때 시끄럽게 휴대폰이 울렸다.

은재가 미간을 잔뜩 찌푸리자 이때다 싶어 연수는 그를 밀어내고 소파에서 몸을 일으켰다.

"이거 네 휴대폰 소리지?"

연수는 부엌으로 가 식탁 위에 있던 그의 휴대폰을 집어들었다. 액정에는 도훈의 이름이 떠 있었다.

"은재야, 매니저…… 전화데?"

연수가 휴대폰을 내밀자 그는 망설이지 않고 통화 거절 버튼을 눌렀다. 하지만 곧바로 또다시 전화벨이 울렸다.

자꾸만 걸려 오는 전화에 은재가 인상을 찌푸리자 연수가 얼른 통화 버튼을 눌렀다. 그리곤 친절히 그의 귀에 휴대폰을 가져다 대 주며 씩 미소를 지었다.

"여보세요."

어쩔 수 없다는 듯 은재가 억지로 입을 뗐다.

—아, 형! 전화를 왜 이렇게 안 받아요.

기차 화통을 삶아 먹은 듯한 도훈의 목소리에 은재는 휴대폰을 귀에서 떼어 냈다.

"너랑 나랑 무슨 할 말이 남아서 자꾸 전화질이야."

—제가 전화할 때는 그럴 만한 이유가 있는 거예요.

"그래서 이번에는 또 무슨 일인데."

—형, 인터넷이나 텔레비전 안 보셨죠?

"열애설로 시끄러울 텐데 그걸 왜 보고 있어."

—하, 그러실 줄 알았어요. 형, 지금 텔레비전 좀 켜 보실래요?

"왜?"

—아, 좀 틀어 봐요.

짜증 섞인 도훈의 목소리에 은재는 거실로 걸어가 텔레비전을 켰다. 마침 뉴스가 나오고 있었다. 시큰둥하던 은재의 시선에 익숙한 집 한 채가 들어왔다.

—소속사가 없는 주 씨에게 열애설의 진상을 확인하기 위해 기자

들이 그의 거처를 찾았는데요. 그곳 주민들에게 평소 주 씨가 알코
올중독 증세를 보였다는 말을 들을 수 있었습니다.

알코올중독이라는 말에 은재는 믿을 수 없다는 듯 두 눈을
깜빡였다.

—주 씨는 지금 거처에 머물고 있지 않은 상태지만 그의 집 앞에
널브러져 있는 술병과 주민들의 증언으로 보아……

은재는 텔레비전의 전원을 끄고 휴대폰 너머 도훈에게 말
을 했다.

"이게 다 무슨 소리야?"

—저도 보고 깜짝 놀랐다니까요. 형 집이 워낙 보안에 취
약하잖아요. 그래서 기자들이 창문으로 집 안까지 들여다본
모양이에요. 그런데 술병이 많으니까……

은재는 한숨을 푹 내쉬며 마른세수를 했다. 연수는 당황한
표정으로 그를 걱정스럽게 쳐다보았다.

그때, 수화기 너머로 도훈의 목소리가 들렸다.

—형, 그래서 말인데요. 지금 잠깐 만날 수 있어요?

❖   ❖   ❖

연수는 커피 두 잔을 들고 와 거실 소파에 나란히 앉은 도
훈과 은재의 앞에 놓아 주었다.

"아이고, 감사합니다. 형수님."

"야."

은재가 정색을 했지만 도훈은 개의치 않는 듯 싱글벙글 미
소를 지었다.

"그럼 난 방에 들어가 있을게."

연수는 어색하게 웃으며 방으로 발걸음을 옮겼지만 방문
은 닫지 않고 그들의 말에 귀를 기울였다.

"그래서 할 말이 뭔데?"

도훈은 가방에서 서류 봉투 하나를 꺼내 내밀었다. 그는
미간을 찌푸리며 그것을 바라봤다.

"형, 지금 매우 위험한 상황인 거 아시죠? 형 케어해 줄 사
람이 아무도 없잖아요. 알코올중독이라는 이상한 말까지 도
는 상황에서 혼자 계시는 건 진짜 위험해요."

"그래서?"

"계약서예요. 조건은 저번보다 훨씬 더 좋아요. 집은 오피
스텔로 다시 들어가시면 되고요. 루머도 열애설도 모두 저희
쪽에서 알아서 처리하고, 형 다시 연예계 재기하는 것도 문
제없이……."

"안 해."

"……네?"

"너희 소속사랑 계약 안 한다고."

"형, 그렇게 감정적으로 결정할 문제가 아니라니까요. 이 방법밖에 없는 거 잘 아시잖아요. 안 그러면 다신 연예계에 발 못 들일 수도 있어요."

"안 하면 되지. 연예인."

은재도 도훈의 말이 모두 맞다는 것을 잘 알고 있었다. 하지만 선영과 다시 손을 잡고 일할 수는 없었다.

"할 말은 끝난 것 같다. 이제 그만 가."

도훈은 긴 한숨을 내뱉으며 서류 봉투를 챙겨 들고 발걸음을 옮겼다.

달칵, 현관문이 닫히는 소리에 연수는 방에서 나와 걱정스럽게 은재를 바라보았다.

"은재야."

연수의 목소리가 불안한 듯 떨리자 은재는 미소를 지으며 그녀의 머리를 쓰다듬어 주었다.

"너 진짜 이번 일로 영영 일 못 하게 되면 어떡해?"

은재는 심각한 얼굴을 하고 있는 연수의 볼을 살짝 꼬집었다. 그리고 그녀의 볼을 쭉 늘어뜨리며 큭큭 웃음을 터트렸다.

"뭐야."

"너무 무섭잖아. 네 표정이."

"심각한 상황이니까 그렇지. 다신 일 못 할지도 모른다잖아."

"……뭐, 그럼 그만두고 다른 일 찾으면 돼."

"은재야."

연수의 손에 힘이 들어갔다. 은재는 그런 그녀의 손을 잡으며 담담하게 말했다.

"어차피 처음부터 내 의지로 시작한 일도 아니었고, 재기못 한다고 해도 너한테 해가 되는 사람과 손잡고 싶은 마음은 추호도 없어. 그러니까 걱정 마."

은재는 연수를 끌어안고 부드럽게 등을 쓸어 주었다. 하지만 그의 손길에도 불구하고 여전히 연수의 표정은 어두웠다.

❖   ❖   ❖

은재에 대한 나쁜 소문은 점점 확산되어 갔다.

하지만 그는 아무렇지 않은 듯 연수의 집에서 생활했다. 아침에는 출근하는 연수를 배웅했고 저녁에는 맛있는 식사를 차려 놓고 반겨 주었다.

연수도 그와 함께 시간을 보내며 그 어떤 날보다 행복해했다.

"어? 새 드라마인가 보네."

주말 저녁, 은재는 연수의 무릎에 누워 드라마를 시청하고 있었다. 빠른 전개와 긴박한 사건 진행에 두 사람은 눈을 떼지 못하고 집중했다.

"재밌다. 그치?"

은재는 대답이 없었다. 무덤덤하게 다음 회 예고편을 보던 그는 리모컨을 들어 채널을 돌렸다.

그런 은재를 빤히 바라보던 연수는 검지로 툭 그의 볼을 찌르며 조심스레 입을 열었다.

"연기하고 싶어?"

은재가 시선을 피하자 연수는 그의 얼굴을 두 손으로 잡았다.

"말해 봐. 다시 연기하고 싶은 거야?"

"아니, 별로. 벌써 12시네. 너 내일 출근해야 하잖아. 얼른 자자."

그는 그렇게 말하고 방 안으로 들어가 버렸다.

"말 돌리기는."

연수가 한숨을 푹 내쉬며 작게 중얼거렸다.

누가 봐도 연기를 하고 싶어 하는 것 같은 그의 모습이 신경 쓰였다.

❖   ❖   ❖

연수는 집 근처 카페에 앉아 누군가를 기다렸다. 따뜻한 유자차를 한 모금을 마시자 작은 종소리와 함께 기다리던 사람이 모습을 드러냈다.

"도훈 씨!"

연수는 문 앞에서 두리번거리고 있는 도훈을 향해 반갑게 손을 흔들었다.

"죄송해요. 제가 조금 늦었죠?"

"아니에요. 저도 방금 왔는걸요. 미리 커피 시켜 놨는데 괜찮으시죠?"

"아, 네. 감사합니다."

커피를 한 모금 마신 도훈은 연수를 힐끗 보며 조심스럽게 입을 열었다.

"그런데 저를 왜……. 혹시 은재 형이 마음을 돌린 건가요?"

"아, 그건 아니고요. 물어볼 게 있어서요."

"아하……."

연수는 그를 바라보며 걱정스럽게 말했다.

"저, 그때 하셨던 말씀 들었는데요. 정말 소속사에 들어가는 것 말고 은재가 재기할 수 있는 방법이 없는 건가요?"

"뭐, 그렇죠. 저희만큼 확실하게 은재 형을 커버해 줄 수 있는 소속사가 드물어요. 이미지도 안 좋아진 상태라 지금은 형을 데려가려는 소속사도 없을 거고요."

연수는 수긍하는 듯 고개를 작게 끄덕였다.

"저 형수님, 아니, 연수 씨랑 선영 누나 관계 어느 정도 들어서 대충은 알아요. 그래서 형이 다시 선영 누나랑 안 엮이려고 하는 것도 이해가 되고요. 그런데 형을 연예계에 재기시키려면 어쩔 수 없어요. 연수 씨도 꺼려한다는 거 잘 알지만 그래도 염치 불구하고 부탁드릴게요. 은재 형을 위해서 설득 좀 해 주세요."

연수는 선뜻 대답할 수 없었다. 선영에 대한 사그라지지 않는 배신감과 미움이 마음을 혼란스럽게 만들었다.

"은재 형 연기하는 거 되게 좋아해요. 입으론 별로 안 좋아한다고 말하지만 캐릭터 분석하는 거 보면 확실히 열정이 있는 게 느껴지거든요."

연수도 진지하게 드라마를 보는 은재의 시선에서 그가 얼마나 연기를 좋아하는지 알 수 있었다.

그녀는 무릎 위에 올린 두 손을 꽉 쥐고 흔들림 없는 목소리로 말했다.

"알겠어요. 제가 설득해 볼게요."

집 안에 들어선 연수는 발소리가 나지 않게 살금살금 걸어 소파에 누워 잠이 든 은재에게 다가갔다. 그리고 익살스런 표정을 지으며 봉투에서 차가운 캔 맥주 하나를 꺼내 그의 볼에 가져다 댔다.

차가운 느낌에 은재가 몸을 움찔거리며 두 눈을 떴다.

"뭐야. 깜짝 놀랐잖아."

연수가 눈앞에 맥주를 흔들어 보이자 은재는 몸을 일으켜 그것을 받아 들었다.

"저 알코올중독자인데 이런 거 막 줘도 되는 겁니까?"

장난스런 질문에 연수가 킥킥 웃으며 대답했다.

"제가 주은재라는 사람을 조금 아는데 저보다도 술을 못 하는 사람이에요. 애기 입맛이라."

"누가 누구 보고 애기 입맛이래. 커피도 못 마시는 게."

"나 커피 마실 줄 아는데?"

"저도 술 마실 줄 알거든요?"

은재는 피식 웃으며 캔을 따 맥주를 들이켰다. 그리곤 연수를 지그시 바라보며 나긋나긋한 목소리로 말했다.

"너, 무슨 일 있지?"

연수는 입가에 미소를 지우고 그의 목을 끌어안았다. 그리고 어깨에 얼굴을 파묻어 따뜻한 온기를 느꼈다.

"은재야."

"뭐야, 무슨 일인데?"

은재는 애써 밝게 미소 지으며 연수를 바라보았다.

"선영이 소속사랑 계약해."

그가 입가의 미소를 지우며 표정을 굳혔다.

"무슨 소리야, 그게."

"말 그대로야. 재기하는 길은 그 방법밖에 없잖아."

"안 한다고 했잖아. 재기고 뭐고 필요 없다니까."

"거짓말."

더 이상 듣기 싫다는 듯 은재가 자리에서 일어나자 연수가 그의 팔을 잡았다. 그는 깊은 한숨을 내쉬며 뒤돌아 그녀를 바라보았다.

"나 연기 안 해도 괜찮다고. 서선영이 너한테 무슨 짓을 했는지 뻔히 아는데 어떻게 다시 같이 일을 하라는 소리가 나와?"

은재는 연수에게 다신 상처를 주고 싶지 않았다. 그런데 그녀가 자꾸만 선영에게로 등을 떠밀자 화가 나 저절로 언성이 높아졌다.

"나도 싫어. 네가 선영이랑 엮이는 거. 그런데 네가 나 때문에 좋아하는 일을 포기하는 건 더 싫어."

진심이 가득한 연수의 눈빛을 본 은재는 입술을 잘근 깨물었다.

"널 다시 만나고 다짐한 게 있어. 너에게 상처 주는 일은 절대 하지 않을 거라고."

"나도 마찬가지야. 너와 함께 행복한 시간들만 보낼 거라고 맹세했어. 네가 행복하지 않으면 나도 행복하지 않아. 그러니까 네가 좋아하는 일, 포기하지 마."

연수가 은재의 가슴에 얼굴을 묻었다. 그러자 그가 짙은 한숨을 내뱉으며 그녀를 안아 주었다.

작은 몸으로 항상 자신의 버팀목이 되어 주는 연수를 놓치고 싶지 않았다. 더욱 강해져서 그녀가 다치지 않도록 곁에서 지켜 주고 싶었다.

❖   ❖   ❖

선영과 마주 앉은 은재는 별다른 표정의 변화를 보이지 않았다.

그를 보던 선영도 무감정한 얼굴로 계약서를 내밀었다.

"꼼꼼히 읽어 봐. 혹시나 부족한 사항 있으면 추가해도 좋고."

마지막 장까지 꼼꼼하게 살펴본 은재는 펜을 들고 잠시 망설였다. 이곳에 사인을 하게 되면 앞으로 소속사 대표인 선영과 마주치는 일이 많아질 것임을 잘 알고 있었다.

그는 숨을 크게 들이쉬며 펜을 꽉 쥐었다. 그리고 사인을 했다.

"이렇게 결국 다시 돌아왔네."

"어쩔 수 없는 선택인 거 너도 알잖아."

"그래. 알지."

"되도록 너랑 마주치는 일은 없었으면 좋겠어. 물론 어쩔 수 없이 마주쳐야 하겠지만."

선영이 그의 말에 웃음을 지었다. 그러자 그는 기분이 나쁘다는 듯 살짝 미간을 찌푸렸다.

"왜 웃어?"

"아니, 그냥 변한 네 모습이 신기해서. 그리고 걱정할 필요 없어. 나 다음 주부터 이 회사 대표 아니니까."

무슨 말인지 이해가 가지 않아 굳어 있자 그녀가 어깨를 으쓱했다.

"앞으로 도훈이가 이 회사 대표로서 잘해 줄 거야. 아, 아직 도훈이는 자기가 대표 된 거 모르니까 입조심해 주고."

"넌?"

"글쎄. 여기저기 여행 좀 다니면서 쉬려고. 그동안 너무 힘들었거든."

생각지도 못한 말에 은재는 아무런 대답도 하지 못했다. 그러자 선영이 웃으며 자리에서 일어나 손을 내밀었다.

"고마웠어, 주은재."

가만히 그 손을 바라보던 은재가 자리에서 일어나 선영의 손을 맞잡았다.

따스한 온기가 느껴지자 그녀는 왠지 눈물이 날 것만 같았다.

그날 이후로 누구도 선영을 볼 수 없었다.

돌연 은퇴 선언을 하고 사라진 그녀는 그렇게 사람들의 기억 속에서 서서히 잊혀져 갔다.

❖   ❖   ❖

연수는 마주 앉아 있는 광고기획 최 팀장을 노려보며 숨을 들이쉬었다.

"포기하시는 게 나을 텐데요, 팀장님."

"연수 씨나 깔끔하게 포기하지 그래? 어차피 나한텐 안 될 것 같은데."

이번엔 절대 지지 않을 자신이 있었기에 연수는 가소롭다는 듯이 코웃음을 쳤다.

연수가 오른손을 테이블 위에 올리자 최 팀장이 그녀의 손을 맞잡았다. 직원들은 승부욕에 불타오르는 두 사람의 모습을 집중해서 바라보았다.

마주 잡은 두 사람의 손 위로 자신의 손을 올린 재화가 호루라기를 힘차게 불었다.

막상막하의 힘 대결에 어느 쪽으로도 팔이 기울어지지 않고 한가운데 딱 멈춰 있었다. 두 사람의 얼굴이 점점 붉게 달아올랐다.

"연수 씨, 힘내요!"

"팀장님, 파이팅!"

연수는 이를 악물고 왼쪽으로 힘을 가했다. 점점 그녀가 힘을 주고 있는 방향으로 팔이 기울었다. 최 팀장의 얼굴에 조금씩 당혹감이 스치더니 이내 손등이 테이블에 닿았다. 그와 동시에 디자인3팀 직원들은 서로를 얼싸 안고 기뻐했다.

"연말 팔씨름 대회 우승자는 디자인3팀 서연수 씨!"

사회자의 말에 최 팀장은 짜증을 내며 대회장을 나갔다. 그녀의 뒤를 따라 광고기획팀 직원들도 유유히 사라졌다.

우승 트로피를 들고 근처 술집으로 향한 디자인3팀은 술잔을 부딪치며 큰 소리로 건배를 외쳤다.

우진이 흥분한 목소리로 자리에서 일어나 말했다.

"와, 진짜 최 팀장님 꺾을 사람은 평생 안 나올 줄 알았는데. 연수 씨가 해낼 거라곤 꿈에도 생각 못 했어요."

"맞아요. 진짜 팔 힘 짱이다. 팔씨름 연습해요?"

연수는 해리의 질문에 놀라 맥주를 입에서 뿜었다.

반대편에 앉아 있던 해리와 우진이 인상을 찌푸리자 그녀가 어색하게 웃으며 대답했다.

"뭐 그런 걸 연습해요. 그냥…… 하다 보니 이렇게 된 거죠."

연수는 승부욕 하나는 타고난 사람이었다. 작년 결승에서 팀장에게 진 그녀는 한동안 분해서 잠도 제대로 자지 못했다. 그래서 올해에는 날짜가 다가오기 시작하자 밤마다 팔씨름 연습을 강행했다.

"맞다. 우리 청첩장 나왔어요."

해리가 가방에서 청첩장을 꺼내 나누어 주자 연수는 기분 좋게 미소 지었다.

'신랑 천우진, 신부 이해리'라고 쓰여 있는 청첩장을 보며 그녀는 자신의 일인 듯 기뻐했다.

"정말 축하해요. 전 처음부터 두 분이 잘될 줄 알았어요."

해리가 싱글벙글 웃으며 우진의 팔에 팔짱을 끼자 도희가 잔뜩 골이 난 표정으로 그런 두 사람을 바라보았다.

"두 사람 결혼 정말 축하하고, 오늘은 연수 씨가 따낸 우승비로 죽도록 마셔 봅시다!"

재화의 호탕한 외침에 다섯 사람은 맥주잔을 부딪치며 웃었다.

기분 좋게 맥주를 들이켠 연수가 빈 잔을 테이블에 내려놓자 주머니에서 휴대폰 진동이 울렸다.

연수는 눈치를 보며 얼른 은재에게서 온 문자를 확인했다.

〈나 지금 서울 도착했는데.〉

그녀는 씩 웃으며 재빠르게 답장을 보냈다.

〈난 지금 팔씨름 대회 이겨서 회식 중인데.〉

얼마 지나지 않아 또 휴대폰 진동이 울렸다.

〈이틀 만에 돌아온 애인 얼굴 보러 안 오실 겁니까?〉
〈안 돼. 나 오늘은 진짜 죽도록 마셔야 한단 말이야.〉

〈서연수, 너 이러기야?〉

짜증 섞인 은재의 문자에 연수는 배시시 미소를 지으며 마지막 답장을 보냈다.

〈그렇게 내가 보고 싶으면 회식 끝날 때까지 기다리시든가.〉

그 뒤로 연수는 휴대폰을 보지 않은 채 계속 술을 마셨다. 새벽 3시가 다 되어서야 모두들 술에 취한 채로 술집에서 나왔다.

우진과 해리는 같이 택시를 타고 사라졌고, 술에 취해 몸을 가누지 못하는 도희를 들쳐 멘 재화는 걱정 어린 시선으로 연수를 바라보았다.

"정말 혼자 갈 수 있어?"

"걱정 마요. 나 이 정도로 안 취하는 거 알면서. 대리님 안전하게 모셔다 주세요."

여전히 걱정스런 눈빛을 보내던 재화는 이내 길 반대편에 서 있는 누군가를 발견하고 입가에 웃음을 지었다.

"그래, 알겠다. 조심히 들어가."

"네, 선배."

실없이 웃는 연수를 못 말리겠다는 듯이 바라보던 재화까지 택시를 타고 사라졌다.

멀어지는 택시를 향해 손을 흔들던 연수는 술기운을 떨치기 위해 고개를 좌우로 저었다. 그러다 휴대폰이 울리는 것을 느끼곤 전화를 받았다.

"여보세요."

—아주 술에 떡이 되셨네.

"어, 어떻게 알았어? 나 떡 된 거?"

—목소리만 들어도 알겠거든요? 발음은 다 꼬여서.

"아닌데? 나 진짜 완전 멀쩡한데? 딸꾹."

연수는 갑작스런 딸꾹질에 놀라 손으로 입을 틀어막았다. 그 소리에 은재가 웃음을 터트렸다.

"웃지 마. 주은재."

뾰로통한 표정으로 연수가 고개를 들어 반대편 인도를 바라보았다. 그러자 익숙한 누군가가 자신을 바라보고 서 있는 것이 보였다.

"은재야!"

신이 난 표정으로 연수가 도로 쪽으로 발걸음을 옮기자 은재는 얼굴을 굳혔다.

—야, 야, 잠깐만. 신호 안 바뀌었잖아.

은재의 말에도 연수는 헤벌쭉 웃으며 그를 향해 달렸다. 도로는 한적했지만 쌩하니 앞을 지나가는 차들이 있었기에 위험했다.

"야, 서연수!"

그가 버럭 소리치자 연수가 도로 한복판에 우뚝 멈춰 섰다.

"거기 가만히 있어, 너!"

은재는 재빠르게 도로 중앙으로 뛰어가 연수를 품에 안았다. 그리곤 거친 숨소리를 내뱉으며 소리를 질렀다.

"너 미쳤어? 차 다니는데 위험하게 뭐하는 짓이야."

연수는 입을 삐죽 내밀며 은재의 가슴을 주먹으로 툭툭 때렸다.

"이틀 만에 보는데 왜 만나자마자 화를 내고 그래."

"회식이 더 중요하다고 애인도 버렸으면서."

"버린 거 아니거든. 기다리라고 한 거거든!"

평소 잘 취하지 않는 연수인데 이번에는 술을 꽤 많이 마신 것 같았다. 그는 취한 그녀의 모습을 귀여운 듯 바라보았다.

"대체 얼마나 마신 거야?"

"음…… 몰라."

연수가 고개를 좌우로 흔들며 비틀거리자 은재는 넘어지지 않게 그녀의 어깨를 꽉 잡아 주었다.

고개를 들어 그를 바라본 그녀가 속삭이듯 작은 목소리로 중얼거렸다.

"누구 애인인지 몰라도 참 잘생겼다."

은재가 재미있다는 듯 내려다보자 연수는 까치발을 들어

그의 입술에 입을 맞췄다. 바보처럼 배시시 웃는 연수를 보며 은재는 어이없다는 듯 웃음을 터트렸다.

"너 술 냄새 완전 심해."

"그래서 싫어?"

그는 입가에 미소를 머금고 고개를 숙여 그녀의 입술에 살짝 입을 맞추었다.

"절대 아니지."

또다시 진하게 입을 맞춘 그가 그녀를 사랑스럽다는 듯이 바라보았다. 그 시선에 그녀는 함박웃음을 지었다.

"뭐야, 갑자기 왜 웃어."

"왜, 웃으면 안 돼?"

배를 잡고 웃음을 멈추지 않던 연수는 의아한 시선으로 자신을 바라보는 그의 두 뺨을 꼬집었다.

"은재야."

너 때문에 많이 아파하며 울었다.

그리고 너 때문에 그 긴 시간을 힘들어했다.

하지만 이젠 주은재, 너로부터 많은 행복을 받고 이렇게 웃을 수 있다.

"응."

"주은재!"

"왜 불러, 또."

"우리!"

"응, 우리."

"우리!"

"응, 우리!"

"······결혼할래?"

두 사람의 행복은 앞으로도 계속 지속될 것이다.

★

에필로그

"그래서 주은재가 뭐래? 너랑 결혼한대?"

유나가 흥미로운 얼굴로 묻자 연수는 아이스 초코를 빨대로 저으며 고개를 좌우로 흔들었다.

"아니."

"뭐? 주은재가 안 한대?"

"아니, 그건 아닌데……."

연수는 입을 삐죽거렸다.

프러포즈를 받은 은재는 언짢은 표정을 지었다. 당연히 좋다며 진한 입맞춤이 오갈 줄 알았는데, 은재의 예상치 못한 반응에 연수는 당황할 수밖에 없었다.

"프러포즈, 없던 일로 하자던데."

유나가 눈썹을 치켜들며 소리쳤다.

"그게 안 한다는 뜻이잖아! 주은재 이거 안 되겠네!"

잔뜩 화가 난 유나는 씩씩거리며 휴대폰을 들어 은재에게 전화를 걸었다. 놀란 연수는 얼른 휴대폰을 빼앗아 통화 종료 버튼을 눌렀다.

"야, 뭐하는 거야!"

"너야말로 뭐하는 거냐? 그 소리를 듣고 가만히 있었어? 패 버려야지!"

"······패 줬을걸? 아마도."

"뭐야, 그 자신 없는 말투는?"

유나가 고개를 갸웃거리며 묻자 연수는 어색한 미소를 지었다.

"사실, 내가 그때 술에 많이 취해서······ 그 뒤론 하나도 생각이 안 나."

기어 들어갈 듯이 작은 연수의 목소리에 유나는 어이없다는 표정을 지었다.

은재가 프러포즈를 없던 일로 하자고 한 것까지는 기억이 나는데 그 뒤로는 전혀 기억나지 않았다. 깨질 듯한 두통을 느끼며 아침에 정신을 차렸을 때는 침대에 누워 있는 상태였다.

유나는 한심하다는 듯 혀를 끌끌 차며 연수를 바라보았다.

"그냥 고민하지 말고 물어봐라."

"나 진짜 차인 거면 어떡해. 그럼 세 번이나 거절당하는 거 잖아."

"설마 주은재가 진짜 널 찼겠냐? 뭐, 연예계 생활을 해야 하니까 나중으로 미루자는 식으로 말했겠지."

"저기요, 그것도 차인 거나 마찬가지거든요. 정유나 씨."

"그러게 왜 술 먹고 뜬금없이 프러포즈를 해서 이 사달을 만들어!"

연수는 딱히 결혼하고 싶다는 생각을 해 본 적도 없으면서 갑자기 프러포즈를 한 자신의 입이 미워 손으로 툭툭 때렸다.

"야, 너 문자 왔다."

유나의 말에 시큰둥한 표정으로 휴대폰을 바라보던 연수 가 눈을 동그랗게 떴다.

"은재다."

"뭐? 얼른 확인해 봐."

유나가 흥분하며 재촉하자 연수는 떨리는 손으로 조심스 럽게 문자를 확인했다.

〈일어났어? 속은 어때? 해장국 사 갈까?〉

유나는 고개를 갸웃거리는 연수의 반응이 답답했는지 곁 으로 와 휴대폰을 빼앗아 들었다.

"얘 너무 태연한데?"

문자를 확인한 연수는 다시 인상을 쓰며 어제 있었던 일을 떠올리려 노력했지만 도통 대화 내용이 기억나지 않았다.

"싸운 것 같긴 한데 무슨 얘기를 했는지 모르겠어."

"그럼, 분명하네. 연예계 생활 때문에 지금은 안 된다고 거절한 거네."

"그런데 왜 이렇게 태연하지?"

"술김에 네가 이해해 준다고 그랬나 보지. 어휴, 이 멍청이. 주은재 말이라면 다 들어주는 버릇 아직도 못 고쳤네, 못 고쳤어. 당장 만나서 제대로 잡아. 아주 혼쭐을 내라고, 그 자식! 너 그렇게 힘들게 한 것도 모자라서 프러포즈까지 거절해? 누굴 호구로 아나!"

유나는 씩씩거리며 앞에 놓인 아이스 아메리카노를 벌컥벌컥 들이켰다.

집으로 돌아온 연수는 기선 제압을 위해 전화를 받지 말라던 유나의 조언대로 은재의 전화를 열 통 넘게 받지 않았다.

〈아직도 안 일어난 거야?〉
〈해가 중천이다. 얼른 일어나.〉
〈나 지금 너희 집 앞이다.〉

"집 앞?"

연달아 온 문자를 확인하며 미간을 찌푸리던 찰나, 기가 막히게 초인종이 울렸다. 인터폰 화면을 바라보니 은재가 문 앞에 있었다.

어쩔 줄 몰라 우왕좌왕하고 있는데, 도어록 비밀번호를 누르는 소리가 들렸다. 그제야 은재가 비밀번호를 알고 있다는 것을 생각해 낸 그녀는 입술을 잘근 씹으며 황급히 소파에 앉아 텔레비전을 켰다. 동시에 경쾌한 소리를 내며 현관문이 열렸다.

"뭐야, 일어나 있었으면서 왜 전화 안 받았어?"

은재가 해장국이 든 냄비를 들고 들어와 물었지만 연수는 아무런 대답도 하지 않았다. 텔레비전에서 시선을 떼지 않는 그녀를 보고 고개를 갸우뚱거리던 은재는 이내 부엌으로 가 냄비를 내려놓았다.

"속은 괜찮아? 해장국 지금 먹을래?"

은재는 말없이 연수의 곁에 다가가 그녀의 무릎을 베개 삼아 누웠다. 놀란 그녀가 이맛살을 찌푸리며 그를 내려다보았다.

"뭐하는 거야?"

"뭐하는 거냐니, 그냥 누운 건데?"

연수는 프러포즈를 거절해 놓고 아무렇지 않게 행동하는 은재를 어이없다는 듯 바라보았지만 그는 개의치 않고 텔레비전을 응시했다.

"저거 재밌어?"

"주은재."

"난 재미없던데. 우리 다른 거 보자."

"좀…… 일어나지?"

"왜? 네 다리 편해서 좋아."

"좋은 말로 할 때 일어나라?"

연수가 퉁명스레 말하자 은재가 품에서 DVD를 꺼내 내밀었다.

"영화 DVD 가져왔는데 볼래?"

"……너 지금 장난해?"

연수는 화를 참지 못하고 무릎에 누워 있는 은재를 밀쳐냈다. 그 바람에 소파 밑으로 떨어진 은재가 방바닥을 나뒹굴었다. 그는 갑작스런 행동을 이해할 수 없다는 듯 연수를 올려다보았다.

"갑자기 왜 그래?"

"너 지금 갑자기라고 했어? 내가 만만하니? 프러포즈를 거절해 놓고 뭐가 그렇게 태연해. 차인 마당에 내가 DVD를 볼 마음이 있겠어?"

은재는 씩씩거리며 말을 퍼붓는 연수를 멍한 얼굴로 올려다보았다.

"너…… 설마 어제 일 기억 안 나?"

연수는 그의 물음에 당황했지만 애써 태연한 척하며 대답했다.

"나 기억 다 나거든? 그, 그땐 내가 술에 취해서 그냥 넘어 갔지만 그건 내 진심이 아니었어!"

소리를 지른 연수는 내심 그의 기선을 제압했다는 생각에 만족했다. 그러나 은재는 그런 그녀를 보며 핏 웃음을 짓더니 DVD를 들고 텔레비전 앞으로 다가갔다.

"일단, 영화부터 보자."

"뭐? 넌 지금 이 상황에 영화 보자는 말이 나와?"

"일단 봐 봐. 그럼 알 거야."

"됐다, 됐어. 영화고 뭐고 보고 싶으면 너 혼자 봐."

방에 들어가려 하는 연수의 뒤를 쫓아간 은재는 그녀의 손을 붙들며 앞을 막아섰다.

연수는 입술을 꾹 깨물며 터져 나오려는 눈물을 참았다. 프러포즈를 거절한 그가 너무 미워 자신의 손을 잡고 있는 팔을 뿌리치고 그의 머리를 내려쳤다.

그가 머리를 부여잡으며 신음 소리를 냈지만 그러거나 말 거나 방으로 들어가려 몸을 돌렸다. 그때 갑자기 텔레비전에 서 들려오는 웃음소리에 연수는 걸음을 멈췄다.

텔레비전에선 얼마 전 은재와 함께 떠난 여행에서 찍은 영 상이 나오고 있었다.

"자, 주은재 씨. 한마디 하시죠?"

"무슨 말을 하라는 거야, 대체."

"뭐, '자기야, 사랑해'라든가. '네가 세상에서 제일 예뻐'라든가."

"……지금, 나보고 그런 말을 하라고?"

"그럼 여기 너 말고 누가 있어? 빨리 해!"

"어, 음……."

텔레비전 속 은재는 어색하게 헛기침을 하다 연수의 볼에 깜짝 입맞춤을 했다. 그리고 그녀의 귀에 속삭였다.

"사랑해, 연수야."

곧이어 은재가 혼자 촬영한 영상이 나오기 시작했다.

"어…… 음, 내가 그동안 잘못한 것도 많고, 네 마음 상하게 한 일도 많은 거 알아. 그래서 더 가까운 곳에서 너에게 잘해 주고 싶고, 웃게 해 주고 싶고, 행복하게 해 주고 싶어. 우리, 결혼하자. 연수야."

화면 속 은재가 옅은 미소를 지으며 영상은 끝났다.

연수는 어리둥절한 표정으로 고개를 돌려 은재를 바라보았다. 그러자 곁에 다가온 그가 그녀의 손가락에 반지를 끼워 주었다.

"이게 다 어떻게 된 거야?"

이해할 수 없다는 표정으로 연수가 묻자 오히려 은재가 더 당황스러워했다. 대체 그녀가 어제 일을 어떻게 기억하고 있기에 이런 반응을 보이는 건지 궁금해졌다.

은재는 갑작스런 연수의 프러포즈를 받고 당혹감을 감추지 못했다.

"야, 너 진짜……."
"빨리 대답해라. 주은재."

눈에 초점이 풀린 연수가 옷깃을 두 손으로 꽉 붙잡으며 말하자 은재가 웃으며 담담한 어조로 중얼거렸다.

"방금 한 프러포즈는 없던 걸로 하자."

연수는 싸늘하게 표정을 바꾸곤 손을 번쩍 들어 그의 머리를 내려쳤다. 그리곤 말릴 새도 없이 길바닥에 주저앉아 울기 시작했다.

"쓰레기 같은 자식, 죽어 버려. 죽어 버리라고! 어떻게 나한테 그래. 내가 고생한 세월이 몇 년인데, 나쁜 놈……."

은재는 깊은 한숨을 내쉬며 무릎을 꿇고 연수와 시선을 마주했다.

"결혼 안 한다는 게 아니라, 방금 네가 한 프러포즈만 없던 걸
로 하자는 거야."

"그게 그거잖아. 나쁜 자식아!"

"아니, 내가 너한테 프러포즈하려고 준비하고 있었는데 네가
선수를 쳐 버려서 무지 난감한 상황이라고. 이 바보야."

그는 그녀의 뺨에 흐르는 눈물을 닦아 주었다.

"하여튼 조금만 기다리면 되는데, 성격은 엄청 급해 가지고.
방금 일은 없었던 걸로 해. 내가 다시 할 거니까."

은재가 짧게 입을 맞추자 연수가 입술을 오물거리며 작은
목소리로 물었다.

"진짜? 오래 기다리게 하지 마. 빨리 해야 해."

"알겠어. 곧 할 테니까 제발 선수만 치지 마라. 응?"

은재가 코를 잡고 흔들며 장난스럽게 말하자 연수가 언제
울었냐는 듯 웃더니 고개를 끄덕거렸다.

혹시나 그녀가 닦달할까 봐 바로 프러포즈를 하려고 했는데, 기억을 못 하리라곤 상상조차 하지 못했다.

"진짜 너무하네. 어제 때렸던 곳을 또 때리냐."

"……미안. 많이 아파?"

"응, 호 해 줘."

연수는 그의 머리를 품에 안고 입을 맞췄다. 쪽 하는 소리와 함께 그가 웃음 지으며 눈물 흘리는 연수를 바라보았다.

"왜 울고 그래. 맘 아프게."

"너 때문이잖아. 네가 프러포즈 거절한 줄 알고……."

말이 끝나기도 전에 은재는 연수의 눈에 살짝 입을 맞추었다. 그리고 간지러운 듯 몸서리치는 연수의 두 팔을 단단히 부여잡고 속삭였다.

"너 아직 대답 안 했어. 나랑 결혼할 건지, 말 건지."

"그걸 꼭 대답해야 알아?"

"응, 나는 대답해야 알아."

은재가 연수의 입술을 탐하기 시작했다. 숨 쉴 틈도 주지 않은 채 입안을 파고들며 격렬한 입맞춤을 나눴다. 연수는 정신이 몽롱해지는 것을 느끼곤 은재를 살짝 밀어내며 거친 숨을 내뱉었다.

"……하아. 할게. 너랑 결혼한다고."

"그래. 그럼, 프러포즈 승낙한 기념으로."

은재는 웃음을 머금으며 연수를 번쩍 안아 들었다. 그녀가

놀라 소리를 지르자 그는 대답 대신 고개를 까딱이며 방 안
으로 들어갔다. 침대 위에 그녀를 던지듯 눕힌 그가 부드러
운 머리카락을 쓸어내렸다.

오랫동안 함께 지냈지만 서로의 사랑을 확인한 것은 얼마
되지 않았기에 두 사람은 항상 새롭고 두근거리는 감정을 느
꼈다.

"서연수."

'아마도 너로부터 시작된 작은 사랑이 어느새 나를 완전
히 삼켜 버렸기 때문이겠지.'

"고마워."

'이제부터는 네가 언제나 나로부터 행복했으면 좋겠다.'

"……그리고 사랑해."

죽을 때까지. 아니, 죽어서도, 영원히.

—fin